10
18

12, AVENUE D'ITALIE. PARIS XIIIe

Sur l'auteur

M.J. Arlidge travaille pour la télévision depuis quinze ans. Il dirige également une maison de production indépendante, qui a permis à plusieurs séries policières de voir le jour. *Am stram gram*, premier roman mettant en scène les enquêtes d'Helen Grace, est suivi de *Il court, il court, le furet* et *La Maison de poupée* aux éditions Les Escales.

M.J. ARLIDGE

IL COURT, IL COURT, LE FURET

Traduit de l'anglais
par Étienne Menanteau

10
18

LES ESCALES

Du même auteur
aux Éditions 10/18

AM STRAM GRAM, n° 5047
▶ IL COURT, IL COURT, LE FURET, n° 5179

Titre original :
Pop Goes the Weasel

Publié pour la première fois en 2014
par Penguin Books Ltd, Londres.

Édition française publiée par :

ISBN 978-2-264-06914-6

1

Venu de la mer, le brouillard noyait la ville. Il l'enveloppait comme une armée d'envahisseurs, effaçait tous les repères, masquait la lune, Southampton devenant un endroit insolite et troublant.

Silence de mort dans la zone industrielle d'Empress Road. Les ateliers de carrosserie avaient fermé, les mécaniciens et les employés du supermarché étaient partis, et les prostituées prenaient petit à petit leur place. En brassière et minijupe, elles tiraient sur leur cigarette, gagnant un soupçon de chaleur pour se protéger du froid glacial. Elles arpentaient la rue et s'efforçaient de vendre leur corps, même si dans l'obscurité elles ressemblaient davantage à des spectres décharnés qu'à des objets de désir.

Le type roula lentement, balaya du regard la rangée de junkies à moitié nues. Il tâcha de voir à qui il avait affaire, en reconnut quelques-unes çà et là, sans y attacher d'importance. Ce n'était pas elles qui l'intéressaient. Ce soir, il visait quelque chose qui sortait de l'ordinaire.

Il était partagé entre l'espoir, la peur et la frustration. Voilà des jours qu'il ne pensait qu'à ça. Il était si près du but à présent. Oui, mais si tout ça n'était qu'une fable, une chimère ? Il aplatit la main sur le volant. Elle devait nécessairement être là.

Personne. Personne. Pers…

Elle était là ! Toute seule, adossée au mur couvert de graffitis. Il se sentit brusquement surexcité. Elle dégageait quelque chose de particulier. Elle n'était pas en train d'examiner ses ongles, de fumer ou de papoter, elle se contentait d'attendre ; d'attendre qu'il se passe quelque chose.

Il quitta la route, se gara à l'écart le long d'un grillage. Il lui fallait être prudent, ne rien laisser au hasard. Il regarda s'il y avait de l'activité alentour, mais le brouillard les avait désormais complètement isolés. À croire qu'il ne restait plus qu'eux deux sur terre.

Il traversa résolument la route et se dirigea vers elle, puis se reprit et ralentit. Pas question de se précipiter, il se devait d'apprécier et de savourer la chose. L'attente se révélait parfois plus agréable que l'acte en lui-même, il le savait d'expérience. Il lui fallait prendre son temps. Dans les jours à venir, il aurait envie de revivre tout cela aussi précisément que possible.

En toile de fond, une rangée de maisons abandonnées. Plus personne ne voulant habiter ici, ces baraques étaient vides et insalubres. Jonchées d'aiguilles usagées et de matelas encore plus sales, elles servaient de repaire aux fumeurs de crack et faisaient office d'asile de nuit. La fille leva les yeux et le regarda venir vers elle, à travers sa lourde frange. Elle s'écarta du mur en silence, lui désigna d'un signe de tête la masure la plus proche, puis y pénétra, sans autre forme de procès. Comme si elle se résignait à son sort. Comme si elle *savait*.

Il pressa l'allure pour la rattraper, obsédé par son dos, ses jambes et ses talons ; son excitation était de plus en plus forte. Il l'entendait déjà crier et le supplier…

Il accéléra quand elle s'engouffra dans le noir. Il n'y avait plus de temps à perdre.

Le parquet craqua lorsqu'il entra. La maison à l'abandon était exactement comme il l'avait imaginée dans ses fantasmes. Une odeur d'humidité lui assaillit les narines ; ici, tout était pourri. Il se dépêcha d'entrer dans le salon, devenu un véritable dépotoir de strings et de capotes. Aucune trace d'elle. Alors comme ça, ils allaient jouer au chat et à la souris ?

Dans la cuisine, personne. Il pivota sur ses talons, ressortit et emprunta l'escalier pour monter au second étage, ne cessant de regarder à droite et à gauche si sa proie était là.

Il entra sans hésiter dans la chambre. Un lit moisi, une fenêtre cassée, un pigeon mort. Mais toujours aucun signe de la fille.

La fureur le disputait maintenant à la concupiscence. Pour qui se prenait-elle, à l'emmerder ainsi ? Ce n'était qu'une putain, une petite merde ! Ah ça, elle le paierait cher.

Il poussa la porte de la salle de bains, ça ne donna rien, fit demi-tour et se rendit dans l'autre chambre. Il allait la lui massacrer, sa petite gueule à la c…

Sa tête bascula soudain en arrière. La douleur l'envahit ; on lui tirait violemment les cheveux pour l'obliger à reculer, à reculer… Il n'arrivait plus à respirer ; on lui collait un chiffon sur la bouche et le nez. Une odeur âcre lui chatouilla les narines, il réagit trop tard. Il se débattit de son mieux, mais déjà il tombait dans les pommes. Tout devint noir.

2

Fascinés, ils restaient suspendus à ses lèvres.

— Il s'agit du corps d'une femme blanche de vingt, vingt-cinq ans. C'est un îlotier qui l'a découverte hier matin à Greenwood, dans le coffre d'une voiture abandonnée.

Helen, commandant de police, avait beau avoir les tripes nouées, elle s'exprimait d'une voix claire. Au septième étage du commissariat central de Southampton, elle faisait un point d'information devant les membres de la brigade criminelle.

— Comme vous pouvez le constater, on lui a enfoncé les dents, sans doute à coups de marteau, puis on lui a coupé les mains. Elle est couverte de tatouages, ce qui aidera peut-être à l'identifier. Dans un premier temps, il faudra voir s'il s'agit là d'une affaire de drogue ou de prostitution. Ça ressemble davantage à une histoire dans laquelle sont impliqués les membres d'une ou de plusieurs bandes qu'à un meurtre ordinaire. Le capitaine Bridges va diriger l'enquête, et il vous donnera des renseignements sur les individus qui nous intéressent. Tony ?

— Merci, chef. Tout d'abord, je veux que l'on vérifie s'il y a eu des précédents…

Helen s'esquiva, tandis que l'intéressé prenait ses dispositions. Elle ne supportait toujours pas d'être le point de mire, d'alimenter les potins et les intrigues, même après tout ce temps. Il y avait en effet bientôt un an qu'elle avait mis un terme à la folie meurtrière de Marianne, mais elle n'en continuait pas moins à éveiller la curiosité. Si ce n'était pas anodin d'interpeller une tueuse en série, c'était autre chose d'abattre sa propre sœur. Ses amis, ses collègues et les journalistes s'étaient alors empressés de lui offrir leur appui et de lui présenter leurs condoléances. Sauf que c'était de la comédie. Ce qu'ils voulaient avant tout, c'étaient des détails. Ils voulaient la disséquer, et choisirent les meilleurs morceaux. Qu'est-cc que ça faisait d'abattre sa propre sœur ? Est-ce que votre père vous maltraitait ? Culpabilisez-vous qu'il y ait eu autant de victimes ? Vous sentez-vous *responsable* ?

Helen avait passé sa vie d'adulte à se construire une carapace, allant jusqu'à inventer son nom, Helen Grace, mais, à cause de Marianne, cette carapace qui la protégeait avait été réduite à néant. Au départ elle avait pensé s'enfuir, on lui avait proposé de s'accorder des vacances, ou bien de se faire muter, ou encore de partir à la retraite. Elle s'était pourtant ressaisie et avait repris ses fonctions au commissariat central de Southampton, dès qu'on le lui avait permis. Où qu'elle aille, elle serait toujours l'attraction, ça tombait sous le sens. Mieux valait par conséquent être la cible des regards ici, où pendant des années la vie avait été clémente avec elle.

Du moins sur le papier car, dans la réalité, c'était une autre paire de manches. À Southampton, elle était hantée par ses souvenirs, ceux de Mark et de Charlie, et une foule de gens ne demandaient qu'à mener leur petite enquête et se livrer à des conjectures sur cette épreuve qu'elle venait de traverser, quand ils n'étaient pas carrément prêts à en rire. Encore maintenant, des mois après avoir repris le travail, il lui fallait par moments s'évader.

— Bonsoir, madame.

Helen se dépêcha, sans guère prêter attention au sergent assis derrière son bureau à l'entrée du commissariat.

— Bonsoir, Harry. J'espère pour vous que les Saints savent encore gagner un match de foot, lui dit-elle en passant.

Elle adopta un ton jovial, mais ça sonnait faux, comme si elle n'arrivait pas à avoir l'air gaie. Elle sortit en vitesse, récupéra sa Kawasaki, mit les gaz et fila sur la West Quay Road. Elle se fondit dans le brouillard venu plus tôt de la mer, et qui ne s'était pas encore dissipé au-dessus de Southampton.

Roulant toujours à vive allure, elle doubla les véhicules qui avançaient au pas en direction du stade Saint Mary. Une fois en banlieue, elle emprunta l'autoroute. Par habitude elle regarda dans ses rétroviseurs, pour vérifier qu'on ne la suivait pas. La circulation devenant plus fluide, elle accéléra, monta à 130 kilomètres/heure, attendit un instant, puis grimpa à plus de 140. Elle ne se sentait jamais aussi bien que lorsqu'elle fonçait sur sa moto.

Les villes défilèrent. Winchester, puis Farnborough, avant qu'Aldershot ne se dessine devant elle. Une fois encore, elle jeta un coup d'œil dans ses rétroviseurs, puis examina le centre de l'agglomération. Elle se gara sur le parking jouxtant la voie rapide bordée d'espaces verts, contourna une bande de militaires éméchés et s'esquiva promptement, en essayant de ne pas se faire remarquer. Si personne ici ne la connaissait, ce n'était pas une raison pour prendre des risques.

Elle passa devant la gare et rejoignit bientôt Cole Avenue, qui se trouvait en pleine banlieue. Elle ne pouvait pas s'empêcher de revenir ici, même si ce n'était pas vraiment raisonnable. Planquée dans les broussailles qui bordaient un côté de la rue, elle gagna son poste d'observation habituel.

Les minutes s'égrenèrent. Son ventre gargouilla, elle se rendit alors compte qu'elle n'avait rien avalé depuis le matin. Elle maigrissait de jour en jour, c'était idiot. Que cherchait-elle à prouver ? Il y avait d'autres façons de se réhabiliter que de se laisser mourir de faim…

Tout d'un coup ça s'anima. « Salut ! » lança quelqu'un, on claqua la porte du n° 14. Helen s'accroupit, sans quitter des yeux le jeune homme qui longeait la rue d'un pas vif, tout en pianotant sur les touches de son portable. Il passa à moins de trois mètres d'elle, sans se douter de sa présence, puis tourna au carrefour. Elle compta jusqu'à quinze, sortit de sa cachette et se lança à sa poursuite.

L'homme – un jeunot de vingt-cinq ans – était un beau brun aux cheveux drus et au visage rond. Habillé décontracté, avec un jean qui lui retombait sur les fesses, il ressemblait à quantité de types de son âge, affectant l'indifférence et la décontraction. Helen ne put s'empêcher de sourire, tellement il se la jouait.

Elle aperçut un petit groupe de jeunes chahutant devant la Railway Tavern. Avec la pinte de bière à deux livres, le shot à cinquante pence et le billard gratuit, c'était l'un des points de chute favoris des jeunes, des fauchés et de ceux qui traînaient une réputation douteuse. Le patron, un vieux bonhomme, ne demandait pas mieux que de donner à boire aux ados, de sorte que son établissement était toujours bondé et qu'une foule de clients se déversait dans la rue. Cette affluence lui procurait une couverture idéale, et Helen en profita pour se glisser dans la cohue, de manière à observer à la dérobée celui qui l'intéressait. Le groupe de jeunes salua bruyamment l'arrivée de l'individu en question et il brandit dans leur direction un billet de vingt livres. Ils entrèrent dans le pub, Helen les suivit. Il y avait la queue devant le bar, elle attendit tranquillement qu'on la serve, passant ainsi inaperçue auprès d'eux pour qui tous ceux qui avaient plus de trente ans étaient des extraterrestres.

Après s'être envoyé deux ou trois verres, ils allèrent se réfugier dans une aire de jeux en lisière de la ville, pour échapper aux regards indiscrets. Il n'y avait personne dans cet espace vert mal entretenu, si bien qu'Helen redoubla de précautions. Elle garda ses distances ; on trouverait bizarre qu'une femme se balade toute seule le soir dans un endroit pareil. Elle découvrit un vieux chêne, sur le tronc duquel les amoureux avaient gravé des cœurs, et se posta dans le noir. D'ici elle pouvait les observer sans problème et les voir fumer leurs joints, heureux et insouciants, même s'il faisait un froid de loup.

Helen avait passé toute sa vie sous surveillance, mais là, elle était indétectable. Après la mort de Marianne, on avait examiné sa vie à la loupe et multiplié les critiques, puis on l'avait jetée en pâture à l'opinion publique. Résultat, les gens pensaient qu'ils connaissaient tout d'elle, jusque dans les moindres recoins. Il y avait pourtant quelque chose qu'on ignorait, et qu'Helen gardait pour elle.

Et dire qu'il se trouvait à moins de quinze mètres d'elle, sans se douter de sa présence…

3

Il cligna des yeux, sans pour autant rien voir.

Du liquide lui coulait sur les joues, tandis qu'il roulait en vain des yeux. Les bruits étaient étouffés, comme si on lui avait enfoncé du coton dans les oreilles. Revenant très vite à lui, l'homme éprouva une douleur fulgurante dans la gorge et les narines. Une brûlure intense, comme si on lui collait une flamme sous le larynx. Ça lui donnait des haut-le-cœur, il avait envie d'éternuer, de cracher ce qui le mettait ainsi au supplice. Mais on l'avait bâillonné et on lui avait scellé la bouche avec du ruban adhésif, de sorte qu'il ne put que se résigner.

Ses larmes finirent par se tarir, il regarda avec difficulté autour de lui. S'il se trouvait toujours dans la baraque à l'abandon, il était désormais dans la chambre du devant, à plat ventre sur le lit dégueulasse. Les nerfs à vif, il se débattit avec force – il fallait absolument qu'il s'échappe ! – mais on lui avait attaché les bras et les jambes au châlit métallique. Il tira sur ses liens, se contorsionna, les fils de nylon ne lâchèrent pas.

C'est alors seulement qu'il s'aperçut qu'il était nu. L'angoisse s'empara de lui, allait-on le laisser ainsi mourir de froid ? Sa peau semblait protester, le froid glacial et la terreur lui donnaient maintenant la chair de poule et il prit enfin conscience de la température.

Il voulut hurler mais n'émit qu'un vague gémissement. Si seulement il arrivait à parler à ses ravisseurs, à leur faire entendre raison… Il pourrait leur remettre davantage d'argent, et alors ils le relâcheraient. Ils ne pouvaient tout de même pas le laisser là comme *ça* ! L'humiliation se mêlait maintenant à la peur alors qu'il regardait son corps boursouflé d'homme d'âge mûr, couché sur l'édredon plein de taches.

Il tendit l'oreille, espérant contre toute attente qu'il y avait quelqu'un d'autre, mais non. On l'avait abandonné. Combien de temps allait-il rester là ? Il frémit rien qu'à l'idée de négocier sa libération avec un junky ou une pute. Que ferait-il, une fois qu'on l'aurait relâché ? Qu'allait-il raconter à ses proches, et à la police ? Si seulement il ne s'était pas montré aussi con…

Le parquet grinça. Il *n'était* donc *pas* seul. Il reprit espoir… Il allait peut-être maintenant savoir ce qu'on lui voulait. Il tendit le cou, mais son agresseur s'approchait de lui par-derrière et restait hors de vue. Il se rendit alors compte qu'on avait poussé au milieu de la pièce le lit auquel il était attaché, comme pour le mettre en vedette. Dans ces conditions, personne ne pouvait décemment avoir envie de dormir dedans. Pourquoi donc… ?

Une ombre se pencha. Sans lui laisser le temps de réagir, on lui glissa quelque chose sur les yeux, le nez et la bouche. Une espèce de cagoule. Il sentit sur son visage le tissu soyeux, puis le cordon qu'on serrait. Une fois encore il eut du mal à respirer, le velours épais lui bouchant le nez. Il agita la tête dans tous les sens, s'attendant à chaque instant qu'on l'étrangle avec la cordelette, mais à sa grande surprise ce ne fut pas le cas.

Et maintenant ? Le silence était retombé, on n'entendait plus que son souffle court. Il commençait à avoir chaud sous la cagoule. L'air pourrait-il passer ? Il se força à respirer plus lentement. S'il paniquait maintenant, il ferait de l'hyperventilation, et ensuite…

Il tressaillit. Sur sa cuisse, on avait posé quelque chose de froid, de dur. Un objet métallique, comme un couteau. Ce truc lui remontait désormais sur la jambe, vers… Il se cabra, tira en vain sur ses liens. À l'évidence c'était maintenant une lutte à mort.

Il hurla, mais le ruban adhésif resta collé sur ses lèvres, et le nylon ne céda pas. Et il n'y avait personne pour entendre ses cris.

4

— Vous étiez sortie pour des raisons professionnelles, ou pour vous détendre ?

Helen se retourna brusquement, le cœur battant. Elle avait cru être seule en montant l'escalier dans la pénombre pour rejoindre son appartement. N'aimant pas se laisser surprendre, elle éprouva une bouffée d'angoisse… Mais ce n'était que James, sur le pas de sa porte. Il s'était installé trois mois plus tôt en dessous de chez elle, et comme il était surveillant à l'hôpital South Hants, il avait des horaires décalés.

— Pour le travail, répondit-elle en mentant. Et vous ?

— Idem, en espérant que ça déboucherait sur un moment agréable. Malheureusement, elle vient de partir en taxi…

— Dommage.

James lui fit un sourire en coin. Pas loin de la quarantaine, il était bel homme, avec ses cheveux en bataille et ce charme indolent qui en général plaisait beaucoup aux jeunes infirmières.

— À chacun ses goûts, ajouta-t-il. Je croyais qu'elle m'appréciait, mais bof, je n'ai jamais été perspicace.

— C'est vrai ? demanda Helen, qui n'en croyait pas un mot.

— Peu importe, ça vous dirait d'avoir de la compagnie ? J'ai une bouteille de vin… Euh, j'ai du thé, corrigea-t-il.

Helen aurait pu se laisser tenter, mais ça lui déplut qu'il se reprenne. James était comme tous les autres, il savait qu'elle ne buvait pas, qu'elle préférait le thé au café, et que c'était une battante. Encore un voyeur qui voulait se repaître du spectacle de sa vie saccagée…

— Ce serait avec plaisir, dit-elle en mentant de nouveau, malheureusement j'ai plein de dossiers à examiner avant de reprendre mon service.

James s'inclina. Il n'était pas dupe et se garda bien d'insister. Manifestement curieux, il la regarda grimper l'escalier pour regagner son appartement. La porte se referma derrière elle de façon irrévocable.

L'horloge indiquait cinq heures du matin. Pelotonnée sur le canapé, Helen but une grande gorgée de thé et alluma son ordinateur portable. La fatigue commençait à se faire sentir, elle avait pourtant du travail à abattre avant d'aller se coucher. Son portable était équipé d'un système de sécurité complexe, à l'instar d'une muraille imprenable qui protégeait ce qui lui restait de vie privée. Prenant son temps, Helen appréciait d'entrer les mots de passe et de désactiver les verrous numériques, ce qui n'était pas une mince affaire.

Elle ouvrit le fichier qu'elle avait constitué sur Robert Stonehill, ce jeune homme qu'elle avait filé plus tôt et qui ne soupçonnait pas son existence, alors que la sienne n'avait plus de secrets pour elle. Helen tapa sur le clavier pour nourrir le portrait de l'intéressé, en ajoutant les petites précisions sur son caractère et sa personnalité qu'elle avait recueillies en le surveillant ces derniers temps. Il n'était pas bête, ça se voyait tout de suite. Il avait aussi le sens de l'humour, et même s'il jurait comme un charretier, il avait l'esprit vif et un sourire engageant. Il avait du bagout et un côté manipulateur, ne faisait jamais la queue au comptoir, dans un pub, mais s'arrangeait toujours pour que ce soit un de ses potes qui s'y colle à sa place, pendant qu'il déconnait avec Davey, le costaud qui était visiblement le chef de bande.

On aurait dit qu'il ne manquait jamais d'argent, ce qui était curieux, vu qu'il était magasinier dans un supermarché. Où le trouvait-il, cet argent ? Est-ce qu'il volait ? Ou pire encore ? À moins qu'il ne soit un enfant gâté. Fils unique d'Adam et Monica, il était pour eux le centre du monde, et à l'évidence, il les menait par le bout du nez. Cela expliquerait-il qu'il dispose de ressources inépuisables ?

Il y avait toujours des filles qui lui tournaient autour – il était sportif et séduisant –, cependant il n'avait pas de copine attitrée. C'était cet aspect-là de sa vie qui intéressait beaucoup Helen. Était-il homo ou hétéro ? Faisait-il facilement confiance, ou était-il du genre méfiant ? De qui se sentait-il proche ? Si Helen n'avait toujours pas de réponse à cette dernière question, elle était sûre d'y voir plus clair un jour. Lentement, méthodiquement, elle explorait les moindres recoins de son existence.

Elle bâilla. Il lui faudrait bientôt retourner au commissariat, mais il était encore temps de dormir un peu si elle arrêtait les frais. Avec adresse, elle lança les programmes de cryptage, verrouilla ses fichiers, puis changea son mot de passe. Désormais elle procédait ainsi chaque fois qu'elle se servait de son ordinateur. C'était exagéré, évidemment, et ça frisait la paranoïa, mais elle ne voulait rien laisser au hasard. Robert était à elle, et à elle seule. Et elle n'avait pas envie que ça change.

5

L'aube pointait, il lui fallait se presser. Dans une heure ou deux le soleil aurait dissipé l'épais brouillard, et l'on verrait alors ceux qu'il dissimulait. Il avait beau trembler des mains et souffrir des articulations, il trouva la volonté d'avancer.

Il avait volé le pied-de-biche dans une quincaillerie d'Elm Street. L'Indien qui la possédait était trop occupé à regarder le match de cricket sur sa tablette pour s'apercevoir qu'il glissait cet outil sous son manteau. Il aimait bien sentir dans sa main le métal froid et rigide, avec lequel il attaquait maintenant les barreaux rouillés qui protégeaient les fenêtres, en effectuant un mouvement de levier. Le premier barreau céda facilement, le second lui demanda plus d'efforts, mais il eut vite assez de place pour pouvoir se glisser à l'intérieur. Il aurait été plus facile de forcer la porte d'entrée, seulement il n'osait pas se montrer dans le quartier. Il devait de l'argent à tellement de gens… qui ne demanderaient qu'à lui faire sa fête ! Il s'activa donc dans l'ombre, comme toutes les bêtes nocturnes.

Il vérifia une fois de plus que la voie était libre, puis flanqua un grand coup de pied-de-biche dans la vitre, qui vola en éclats dans un fracas saisissant.

Après s'être enroulé un chiffon autour de la main, il défonça d'un coup de poing le verre qui tenait encore, grimpa ensuite sur le rebord de la fenêtre et disparut à l'intérieur.

Il retomba doucement sur ses pieds, puis eut un moment d'hésitation. Dans ce genre de baraque, on ne savait jamais sur quoi on risquait de tomber. Il ne détectait aucun signe de vie, mieux valait cependant prendre ses précautions, il agrippa donc le pied-de-biche et s'aventura dans la maison. Rien d'intéressant à la cuisine, il fila par conséquent dans la pièce de devant.

Ça s'annonçait mieux. Un matelas abandonné, des capotes usagées, qui allaient de pair avec des seringues usagées. Il sentit à la fois naître en lui l'espoir et monter l'angoisse. Pourvu, nom d'un chien, qu'il reste là-dedans assez d'héro pour qu'il se fasse un fix ! Le voilà maintenant à quatre pattes, en train de sortir les pistons, de glisser le petit doigt à l'intérieur des seringues, de fouiller partout pour essayer de retrouver un peu de *brown sugar* qui lui permette de soulager sa souffrance. Rien du tout dans la première, idem dans la deuxième, putain de merde ! et juste une pincée dans la troisième. Il s'était donc cassé le cul pour ça, une pincée ! Il s'en enduisit avidement les gencives ; pour l'instant, il lui faudrait s'en contenter.

Il s'assit sur le matelas taché qui se trouvait derrière lui, en attendant de sombrer dans la torpeur. Ça faisait des heures qu'il était à cran, qu'il avait la tête comme une enclume, et il voulait un peu de calme, oui, il en avait besoin. Il ferma les yeux, expira lentement, adjurant son corps de se détendre.

Mais quelque chose clochait. Quelque chose l'empêchait de se détendre. Quelque chose qui…

coulait. Goutte à goutte. Un bruit léger, mais régulier, troublait le silence et lui adressait un avertissement.

D'où cela pouvait-il venir ? Il regarda à droite et à gauche.

Il y avait quelque chose qui gouttait là-bas, dans le fond. Une fuite ? Tant pis si ça l'agaçait, il se releva tant bien que mal. Ça valait le coup d'aller voir ; si ça se trouve, c'était un flic qui s'amusait à le faire tourner en bourrique.

Il se précipita, puis s'immobilisa. Il ne s'agissait pas d'une fuite, ce n'était pas de l'eau, mais du sang. Floc ! Floc ! Floc ! Ça suintait à travers le plafond. Il pivota sur ses talons et s'enfuit – je m'en tape ! – mais ralentit en arrivant à la cuisine. Il avait peut-être agi avec précipitation. Après tout il était armé, et ça ne bougeait pas, là-haut. Il aurait pu se passer n'importe quoi. Quelqu'un aurait pu se foutre en l'air, ou se faire braquer, assassiner, ou autre. Mais il risquait aussi d'y avoir des trucs à récupérer, pour un type comme lui qui pillait les poubelles, et il ne pouvait pas faire comme si de rien n'était.

Le voleur hésita un instant, puis traversa la pièce dans l'autre sens, en contournant la grosse flaque de sang qui coagulait dans le vestibule. Il y glissa la tête, prêt à frapper avec son pied-de-biche à la moindre alerte.

Pourtant il n'y avait personne. Il sortit prudemment à découvert, monta l'escalier.

Crac, crac, crac…

Chaque pas signalait sa présence. Il étouffa un juron. S'il y avait quelqu'un au premier étage, il serait prévenu de son arrivée. Une fois en haut de l'escalier, il étreignit le pied-de-biche. Deux précautions valant mieux qu'une, il jeta un coup d'œil dans la salle de bains et la chambre du fond ; seul un petit joueur pouvait se faire agresser par quelqu'un se trouvant dans son dos.

Voyant qu'il ne risquait pas de tomber dans un guet-apens, il se campa face à la chambre de devant. Quoi qu'il se soit passé, quoi que *ce* soit, c'était là. Le voleur prit une profonde inspiration, puis s'engagea dans la pénombre de la pièce.

6

Elle plongea de plus en plus profondément, de l'eau saumâtre plein les oreilles et les narines. Désormais bien en dessous de la surface et déjà à bout de souffle, elle persévéra. De drôles de lumières éclairaient le fond du lac et lui donnaient un bel aspect translucide. Ça l'incita à descendre encore plus bas.

Elle se fraya vaille que vaille un chemin entre les plantes aquatiques qui tapissaient le fond. Elle n'y voyait pas grand-chose, se donnait un mal de chien et avait les poumons pris dans un étau. Il se trouvait là, paraît-il. Mais où, au juste ? Elle découvrit bien une voiture d'enfant rongée par la rouille, un vieux caddie, et même un bidon d'essence, en revanche aucune trace de…

Elle comprit tout d'un coup qu'elle s'était fait rouler, il n'était pas là. Elle se tourna et remonta à la surface. Elle tendit le cou, regarda alentour et constata qu'elle avait la jambe gauche prise dans les herbes. Elle lança des ruades, s'énerva, sans réussir pour autant à se dégager. Elle commençait à tourner de l'œil, à ce rythme-là elle n'allait pas tenir longtemps. Sans céder à l'affolement, elle se laissa glisser vers le fond. Mieux valait garder la tête froide pour essayer de se libérer que d'aggraver les choses en se débattant.

Elle baissa la tête, s'escrima avec ces satanées algues, tira de toutes ses forces. C'est alors qu'elle s'arrêta et poussa un cri… Ou plutôt un dernier souffle lui sortit de la bouche. Ce n'étaient pas des plantes aquatiques qui la retenaient prisonnière, mais une main !

Pantelante, à bout de souffle, Charlie se redressa sur le lit. Elle agita la tête dans tous les sens, pour tâcher de comprendre comment elle était soudain passée de ces herbes menaçantes à son lit douillet. Elle se passa les mains sur le corps, persuadée que son pyjama était trempé de sueur, mais non, elle avait la peau sèche, hormis sur le front. Elle avait fait un cauchemar, voilà tout, se dit-elle en retrouvant peu à peu une respiration normale.

Rassérénée, elle regarda Steve, ce gros dormeur qui ronflait doucement à côté d'elle. Elle descendit du lit sans faire de bruit, attrapa son peignoir et quitta la chambre sur la pointe des pieds.

Elle gagna l'escalier, passa en vitesse devant l'autre chambre, et le regretta aussitôt. En apprenant qu'elle était enceinte, Steve et elle avaient prévu de transformer cette pièce : remplacer le lit double par un lit d'enfant et un fauteuil dans lequel elle pourrait l'allaiter, tapisser les murs blancs de papier jaune plus attrayant, recouvrir le parquet d'un épais tapis… Malheureusement ils avaient cruellement déchanté.

Le bébé était mort *in utero*, pendant que Charlie était séquestrée avec Mark. Lorsqu'on la conduisit à l'hôpital, elle s'en doutait un peu, mais elle espérait quand même que les médecins dissiperaient ses craintes. Ce ne fut pas le cas. Steve avait fondu en larmes, c'était la première fois qu'elle le voyait pleurer, même si cela devait ensuite se reproduire. Il lui était arrivé, par moments, d'avoir l'impression de reprendre le dessus, d'être capable en quelque sorte de gérer cette horreur, et pourtant quand elle hésitait à entrer dans l'autre chambre, de peur de se remémorer celle qu'ils avaient imaginée pour le bébé, il était évident que la plaie était toujours à vif.

Elle descendit à la cuisine, alluma la bouilloire. Elle rêvait beaucoup ces derniers temps. C'était en faisant des cauchemars qu'elle trouvait un exutoire à son angoisse, à mesure qu'approchait le jour où elle reprendrait le travail. Il lui fallait cependant se taire, afin de ne pas encore donner du grain à moudre à Steve.

— Tu n'arrivais pas à dormir ?

Steve s'était glissé discrètement dans la cuisine, et maintenant il la regardait. Elle hocha la tête.

— Tu es stressée ?

— À ton avis ? répondit-elle sur un ton qui se voulait détaché.

— Viens ici.

Il ouvrit les bras, elle s'y blottit.

— À chaque jour suffit sa peine, reprit-il. Je sais que tout va se passer pour le mieux, que tu vas t'en sortir sans problème… mais si jamais tu as peur de ne pas assurer, ou si tu penses que ça ne te convient pas, on avisera. Personne ne te jugera. D'accord ?

Charlie acquiesça. Elle lui savait gré de l'épauler et d'être capable de lui *pardonner*. En revanche, ça l'agaçait qu'il veuille à tout prix qu'elle change de métier. Elle comprenait pourquoi il détestait maintenant la police, son boulot et tous ces gens épouvantables ; à maintes reprises elle avait envisagé de suivre ses conseils et de donner sa démission. Mais après ? Jusqu'à la fin de sa vie, elle se dirait qu'elle avait perdu la bataille. Qu'on l'avait écartée. Brisée. Qu'Helen Grace ait repris le travail un mois seulement après la mort de Marianne ne faisait que jeter de l'huile sur le feu.

Elle avait campé sur ses positions et avait tenu à réintégrer son poste au terme de son congé maladie. La police du Hampshire s'était montrée généreuse et l'avait soutenue de son mieux, maintenant c'était à elle de lui renvoyer l'ascenseur.

Elle s'écarta de Steve pour leur faire du café ; à quoi bon retourner se coucher ? L'eau bouillante se déversa maladroitement dans les tasses et déborda. Mécontente, Charlie contempla la bouilloire d'un œil accusateur, mais la faute en incombait à sa main droite, qui tremblait. Elle reposa la bouilloire sur son socle, en espérant que Steve n'ait rien remarqué.

— Je vais me passer de café. Juste une douche et j'y vais, je pense.

Elle se retourna, prête à quitter la pièce, mais Steve l'en empêcha et la serra une fois de plus dans ses bras.

— Tu en es sûre ? demanda-t-il en la sondant du regard.

Charlie hésita un instant puis répondit :

— Absolument.

Sur ce elle fila. Elle grimpa l'escalier d'un pas léger, bien consciente que son optimisme n'abusait personne, et surtout pas elle.

7

— Je ne veux pas d'elle.

— On a déjà eu cette discussion, Helen. La décision est prise.

— Il n'y a plus qu'à revenir dessus. Je ne veux pas la voir réintégrer le service, c'est facile à comprendre.

Helen s'était exprimée sur un ton sans appel. D'ordinaire elle ne se montrait pas aussi agressive envers sa supérieure directe, mais elle prenait cette histoire trop à cœur pour céder.

— Il y a quantité de bons lieutenants, choisissez-en un autre. Je disposerai ainsi d'une équipe au complet, et Charlie pourra aller à Portsmouth, à Bornemouth, n'importe où. Ça lui fera sans doute du bien de changer d'air.

— Je comprends que vous ayez du mal à l'accepter, mais Charlie a autant le droit que vous d'être affectée ici. Collaborez avec elle, c'est un bon flic.

Helen tiqua mais réussit à se dominer – il fallait bien reconnaître que Charlie n'avait pas vécu ses plus belles heures quand Marianne l'avait enlevée –, puis se demanda ce qu'elle allait faire. Ceri Harwood avait remplacé Whittaker, qui s'était grillé, et déjà elle prenait ses marques. C'était un autre genre de commissaire que son prédécesseur ; alors que celui-ci avait un côté agressif et irascible, tout en se montrant souvent jovial, elle ne faisait pas de vagues, était une communicante hors pair, même si elle n'avait guère le sens de l'humour. Cette grande et belle femme élégante avait la réputation d'être fiable et d'avoir réalisé un excellent boulot partout où elle avait été affectée. Si elle donnait l'impression d'être appréciée par ses collègues, Helen avait du mal à la cerner ; car non seulement elles avaient peu de points communs – Harwood était mariée et mère de famille –, mais surtout elles n'avaient aucune histoire commune. Whittaker était resté longtemps en poste à Southampton, et il avait toujours pris Helen sous son aile, l'aidant notamment à monter en grade. Harwood ne risquait pas de se montrer aussi généreuse. En règle générale, elle changeait souvent d'affectation, et on ne la voyait pas avoir de favoris, son point fort consistant à veiller à ce qu'il n'y ait aucun dérapage, raison pour laquelle on l'avait nommée ici, Helen le savait bien. Un commissaire qui s'était couvert de honte, un commandant qui avait abattu la principale suspecte, un capitaine qui s'était suicidé pour empêcher sa collègue de mourir de faim… Un triste spectacle dont la presse, comme on pouvait s'y attendre, avait fait ses choux gras. Emilia Garanita, journaliste au *Southampton Evening News*, avait exploité cette histoire pendant des semaines, au même titre que les quotidiens nationaux. Dans ces conditions, il ne fallait guère s'attendre à ce qu'Helen bénéficie d'une promotion et prenne le relais de Whittaker. On ne l'avait pas chassée de la police, ce qui aux yeux du commissaire divisionnaire était plus que généreux. Helen en avait conscience, et pourtant ça la rendait furieuse. Ces gens savaient ce qu'elle avait été contrainte de faire. Ils n'ignoraient pas qu'elle avait abattu sa sœur pour mettre un terme à cette série d'assassinats, ce qui ne les empêchait pas de la considérer par ailleurs comme une sale gosse...

— Laissez-moi au moins lui parler, reprit-elle. Si j'ai l'impression qu'on peut travailler ensemble, on pourra peut-être...

— J'ai envie que ça se passe bien entre nous, Helen, la coupa adroitement Ceri Harwood, et il est un peu tôt pour que je vous donne des ordres. Voilà pourquoi je vous demande gentiment de prendre un peu de recul. Il est évident que vous avez des problèmes à régler, Charlie et vous, et que vous étiez proche du capitaine Fuller, mais il vous faut avoir une vue d'ensemble. L'opinion publique estime que vous avez fait preuve d'héroïsme, Charlie et vous, en empêchant Marianne de multiplier les meurtres. À mon sens elle a raison, et je n'ai pas envie de semer le doute dans son esprit. Après coup on aurait pu vous suspendre, vous muter ou vous licencier l'une et l'autre, mais ça n'aurait pas été juste, tout comme il ne serait pas correct de scinder une équipe comme celle-ci, qui engrange les succès, alors que Charlie s'apprête à revenir parmi nous ; les gens n'y comprendraient plus rien. Non, il vaut mieux fêter le retour de Charlie, vous féliciter toutes les deux pour ce que vous avez fait ensemble, et vous laisser chacune reprendre le travail.

Helen se doutait qu'il ne servirait à rien de chercher à avoir gain de cause. En formulant les choses avec tact, Harwood lui avait rappelé qu'elle avait failli se faire virer. Pendant que se déroulait l'enquête publique sur la fusillade qui avait coûté la vie à Marianne, une fois que la commission indépendante chargée d'instruire les plaintes formulées contre la police avait rendu son rapport, une foule de gens avaient demandé sa mise à pied. Helen s'était en effet lancé toute seule à la poursuite de Marianne, elle avait délibérément induit en erreur ses collègues, elle avait tiré sur une suspecte sans sommation… Bref, elle avait commis toute une série de fautes professionnelles. On aurait pu briser sa carrière, ce qui n'avait pas été le cas, à sa grande surprise, et elle en savait gré aux responsables, mais elle n'était jamais qu'en sursis avec mise à l'épreuve. Les mêmes chefs d'accusation pesaient donc toujours sur elle. Il lui faudrait désormais choisir judicieusement ses combats.

Helen s'inclina de bonne grâce et quitta le bureau de Harwood. Elle ne rendait pas justice à Charlie, elle s'en rendait bien compte, et devrait au contraire lui apporter un soutien plus marqué. Mais en réalité elle ne voulait plus la revoir. Cela reviendrait à se retrouver face à Mark, ou à Marianne. Et ça, il n'en était pas question, malgré toute la force de caractère dont elle avait fait preuve ces derniers mois.

Quand elle arriva dans les locaux de la brigade criminelle, elle constata tout de suite que l'endroit était en pleine effervescence. On avait beau être en début de matinée, il y avait là plus d'animation que d'ordinaire. Son équipe l'attendait, et le lieutenant Fortune s'empressa de la mettre au parfum.

— On a besoin de vous à Empress Road.

Helen était déjà en train de prendre sa veste.

— Pour quelle raison ?

— Un meurtre ; c'est un toxico du coin qui nous a téléphoné, il y a une heure environ. Un agent s'est rendu sur les lieux, mais vous auriez sans doute intérêt à aller voir.

Helen était déjà à cran. On décelait en effet dans la voix de son collègue quelque chose qu'elle n'avait pas entendu depuis Marianne.

La peur.

8

Délaissant sa moto, Helen prit la voiture pour se rendre sur place avec Tony Bridges. Elle l'aimait bien, c'était un flic sérieux et dévoué à qui elle avait appris à faire confiance. Ça n'aurait été facile pour personne d'être nommé capitaine à la place de Mark, mais Tony y était arrivé. Il était réglo, faisant face aux circonstances qui auraient pu laisser croire qu'il profitait de la mort de Mark. Son humilité et sa sensibilité lui avaient valu l'estime des membres de l'équipe, et il s'était maintenant coulé dans son rôle.

Il entretenait avec Helen des rapports plus compliqués. D'abord parce qu'elle avait des sentiments pour Mark, ensuite parce qu'il s'était trouvé sur place lorsqu'elle avait tiré sur sa sœur. Il avait assisté à toute la scène, vu Marianne s'effondrer, puis Helen tenter en vain de la ranimer. Sa patronne s'était montrée des plus vulnérables devant lui, ce qui laisserait toujours une gêne entre eux. D'un autre côté, il avait affirmé dans sa déposition devant la commission indépendante qu'Helen n'avait pas pu faire autrement que d'abattre Marianne, ce qui lui avait évité d'être rétrogradée ou virée de la police. Elle l'avait alors remercié, même si elle ne devait plus jamais reparler de la dette qu'elle avait envers lui. Il fallait savoir oublier et passer à autre chose, si l'on ne voulait pas saper le principe d'autorité et porter atteinte à la hiérarchie. Ils se comportaient pratiquement de la même façon que le ferait n'importe quel commandant ou capitaine, mais en réalité un lien s'était tissé entre eux sur le terrain.

Ils passèrent en trombe devant l'hôpital, gyrophare allumé, avant de tourner dans une petite rue qui débouchait sur la zone industrielle d'Empress State. Ils virent tout de suite quelle était leur destination, puisque l'on avait apposé un ruban jaune sur la porte d'entrée de la maison, ce qui attirait déjà les badauds. Brandissant sa carte de police, Helen traversa en vitesse cet attroupement, suivie de Tony. Elle toucha un mot à l'agent, pendant qu'ils revêtaient une combinaison protectrice, puis ils entrèrent dans la baraque.

Helen grimpa l'escalier quatre à quatre. On a beau en avoir vu des vertes et des pas mûres, on ne s'habitue jamais à la violence. Les agents faisaient une drôle de tête, comme si on venait violemment de leur ouvrir les yeux, et elle eut envie d'en finir le plus vite possible.

Les techniciens de scène de crime s'activaient dans la petite chambre de devant. Helen leur demanda de s'arrêter un instant, de manière à ce que Tony et elle puissent examiner la victime. En pareilles circonstances, on prend sur soi et on surmonte à l'avance son dégoût, faute de quoi on est incapable de se faire une première et précieuse idée de la situation. La victime était un Blanc d'environ cinquante ans, nu, ses vêtements et ses objets personnels ayant disparu. On avait attaché ses bras et ses jambes avec ce qui ressemblait à une corde d'alpiniste en nylon, puis recouvert sa tête d'une espèce de cagoule. Ça ne devait pas être sa fonction initiale ; on aurait dit l'un de ces sacs en feutre dans lesquels sont emballés les chaussures ou les cadeaux de luxe, mais il n'était pas là par hasard. Avait-il servi à l'étouffer, ou bien à lui cacher le visage et à le rendre anonyme ? En tout cas, il était évident que ce n'était pas ça qui l'avait tué.

On lui avait en effet coupé en deux le haut du torse, du nombril à la gorge, en écartant ensuite les pans de chair pour laisser voir les organes internes. Ou du moins ce qu'il en restait. Helen avala sa salive et constata qu'il en manquait un. Elle se tourna vers Tony en train de contempler, la mine décomposée, la cavité ensanglantée qui était auparavant la poitrine de cet homme. On ne s'était pas contenté de l'assassiner, on l'avait carrément massacré. Helen faillit céder à la panique, s'accroupit néanmoins à son chevet, et à l'aide d'un stylo souleva délicatement le bord de la capuche, pour voir à quoi il ressemblait.

Heureusement, on n'avait pas touché à son visage, et, chose étrange, il avait l'air paisible, même si ses yeux vous fixaient d'un regard vide. Sa tête ne lui disant rien, Helen la recouvrit de nouveau. S'intéressant maintenant au corps, elle examina l'édredon taché, la flaque de sang en train de coaguler par terre, calcula la distance à parcourir pour gagner la porte. Les blessures infligées à cet homme avaient l'air récentes et de dater de moins de vingt-quatre heures, de sorte que si l'assassin avait laissé des traces, celles-ci devaient être encore fraîches. Mais il n'y avait rien, du moins à première vue.

Elle contourna le lit avec précaution, enjamba un pigeon mort et s'en fut à l'autre bout de la pièce, où l'on avait condamné la fenêtre. À en juger par les clous rouillés qui maintenaient les planches en place, cela devait déjà faire un bon moment qu'il en était ainsi. Une baraque abandonnée dans un coin perdu de Southampton, et aux fenêtres condamnées. Bref, l'endroit idéal pour assassiner quelqu'un. Avait-on commencé par le torturer ? C'était la question que se posait Helen. On avait infligé à la victime de telles blessures, et si étranges, qu'il allait de soi que l'on avait voulu délivrer un message. Ou pire s'amuser, tout simplement. Qu'est-ce qui avait poussé l'assassin à agir ainsi ? Qu'est-ce qui avait bien pu lui prendre ?

On s'occuperait de ça plus tard. En attendant, il était indispensable d'identifier ce type, afin de lui rendre un minimum de dignité. Helen fit revenir dans la chambre l'équipe de la police scientifique. Il était temps de photographier tout ça et de lancer l'enquête.

Et d'abord de savoir qui était ce malheureux.

9

Chez les Matthews, tout se passait selon le scénario habituel. On avait terminé, puis lavé les bols de porridge, les cartables étaient alignés dans le vestibule et les jumeaux en train d'enfiler leur uniforme scolaire. Comme toujours Eileen, leur mère, les houspillait ; ces garçons mettaient en effet un temps fou à s'habiller. Quand ils étaient petits, ils adoraient l'allure que leur donnait leur bel uniforme et ils se dépêchaient de l'enfiler, tant ils avaient envie d'avoir l'air aussi grands que leurs sœurs aînées et de se donner autant d'importance qu'elles. Mais depuis que les filles étaient allées s'installer ailleurs et qu'ils avaient atteint l'adolescence, c'était devenu une corvée, et ils faisaient traîner les choses au maximum. Si leur père était là ils se dépêchaient, mais quand il n'y avait qu'Eileen, ils se payaient manifestement sa tête. Elle n'obtenait quelque chose d'eux qu'en les menaçant de les priver d'argent de poche.

— Cinq minutes, les garçons. Il faut que vous ayez filé dans cinq minutes.

Le temps pressait. On allait bientôt faire l'appel au collège Kingswood, et ce ne serait pas correct d'arriver en retard. On était très à cheval sur la discipline dans cette école privée, qui adressait des lettres sèches aux parents jugés laxistes ou trop coulants. Chez Eileen, ces missives étaient une hantise, même si elle n'en avait jamais reçu. Cela expliquait qu'elle ait rigoureusement planifié ce qu'elle faisait le matin, et normalement ils devraient déjà être partis. Mais aujourd'hui elle était dans tous ses états et réprimandait les garçons plus par habitude que pour autre chose.

Alan n'était pas rentré hier soir. Après la tombée de la nuit, elle se faisait toujours du souci pour lui. Certes, il se consacrait à une bonne cause et c'était son devoir d'aider ceux qui avaient eu moins de chance que lui, mais on ne savait jamais qui on pouvait croiser, ni ce qui risquait de vous arriver. Il existait des gens peu recommandables, il suffisait de lire les journaux pour le voir.

En principe il revenait vers quatre heures du matin. Eileen faisait alors semblant de dormir, puisque ça ne lui plaisait pas qu'elle guette son retour. En réalité, elle ne fermait pas l'œil tant qu'il n'avait pas regagné la maison. À six heures elle ne put s'empêcher de l'appeler sur son portable, et tomba directement sur la boîte vocale. Elle songea bien à lui laisser un message, mais préféra s'abstenir. Il n'allait pas tarder à débarquer, et il lui reprocherait alors de s'être affolée pour rien. Elle prépara son petit déjeuner, mais n'eut pas le cœur d'y toucher et le laissa sur le bar américain. Où était-il passé ?

Les garçons étaient maintenant prêts et la regardaient. Ils voyaient bien qu'elle s'angoissait, et ne savaient pas trop s'ils devaient en rire ou au contraire s'en inquiéter. À quatorze ans, ils étaient aussi bien des hommes que des enfants, désiraient conquérir leur indépendance, être des adultes, parfois cyniques, tout en restant attachés à la discipline et à la routine imposées par leurs parents. Ils attendaient pour s'en aller, Eileen pourtant hésitait. Quelque chose en elle l'adjurait de ne pas bouger d'ici, tant que son mari ne serait pas rentré.

On sonna à la porte, Eileen se précipita dans le vestibule. Cet idiot avait oublié sa clé. À moins qu'il ne soit tombé sur un pickpocket. Ce serait bien son genre de venir en aide à un minable et se faire voler son portefeuille. Elle se rasséréna, ouvrit tranquillement, armée de son plus beau sourire.

Personne. Elle regarda à droite et à gauche, mais la rue était déserte. Des enfants lui auraient-ils joué un tour ?

— Je m'étonne que vous n'ayez pas mieux à faire ! lança-t-elle, en pestant contre les petits garnements qui habitaient plus loin, dans des logements sociaux.

Elle s'apprêtait à claquer la porte quand elle remarqua la boîte qu'on avait déposée sur le perron. On y avait collé une étiquette blanche sur laquelle était écrit en pattes de mouche « Famille Mathews », ainsi que leur adresse. Un cadeau ? Ce n'était pourtant l'anniversaire de personne. Eileen passa une fois encore la tête dehors, s'attendant à voir Simon, le facteur, ou bien le véhicule d'un coursier garé en stationnement interdit, mais non.

Les garçons lui demandèrent aussitôt s'ils pouvaient l'ouvrir. Sans céder, elle leur répondit que ce serait elle qui s'en chargerait, quitte à partager au besoin avec eux ce qu'il y avait à l'intérieur. Ils n'avaient guère le temps de rester ici, il était déjà presque neuf heures moins le quart, mais enfin mieux valait déballer ce colis tout de suite et satisfaire leur curiosité, pour qu'ils puissent ensuite vaquer à leurs occupations. Agacée de voir qu'elle faisait elle-même traîner les choses, elle décida d'en avoir le cœur net ;

s'ils se dépêchaient, ses fils arriveraient peut-être à l'heure à l'école.

Elle récupéra une paire de ciseaux dans le tiroir de la cuisine pour découper le ruban adhésif, et fronça le nez quand une forte odeur émana du paquet. Elle ne discernait pas ce que ça pouvait être au juste, mais ça ne lui disait rien qui vaille. Serait-elle d'origine animale, ou chimique ? Son instinct lui disait de refermer la boîte et d'attendre le retour d'Alan, mais les garçons insistèrent pour qu'elle aille jusqu'au bout… Serrant les dents elle l'ouvrit.

Et poussa un cri. Elle ne put s'empêcher de hurler, malgré la panique que cela provoqua chez ses fils. Les larmes aux yeux ils se précipitèrent vers elle, mais elle les repoussa. Ils lui tinrent tête, voulant absolument savoir ce qui se passait, elle les attrapa alors par le collet et les fit sortir de la pièce, tout en appelant au secours, quelqu'un, n'importe qui…

Le paquet incriminé resta seul dans la pièce. À l'intérieur de son couvercle, ouvert, figurait une inscription en lettres pourpres : « Le male ». C'était la meilleure façon de présenter ce que renfermait cet horrible carton. Posé sur des journaux sales en guise d'écrin gisait le cœur d'un être humain.

10

— Où sont les autres ?

Serrant bien fort le dossier dans sa main, Charlie examina les locaux de la brigade criminelle. Ça lui faisait drôle d'être de retour ici, le plus étrange étant encore qu'il n'y avait visiblement personne.

— Meurtre dans le secteur d'Empress Road. Le commandant Grace a envoyé sur place le plus gros de l'équipe, répondit le lieutenant Fortune, qui n'avait pas l'air d'apprécier de se retrouver en rade.

Flic intelligent et consciencieux, il faisait partie de ces quelques officiers noirs affectés au commissariat central de Southampton. On le disait promis à des fonctions plus importantes, et Charlie savait qu'il devait être furieux de rester coincé ici, à lui tenir la main lors de sa reprise. Elle n'en menait pas large, une demi-heure plus tôt, quand elle était entrée dans l'immeuble, et le fait que personne ne soit venu l'accueillir rendait la situation encore plus pénible. La snoberait-on ostensiblement, histoire de lui montrer qu'elle n'était pas la bienvenue ?

— Que sait-on sur cette affaire ? demanda Charlie d'un ton aussi professionnel que possible.

— On a découvert le corps d'une prostituée dans le coffre d'une voiture. L'assassin s'est déchaîné sur la fille, raison pour laquelle on a eu du mal, au départ, à l'identifier, mais grâce à l'ADN on y est parvenu. Elle figurait dans la base de données ; tu trouveras son procès-verbal page trois.

Charlie feuilleta le dossier. Alexia Louszko, une Polonaise, ne passait pas inaperçue : cheveux auburn, couverte de tatouages et de piercings, elle avait des lèvres sensuelles et charnues. Si on aimait les gothiques, on était servi. Elle vous aguichait, même sur sa fiche de police. Les animaux de légende qu'on voyait sur sa peau lui donnaient un côté fauve, bestial…

— Aux dernières nouvelles elle occupait un appartement non loin de Bedford Place, lui expliqua le lieutenant Fortune.

— On va y faire un tour, dit-elle, même si son collègue avait visiblement envie de classer cette affaire.

— Qui est-ce qui conduit, vous ou moi ?

La plupart des prostituées de Southampton vivaient à Saint Mary ou à Portswood, au milieu des étudiants, des toxicos et des sans-papiers. Il n'était donc pas anodin qu'Alexia habitât Bedford Place, dans le coin des bars et des clubs plus chics. Interpellée un an plus tôt pour racolage, elle devait néanmoins avoir des revenus conséquents pour résider dans ce quartier très prisé.

On en avait encore davantage l'impression une fois arrivé chez elle. Quand on lui brandit sous le nez un mandat de perquisition, le concierge de l'immeuble fit entrer les deux flics à contrecœur. Pendant que son collègue lui posait quelques questions, Charlie examina les lieux. Un espace paysager repeint depuis peu, et doté d'un mobilier bon marché, mais branché. Outre un canapé d'angle et une télé à grand écran plasma, on voyait une table en verre, une machine à café et un juke-box rétro. C'était bien mieux que chez elle ! Cette fille gagnait-elle suffisamment pour pouvoir se payer tous ces objets emblématiques de la classe moyenne, ou bien était-elle entretenue par un amant, son mac ou un type qu'elle faisait chanter ?

Charlie alla directement dans la chambre, sans même jeter un œil à la cuisine, et constata qu'il y régnait une propreté méticuleuse et qu'elle était bien rangée. Elle enfila ses gants de latex et entreprit de fouiller les lieux. Les armoires regorgeaient de vêtements, les tiroirs étaient pleins de sous-vêtements et d'attirail SM, le lit était fait avec soin. Sur la table de nuit, un livre de poche solitaire d'un auteur polonais dont elle n'avait jamais entendu parler. À part ça, rien d'autre. Sa vie se résumait-elle donc à cela ?

La salle de bains ne lui apprenant pas grand-chose d'intéressant, Charlie explora alors la petite pièce, qui faisait également office de coin bureau et dans laquelle Alexia mettait aussi son linge à sécher. Un téléphone et un ordinateur portable bon marché étaient posés sur un bureau cabossé. Charlie alluma l'ordi, qui bourdonna, mais l'écran resta vide. Elle appuya en vain sur plusieurs touches.

— Tu as apporté ton couteau suisse ? demanda-t-elle à Fortune.

Question purement rhétorique, au demeurant, puisqu'elle savait qu'il l'avait toujours sur lui, même si en principe il ne devait pas. Eh oui, il était comme ça. C'est ainsi qu'il adorait réparer un machin quelconque devant ses collègues féminines. On découvrait alors le mâle primitif qui sommeillait en lui…

Elle s'en empara et fit sortir le tournevis intégré, pour dévisser la coque de l'ordinateur. Si comme prévu la batterie était toujours en place, le disque dur avait en revanche disparu.

On avait donc déjà passé l'appart au peigne fin. Dès l'instant où elle y était entrée, elle avait eu l'impression qu'on était déjà venu y remettre de l'ordre. Personne n'est aussi ordonné et méticuleux. Sachant que la police allait débarquer, un individu avait donc pris soin d'effacer toute trace d'Alexia, qu'elle soit d'ordre physique ou numérique... Qu'est-ce qu'elle fabriquait, pour gagner autant ? Et pour quelle raison voulait-on absolument le cacher ?

Il ne servait plus à rien de chercher dans les endroits que l'on inspecte habituellement. Mieux valait soulever les tables, les armoires, les matelas et fouiller les poches. Bref, regarder en dessous, derrière, au-dessus. Ça revenait sans doute à perdre son temps, et le collègue de Charlie multiplia les soupirs pour manifester son mécontentement – il se voyait sans doute en train d'opérer une descente sur Empress Road, – mais enfin au bout de deux heures et demie de fouille minutieuse ils trouvèrent quelque chose.

Dans la cuisine, il y avait une poubelle amovible. La poubelle avait été vidée, mais on avait laissé tomber un bout de papier. Charlie le récupéra.

Elle eut la surprise de découvrir une fiche de paie au nom d'une certaine Agneska Suriav, employée dans un club de remise en forme de Banister Park. Elle avait l'air réglo, comportait le numéro d'identification permettant d'effectuer le règlement de l'impôt à la source, et correspondait à un bon mois de salaire. Mais ça n'avait guère de sens. Qui était cette Agneska ? Une amie d'Alexia ? L'un de ses pseudonymes ? Voilà qui soulevait davantage d'interrogations que ça n'apportait de réponses. Pour la première fois depuis longtemps, Charlie se sentit bien dans sa peau. En définitive, il y avait peut-être une vie après Marianne...

11

— Je veux qu'on observe le silence absolu sur cette affaire tant qu'on n'en saura pas davantage. Rien ne doit sortir d'ici sans mon accord, compris ? déclara Helen.

Les membres de l'équipe opinèrent sagement du chef. Le capitaine Bridges, les lieutenants Sanderson, McAndrew et Grounds, leurs collègues moins gradés, les informaticiens et ceux qui assuraient la liaison avec les médias s'entassaient dans la salle des opérations que l'on avait réquisitionnée à la hâte. L'enquête prenait corps, et chacun bouillait d'excitation.

— On est à la recherche d'un individu extrêmement dangereux, à supposer qu'il n'y en ait pas plusieurs, et il faut le ou les interpeller le plus vite possible. Mais d'abord, il est indispensable d'identifier la victime. Sanderson, j'aimerais que tu prennes contact avec la police scientifique et les agents qui ratissent le secteur pour retrouver des témoins, ainsi qu'un véhicule qui aurait pu appartenir à ce malheureux. Ça m'étonnerait que l'on ait équipé la rue de caméras de surveillance, va quand même voir du côté des supermarchés et des petits commerçants. On apprendra peut-être quelque chose.

— Je m'en occupe.

Ça n'avait rien de passionnant, mais il arrivait que ce soient les vérifications de rigueur qui permettent soudain à une enquête d'avancer. Il était toujours possible de se couvrir de gloire en effectuant une corvée.

— Quant à toi, McAndrew, il faut que tu ailles discuter avec les prostituées. Il devait y en avoir au moins une dizaine dans le secteur, hier soir. Rien ne dit qu'elles n'ont pas vu ou entendu quelque chose. Elles ne vont pas vouloir nous parler, mais ce n'est pas bon pour les affaires, ce genre d'histoire, aussi explique-leur bien qu'elles ont intérêt à coopérer. Elles préféreront peut-être avoir un flic en civil comme interlocuteur. Demande aux îlotiers de te servir de guide, puis va les voir en tête à tête.

Le lieutenant McAndrew fit signe que oui, voyant du même coup s'évanouir en fumée les plans qu'elle avait pour la soirée. Pas étonnant qu'elle soit encore célibataire…

Helen marqua un temps avant d'épingler lentement les photos de la scène de crime sur le tableau se trouvant derrière elle. Dans son dos, quelqu'un retint son souffle. Il n'y avait pas grand monde, ici, qui avait déjà vu un homme éviscéré.

— Il s'agit d'abord de savoir pourquoi, reprit-elle à l'adresse de ses collègues. Qu'est-ce que la victime a bien pu faire pour déchaîner une telle sauvagerie ?

Sa question resta en suspens, elle observa la réaction des membres de l'assistance devant ces clichés.

— Dans cette rue, les baraques abandonnées sont régulièrement squattées par les prostituées et les junkies. Que venait donc faire ici ce type ? S'agissait-il d'un client qui n'a pas voulu payer ? D'un mac qui a essayé d'arnaquer un client ? Ou bien d'un dealer qui a entubé ses fournisseurs ? Vu la barbarie du meurtre, celui qui l'a commis était fou de rage, ou alors il voulait faire passer un message. Ce n'est *pas* un crime passionnel. L'assassin a tout préparé, le fil en nylon, le ruban adhésif, l'arme, et il a pris son temps. La police scientifique nous le confirmera plus tard, mais on dirait bien que la victime a été saignée à blanc, si l'on considère le fait qu'on a retrouvé énormément de sang par terre et sur lui. L'autre n'avait pas peur d'être repéré, il a tranquillement accompli son forfait, éviscéré la victime avant de…

Elle laissa s'écouler quelques secondes, puis enchaîna :

— … avant de lui arracher le cœur.

L'un des informaticiens blêmit. Elle poursuivit :

— Pour moi, tout se passe comme si cet homme était tombé dans un guet-apens, comme si on avait voulu le punir. Mais pour quel motif ? Est-ce que ça s'inscrit dans le cadre d'une guerre de territoire, s'agit-il d'adresser un avertissement à un rival ? Ce type avait-il des dettes ? S'est-il fait braquer ? On a déjà vu, par exemple, des putes et des macs torturer des clients pour obtenir le numéro de leur carte bleue. Ou alors faut-il chercher dans une autre direction ?

Helen avait peur d'envisager cette hypothèse. Le cœur était-il un trophée ? Elle écarta cette idée, puisqu'il ne servait à rien d'imaginer des choses délirantes susceptibles d'obéir à une logique violente et terre-à-terre.

— Il va nous falloir élargir au maximum le champ de nos investigations et aller voir du côté des prostituées, de la guerre des gangs, du trafic de drogue, des querelles entre gens du milieu… Il y a de grandes chances pour que le coupable se trahisse dans les prochaines vingt-quatre heures. Ou bien il est terrifié, ou bien il jubile ; ce n'est pas évident de garder son calme quand on a commis quelque chose comme ça. À charge pour nous de rester à l'affût, d'exploiter la moindre source d'information et de suivre toutes les pistes. Désormais, cette affaire passe avant le reste, dont les autres se chargeront à notre place.

Helen désignait ainsi à mots couverts Charlie, personne ne fut dupe. Elle ne l'avait toujours pas vue, mais ça n'allait pas tarder. Comme chaque fois qu'elle angoissait, elle se montrait polie et guindée. Cela durerait-il ? Avant elle conservait un visage indéchiffrable, mais depuis il s'était passé trop de choses, on avait trop étalé sa vie au grand jour pour que cela dupe encore quelqu'un.

La salle s'était vidée, les flics se dépêchant d'annuler ce qu'ils avaient prévu pour la soirée, de rassurer leurs proches et d'aller se chercher à manger, car pour eux la nuit serait longue. Helen se retrouvait donc seule, absorbée dans ses réflexions, quand Tony Bridges revint en courant :

— On dirait qu'on a retrouvé notre homme.

Elle sortit de sa rêverie.

— On a reçu un appel d'une femme affolée qui venait de trouver un cœur sur le pas de sa porte. Son mari n'est pas rentré de la nuit.

— Il s'appelle comment ?

— Alan Matthews. Il a quatre enfants et habite Banister Park. C'est un homme d'affaires, qui collecte des fonds pour une association caritative et s'investit beaucoup dans les activités de l'Église baptiste du coin.

Malgré lui, Tony ne put s'empêcher de faire la grimace en lui donnant ces précisions. Helen ferma les yeux, sachant bien que tous ceux qui étaient mêlés de près ou de loin à cette affaire allaient vivre un moment difficile. Un père de famille avait connu une fin sinistre dans un endroit réputé pour être fréquenté par des prostituées, on ne pouvait pas dire les choses autrement. Mais sachant d'expérience qu'il ne servait à rien de tergiverser, elle attrapa son sac et fit signe à Tony de la suivre.

— Allez, qu'on en finisse une fois pour toutes !

12

Eileen Matthews arrivait tout juste à se contrôler. Assise bien droite sur le canapé moelleux, elle ne quittait pas du regard la femme flic qui lui racontait les horreurs de ces dernières heures. Le commandant était accompagné de deux collègues, Tony et une femme chargée de faire le lien entre la police et les familles, et dont elle avait déjà oublié le nom. Elle ne s'intéressait qu'à Helen.

Les jumeaux étaient désormais hébergés chez des amis. Leur mère avait pris là une sage décision, et pourtant elle regrettait déjà. En effet, que devaient-ils se dire, que ressentaient-ils ? Si elle était personnellement obligée de rester ici, pour répondre aux questions, elle n'avait au fond qu'une envie, se dépêcher d'aller retrouver ses fils, les serrer dans ses bras et ne plus s'en séparer. Elle n'en resta pas moins sur place, acculée par les questions de la policière, paralysée par ce qu'elle venait de vivre.

— S'agit-il de votre mari ?

Helen lui remit un gros plan du visage de la victime. Eileen regarda la photo, puis baissa les yeux.

— Oui, répondit-elle d'une voix éteinte.

Sous le choc, elle ravalait ses larmes, tout en essayant de comprendre.

— Est-il… ? parvint-elle à articuler.

— Hélas oui. Toutes mes condoléances.

Eileen hocha la tête, comme si Helen venait de confirmer une évidence, mais elle ne l'écoutait que d'une oreille distraite, son seul désir étant d'oublier tout cela, de faire comme s'il ne s'était rien passé. Elle avait les yeux rivés sur les photos de famille accrochées au mur du salon, et qui montraient des gens heureux.

— Y a-t-il quelqu'un qui puisse venir vous tenir compagnie ?

— Comment est-il mort ? demanda Eileen en guise de réponse.

— On ne le sait pas encore exactement. Mais on peut vous dire tout de suite que ce n'était ni un accident, ni un suicide, et que nous enquêtons à l'heure actuelle sur un meurtre.

Pour Eileen, ce fut un nouveau coup de massue.

— Qui aurait envie de faire une chose pareille ?

Pour la première fois, elle regarda Helen en face. L'incompréhension se lisait sur son visage.

— Qui aurait envie de faire une chose pareille ? répéta-t-elle. Qui donc… ?

Elle désigna d'un geste la cuisine. Des techniciens de la police scientifique étaient en train d'y photographier le cœur, avant de le mettre dans un sac.

— On ne sait pas, répondit Helen, mais on va le découvrir. Pouvez-vous me dire où se trouvait votre mari, hier soir ?

— Comme tous les mardis soir, il donnait un coup de main à ceux qui organisent une soupe populaire sur Southbrook Road.

Tony griffonna dans son carnet.

— Il y va régulièrement ?

— Oui, Alan se montre très actif au sein de l'église, moi aussi, d'ailleurs ; notre foi nous conduit à venir en aide à ceux qui ont moins de chance que nous.

Eileen se surprit à parler de lui au présent. Elle n'arrivait pas à réaliser que soit arrivée pareille horreur. Car enfin, il ne pouvait pas être mort ! Un bruit à l'étage la fit sursauter. Mais non, ce n'était pas Alan qui marchait dans son bureau, rien que des policiers qui fouillaient dans ses affaires, embarquaient son ordinateur, effaçaient peu à peu ses traces…

— Y a-t-il une raison qui explique sa présence hier soir dans le secteur de Bevois Valley, et notamment du côté d'Empress Road ?

— Non. Il a dû arriver à Southbrook Road sur le coup de vingt heures, puis rester… jusqu'à ce qu'il n'y ait plus de soupe à distribuer. Il vient toujours trop de monde pour qu'on puisse répondre à la demande, mais enfin ils font de leur mieux. Pourquoi ?

Eileen ne put s'empêcher de lui poser la question, même si elle envisageait le pire.

— On a découvert Alan dans une maison abandonnée située dans la zone industrielle d'Empress Road.

— Ça ne tient pas debout.

Helen ne dit rien.

— Si son agresseur est venu manger à la soupe populaire, il ne lui a certainement pas fait traverser la moitié de Southampton…

— On a retrouvé sa voiture à deux pas de la maison. Elle était bien garée, et fermée à clé. Y aurait-il un motif qui l'aurait incité à se rendre là-bas de sa propre initiative ?

Eileen la dévisagea. Où voulait-elle en venir ?

— Mon travail consiste entre autres à poser des questions délicates, Eileen, lui expliqua Helen.

C'est indispensable si l'on veut découvrir ce qui s'est réellement passé. Il se trouve que des prostituées racolent dans la zone industrielle d'Empress Road, et que des dealers s'y livrent parfois à leur trafic. D'après vous, Alan a-t-il déjà eu recours à des prostituées, et a-t-il à l'occasion fait usage de drogue ?

D'abord muette de stupeur, Eileen explosa.

— Vous n'avez donc pas écouté ce que je vous ai dit ? Nous sommes une famille croyante ! Alan est un membre influent de l'église ! proclama-t-elle en articulant clairement et en insistant sur chaque mot, comme si elle s'adressait à une simple d'esprit. C'était un homme bon qui aimait les autres, enchaîna-t-elle, et avait conscience d'avoir une mission à accomplir ici-bas. S'il est entré en contact avec des prostituées ou des dealers, c'était uniquement pour les secourir. Sinon, il ne serait jamais allé voir l'une de ces femmes pour *ça* !

Helen s'apprêtait à réagir, mais Eileen n'en avait pas terminé.

— Il est arrivé quelque chose d'épouvantable, hier soir. Un homme honorable a proposé son aide à quelqu'un, qui en retour l'a volé, puis assassiné. Au lieu d'insinuer de pareilles… insanités, vous feriez mieux de sortir de chez moi et de partir à la rechercher du coupable.

Elle fondit en larmes. Elle se leva du canapé et quitta la pièce en courant ; pas question de pleurer devant ces gens, de leur faire ce plaisir. Elle gagna sa chambre, se jeta sur le lit qu'elle partageait depuis trente ans avec son mari et donna libre cours à son chagrin.

13

L'homme monta lentement l'escalier, en évitant toutefois la cinquième marche, qui craquait.

Il traversa le palier, dédaigna la chambre de Sally, sa fille, pour se rendre directement dans celle de sa femme. C'était étrange, quand même, qu'il ait toujours considéré que c'était la sienne. Il hésita un instant, posa ensuite les doigts sur la porte en bois et l'ouvrit. Elle protesta bruyamment, les gonds grincèrent.

Il retint son souffle.

Aucun bruit à l'intérieur, il n'avait pas dû la déranger dans son sommeil. Il entra donc en silence.

Elle dormait à poings fermés. Il sentit monter en lui le désir, et en eut honte l'instant d'après. Elle avait l'air si candide et placide, couchée devant lui… Et puis heureuse, aussi. Comment en était-on arrivé là ?

Il ressortit rapidement, se dirigea vers l'escalier. S'appesantir sur le sujet ne ferait que faiblir sa détermination. Le moment était venu, il n'y avait plus lieu de tergiverser. Il ouvrit discrètement la porte d'entrée, regarda une dernière fois en haut, par mesure de précaution, puis s'enfonça dans la nuit.

14

L'enseigne était discrète, il fallait savoir qu'elle était là pour la remarquer.

Brookmire Health and Wellbeing. Il était curieux qu'un club de remise en forme ne se manifeste pas de façon plus évidente. Charlie appuya sur l'interphone, on lui répondit sans tarder.

— Police ! lança-t-elle d'une voix forte, pour couvrir le vacarme de la circulation.

S'ensuivit un silence, sans doute un peu trop prolongé, puis on la fit entrer. Elle avait déjà l'impression de ne pas être la bienvenue.

Elle monta jusqu'au dernier étage. On l'accueillit avec un grand sourire, mais ce n'était qu'une façade. Une jeune et jolie femme, toute pimpante dans sa tenue blanche et portant une queue-de-cheval, lui demanda en quoi elle pouvait l'aider, se montrant néanmoins fort peu serviable. Sans lui répondre, Charlie examina les lieux. C'était là un club très chic, du même style que ceux de la chaîne Champneys et aussi discrètement parfumé que tous les spas de luxe. Elle en revint finalement à l'hôtesse d'accueil, dont le nom, Edina, figurait sur son badge, et qui avait l'accent polonais.

— J'aimerais parler au gérant, lui dit-elle en lui sortant sa carte de police.

— Il n'est pas ici. En quoi puis-je vous être utile ?

Charlie eut encore droit à un sourire forcé. Agacée, elle contourna le bureau et s'engagea dans le couloir qui donnait sur d'autres pièces à l'arrière.

— Vous ne pouvez pas passer par là…

Qu'importe ! C'était un endroit agréable, Charlie découvrit toute une rangée de salles de soins, ainsi qu'une cuisine commune, un peu à l'écart. Assis à la table, un petit garçon métis s'amusait avec un train. Il leva les yeux et lui adressa un immense sourire. Charlie ne put s'empêcher de lui rendre son sourire.

— Le gérant sera là demain. Vous n'avez qu'à revenir à ce moment-là, suggéra Edina, qui venait de la rattraper.

— Peut-être. En attendant, j'aimerais vous demander des renseignements sur une femme qui travaille ici, Agneska Suriav.

Devant son air interdit, Charlie lui tendit une photocopie d'une fiche de paie d'Agneska.

— Oui, oui. Agneska est l'une de nos thérapeutes. Elle a pris quelques jours de congé.

— En fait, elle est morte. On l'a assassinée avant-hier.

Edina accusa le coup. C'était la première fois qu'elle avait une réaction sincère. Elle observa un moment de silence, le temps de réfléchir, puis lui demanda tout bas :

— Comment est-elle morte ?

— On l'a étranglée, avant de la mutiler.

Charlie la laissa encaisser, avant de poursuivre son interrogatoire.

— Quand l'avez-vous vue pour la dernière fois ?

— Il y a trois ou quatre jours.

— Vous étiez amies ?

Edina haussa les épaules, peu désireuse de s'aventurer sur ce terrain.

— Quelles fonctions occupait-elle ici ?

— Elle était diététicienne.

— On l'appréciait ?

— Oui, répondit Edina, qui semblait interloquée par cette question.

— Quels étaient ses honoraires ?

— Ils sont tous indiqués ici. Je vais vous montrer…

— Elle proposait un service complet, ou bien elle se spécialisait dans certains domaines ?

— Je ne vois pas ce que vous voulez dire.

— Je me suis renseignée sur elle, sans trouver de diplôme de diététicienne. En réalité elle s'appelait Alexia Louszko, et c'était une prostituée. Une bonne, aux dires de tous. Elle était aussi polonaise, comme vous.

Edina ne desserra pas les lèvres. Visiblement elle n'aimait pas la tournure que prenait cet entretien.

— Reprenons, d'accord ? Expliquez-moi ce qu'Alexia faisait ici.

Il s'ensuivit un long, très long silence.

— Comme je vous l'ai expliqué, le gérant sera de retour demain, répondit-elle finalement.

Charlie rit.

— Vous êtes maligne, Edina, je vous l'accorde.

Elle regarda le couloir qui permettait d'accéder aux salles de soins.

— Que se passerait-il si j'entrais maintenant dans l'une de ces salles de soins ? La n° 3 est occupée. Si je l'ouvrais tout de suite d'un coup de pied, que trouverais-je ? On va y jeter un coup d'œil ?

— Allez-y, si vous avez un mandat de perquisition.

Edina ne cherchait même plus à avoir l'air aimable. Charlie changea de tactique, car cette fille n'était pas tombée de la dernière pluie.

— À qui est ce petit garçon ? demanda-t-elle en tendant le bras en direction de la cuisine.

— À un client.

— Il s'appelle comment ?

— Billy, répondit Edina au bout de quelques secondes.

— Donnez-moi son vrai nom. Et si vous continuez à me mentir, je vous interpelle.

— Richie.

— Faites-le venir.

— Vous n'êtes pas obligée de…

— Appelez-le.

Edina hésita, puis héla le gamin :

— Richie !

— Oui, maman ! lança une petite voix depuis la cuisine.

Edina baissa les yeux.

— Qui est son père ? demanda Charlie, bien décidée à ne pas la lâcher.

— Je vous en prie, ne les mêlez pas à ça, son fils et lui. Ça n'a rien à voir avec…

— Ont-ils des papiers en règle ?

Pas de réponse.

— Ils n'ont pas de titres de séjour ?

Edina garda le silence, avant de faire signe que non.

— Je vous en prie…

— Je ne suis pas venue vous créer des ennuis, à ce gamin et à vous, mais il faut que je sache ce qu'Alexia fabriquait ici, et ce qui lui est arrivé. Alors ou vous vous montrez coopérative, ou je préviens le commissariat. À vous de choisir, Edina.

En réalité, elle n'avait pas le choix. Charlie ne fut donc pas étonnée de l'entendre lui dire :

— Pas ici. Retrouvez-moi dans cinq minutes au café du coin.

Elle courut rejoindre son fils. Charlie poussa un soupir de soulagement. Ça lui faisait tout drôle de se retrouver dans l'arène, et d'un seul coup elle se sentait vidée. Elle ne s'était pas attendue à passer une journée aussi éprouvante lors de sa reprise. Mais le pire était à venir. Ce soir, on fêtait son retour. Il était temps pour elle de faire face à Helen Grace.

15

Pour la première fois depuis longtemps, Helen avait envie de boire un verre. Certes, elle avait pu voir ce que ça donnait chez ses parents, ce qui l'avait pour toujours dégoûtée de l'alcool, mais elle éprouvait à l'occasion le besoin de boire un verre ou deux. Et ce soir elle était à cran. L'entretien avec Eileen Matthews s'était mal passé, comme l'agent chargée d'assurer la liaison avec les familles s'était empressée de le lui faire remarquer en ronchonnant. Elle n'aurait guère pu s'y prendre autrement, puisqu'il lui appartenait de poser les questions délicates ; pourtant elle s'en voulait d'avoir mis dans cet état une femme déjà folle de douleur et qui n'avait rien à se reprocher. Pour finir, ils avaient pris congé, sans rien avoir appris d'intéressant.

En sortant de chez Eileen, elle avait sauté sur sa moto et foncé direct au pub, suivie de Tony. Voisin du commissariat central de Southampton, le Parrot and Two Chairmen était l'endroit idéal pour organiser des pots de départ et des choses de ce genre. Et ce soir on arrosait au contraire le retour de Charlie ; encore une tradition idiote. Prenant sur elle, Helen entra dans l'établissement, Tony s'efforçant d'avoir l'air enjoué et décontracté à ses côtés… et s'apercevant au bout du compte que Charlie n'était pas là. Elle était toujours en train de bosser, et ne devrait pas tarder.

Les membres de l'équipe échangeaient des banalités, sans trop savoir sur quel pied danser. On jetait çà et là des regards furtifs en direction de la porte, quand soudain elle arriva. Charlie se dirigea d'un pas alerte vers le petit groupe. Serait-elle pressée d'en finir ? Comme par magie, ses collègues s'écartèrent pour la laisser aller voir sa supérieure hiérarchique.

— Bonjour, Charlie, lui dit Helen.

Ça manquait d'inspiration, mais il faudrait s'en contenter.

— Chef…

— Alors, ta première journée, comment ça s'est passé ?

— Bien. Il n'y a rien à redire.

— Tant mieux.

Silence. Heureusement Tony vint à son secours :

— Tu en as déjà serré un ?

Charlie rit et fit signe que non.

— Tu perds la main, ma fille. Sanderson, tu me dois cinq livres.

Tout le monde éclata de rire puis s'attroupa autour de la revenante en lui tapant dans le dos. C'était à qui lui paierait un verre ou lui poserait des questions… Helen essaya de participer aux réjouissances, mais le cœur n'y était pas. Elle en profita pour aller se réfugier aux toilettes. Elle avait besoin d'être seule.

Elle entra dans les toilettes, s'assit sur le siège. Elle se prit la tête entre les mains, car elle avait le vertige, un début de migraine et la gorge sèche. Charlie avait l'air bien, ce qui avait de quoi surprendre et tranchait avec la femme brisée qui avait réussi tant bien que mal à échapper à ses ravisseurs ; il lui avait cependant été plus difficile que prévu de la revoir. La vie avait repris son cours, quand elle n'était pas là pour lui rappeler, par sa seule présence, ce qui s'était passé. Maintenant que Tony était capitaine et que l'on avait recruté des jeunes flics, ça revenait un peu, pour elle, à bosser avec une nouvelle équipe. Or le retour de Charlie la renvoyait à cette époque révolue, et à tout ce qu'elle avait alors perdu…

Helen sortit des toilettes et se lava les mains. On tira la chasse d'eau, quelqu'un sortit d'une cabine. Helen jeta un coup d'œil dans la glace, et son sourire se figea.

Car ce n'était autre qu'Emilia Garanita, responsable de la rubrique des affaires criminelles au *Southampton Evening News*, qui venait à sa rencontre.

— Tiens ! Je ne m'attendais pas à vous voir ici, lui dit la journaliste, radieuse.

— Et moi qui croyais que vous étiez ici dans votre cadre naturel.

C'était d'un goût douteux, mais elle ne put s'en empêcher tant elle détestait cette femme, que ce soit sur le plan personnel ou professionnel. Qu'elle en ait bavé, comme en témoignait la partie encore salement défigurée de son visage, conséquence d'une attaque à l'acide restée gravée dans les mémoires, ne changeait rien à l'affaire. Tout le monde souffrait, ce n'était pas une raison pour devenir sadique.

Emilia n'en continua pas moins à sourire ; elle aimait bien se livrer à des joutes, comme Helen l'avait appris à ses dépens.

— J'espérais bien vous croiser, commandant, déclara-t-elle.

Helen se demanda si elle avait insisté exprès sur le dernier mot, afin de souligner que sa carrière était au point mort.

— Il paraît que vous avez été confrontée à un meurtre sordide dans la zone industrielle d'Empress Road.

Helen avait renoncé à lui demander par quel biais elle se renseignait. Il y avait toujours un novice qui se laissait manipuler et crachait le morceau. Qu'elle fasse de l'intimidation ou que son interlocuteur ait tout simplement envie de se débarrasser d'elle, elle obtenait toujours gain de cause.

Helen la regarda, puis s'en alla. Emilia lui emboîta le pas.

— Vous avez une piste ? D'après ce qu'on m'a raconté, c'était épouvantable.

Aucune allusion au cœur. Soit elle n'était pas au courant, soit elle se gardait bien d'en parler, pour la laisser dans l'incertitude.

— Vous avez une idée de l'identité de la victime ?

— Rien de sûr, mais vous serez la première à être prévenue dès que j'en aurai la confirmation.

Emilia sourit, sans avoir par ailleurs le temps de répondre.

— Emilia, quel plaisir de te voir ! Tu m'offres un verre ?

Ceri Harwood se précipitait vers elle. D'où sortait-elle, celle-là ?

— Avec mon salaire de journaliste ? plaisanta Emilia.

— Dans ce cas, c'est moi qui t'en paie un, répliqua Ceri Harwood en l'entraînant vers le comptoir.

Helen les regarda s'éloigner, sans trop savoir si Ceri Harwood était venue l'extraire des griffes d'Emilia, ou avait au contraire voulu l'empêcher d'indisposer le quatrième pouvoir… En tout cas, elle se félicitait qu'elle soit intervenue. Elle observa les membres de son équipe. Contents, détendus et avec déjà plusieurs verres à leur actif, ils discutaient avec animation, ravis de compter à nouveau Charlie parmi eux.

Tout se passait, pour Helen, comme si elle était la fée Carabosse, celle qui était incapable de fêter le retour de Charlie. Personne ici ne s'intéressant à elle, elle saisit l'occasion.

Il lui fallait se rendre quelque part.

Elle enfourcha sa moto et mit son casque, ce qui la rendit temporairement anonyme. Elle alluma le moteur, manœuvra la poignée des gaz, desserra le frein d'un coup de talon et s'engouffra dans la rue noire. Elle était contente d'être débarrassée d'Emilia et de Charlie. Elle avait déjà eu son compte pour la journée, c'était le moins qu'on puisse dire.

L'heure de pointe n'étant plus qu'un souvenir, elle roula sans encombre. En pareilles circonstances, elle se sentait vraiment chez elle à Southampton. Un peu comme si on avait dégagé les rues à son intention, comme si elle se trouvait là dans son univers, où elle pouvait vivre tranquille, sans qu'on l'ennuie. Elle retrouva le moral. Pas uniquement parce qu'elle était ici, mais aussi en raison de l'endroit où elle se rendait.

Après s'être garée, elle donna trois coups de sonnette. L'interphone émit un petit bruit, qu'elle interpréta comme une invite ; elle entra dans l'immeuble.

Jake l'attendait, sa porte blindée grande ouverte. Il ne procédait pas ainsi avec ses autres clients, elle le savait bien. Vu les risques attachés à son étrange métier, il commençait toujours par regarder dans l'œilleton avant d'ouvrir. Mais là il était sûr que c'était elle, ces trois coups de sonnette étaient un code entre eux, et désormais il connaissait la nature exacte de sa profession.

Il n'en avait pas toujours été ainsi. La première année, elle ne lui en avait pas parlé, même s'il avait souvent essayé d'aborder le sujet. Mais après ce qui s'était passé ces derniers temps, ce n'était plus pareil… Les dominateurs lisent les journaux, eux aussi ! Heureusement, en vrai professionnel, il n'en soufflait mot. Oh, ce n'était visiblement pas l'envie qui lui en manquait, mais elle avait beaucoup souffert et détestait plus que tout se donner en spectacle, de sorte qu'il se gardait bien de lui donner des conseils.

Là elle se sentait à l'aise et pouvait rester, comme jadis, quelqu'un d'énigmatique qui cultivait le secret. Comme à l'époque où elle gérait correctement sa vie. Si ça ne l'avait pas rendue heureuse, ça lui avait néanmoins apporté la sérénité. Cela même dont elle rêvait en ce moment. Certes, elle prenait des risques en venant ici. Combien de flics s'étaient fait virer de la police parce qu'on leur reprochait leurs choix de vie ? Mais pour elle le jeu en valait la chandelle.

Elle enleva son blouson de cuir, puis son tailleur et son chemisier, qu'elle pendit sur de beaux cintres dans l'armoire de Jake. Il ne lui resta plus qu'à ôter ses chaussures pour se retrouver en sous-vêtements. Déjà ça allait mieux, elle était moins tendue. Jake lui tournait le dos. Comme toujours il restait discret, mais elle savait qu'il avait envie de la regarder. Elle aimait bien ça – ça lui faisait du bien –, elle voulait qu'il la regarde. Mais on ne peut pas avoir tout et son contraire. Vouloir protéger farouchement sa vie privée et se rapprocher intimement de quelqu'un.

Les yeux fermés, Helen attendit qu'il frappe. Il allait s'exécuter quand brusquement de sombres pensées l'assaillirent et la déstabilisèrent. Il y était question de Marianne, de Charlie, de ces gens qu'elle avait blessés et trahis, du mal qu'elle avait fait, de celui qu'elle continuait à faire…

Jake lui donna un coup de cravache dans le dos. Puis recommença, plus fort cette fois. Il s'interrompit, le temps qu'elle encaisse, et au moment où elle commençait à se décontracter, il la fouetta de nouveau. À la douleur succédèrent des picotements sur tout le corps. Son cœur battait la chamade, des endorphines circulaient dans son cerveau. Oublié son mal de tête, fini les idées noires… Comme toujours, elle trouvait le salut dans le châtiment. Au quatrième coup de cravache, elle se décontracta pour de bon, ce qui ne lui était pas arrivé depuis longtemps. Mieux, elle était heureuse.

16

Il n'avait pas ôté son alliance. En tournant le volant, alors qu'il roulait sur Redbridge Causeway, il aperçut la bague en or à son annulaire. Il se serait giflé. Il était encore novice en la matière. Elle aussi avait senti qu'il était mal à l'aise, il s'en aperçut en levant les yeux.

— T'inquiète, mon chou. La plupart de mes clients sont mariés. Il n'y a personne ici qui te fera la morale.

Elle lui sourit et regarda par la vitre. Il en profita pour la regarder plus longuement. Il ne pouvait pas espérer mieux. Jeune, sportive, avec de longues jambes glissées dans des cuissardes en plastique ; une minijupe, un haut ample qui laissait voir ses gros seins, et enfin des gants qui lui remontaient jusqu'aux coudes… Pour l'exciter, ou tout bêtement pour se protéger du froid ? Un visage pâle, des pommettes saillantes, et puis ces drôles de cheveux, longs, noirs et raides…

Il l'avait ramassée sur Cementery Road, au sud du Common, ce grand espace vert. À cette heure tardive, il n'y avait pas un chat là-bas, ce qui leur convenait parfaitement à l'un et à l'autre. Ils avaient mis cap à l'ouest, traversé le fleuve et bifurqué sur une petite route, comme elle lui avait demandé. Ils arrivaient maintenant à proximité d'Eling Great Marsh, une bande de terre isolée située derrière les docks. Dans la journée, les amoureux de la nature y venaient pour la chlorophylle et les petits oiseaux. La nuit, en revanche, cet endroit attirait une autre population.

Ils se garèrent et restèrent un moment sans rien dire. Elle sortit un préservatif de son sac à main, qu'elle posa sur le tableau de bord.

— Il va falloir que tu inclines ton siège, si tu veux que j'entre en action, lui dit-elle d'une voix douce.

Il recula sa banquette, puis l'abaissa, afin qu'ils aient de la place. De sa main gantée elle lui effleurait déjà l'entrejambe, il se mit à bander.

— Ça ne te dérange pas que je les garde ? lui demanda-t-elle. C'est plus drôle, comme ça.

Étranglé de désir, il fit signe que non. Elle ouvrit sa braguette.

— Ferme les yeux, chéri, je vais m'occuper de toi…

Il obéit sans discuter. C'était elle qui prenait l'initiative, et il aimait ça. Pour une fois qu'on s'occupait de lui, qu'il n'avait pas de responsabilité à prendre et qu'il se faisait plaisir ! Ça ne lui arrivait pas si souvent.

Lui vint soudain à l'esprit l'image de Jessica, cette femme aimante qu'il avait épousée deux ans plus tôt, la mère de leur enfant, une épouse bafouée et qui ne se doutait de rien, la pauvre… Il écarta cette pensée de son esprit, ce brusque rappel à la réalité étant parfaitement incongru. Pour l'heure son fantasme prenait corps. Il s'offrait une petite gâterie. Et même s'il culpabilisait, il allait en profiter au maximum.

17

Il était presque minuit quand il rentra chez lui. Comme d'habitude tout était éteint à la maison, et il n'y avait pas un bruit. Nicola devait dormir sur ses deux oreilles à l'étage, veillée par sa garde-malade qui lisait un livre en s'éclairant avec une lampe de poche. Si en général ça lui remontait le moral d'imaginer sa femme bien à l'abri dans son cocon, ce soir cela l'attrista d'y penser. Il éprouva tout d'un coup un affreux sentiment de vide.

Tony Bridges posa ses clés sur la table, puis monta prendre la relève d'Anna, qui s'occupait de sa femme depuis près d'un an et demi. Il se rendit alors compte qu'il avait trop bu. S'étant autorisé le luxe de boire quelques verres, il avait laissé la voiture à côté du pub, puis était rentré en taxi. Ému par le retour de Charlie, il avait éclusé quatre ou cinq pintes de bière, et chancelait un peu dans l'escalier. Il avait certes le droit de vivre, mais enfin il n'était pas très fier de lui quand Anna, ou, pire, la mère de Nicola, le voyait éméché. Serait-il trahi par son élocution dans quelques secondes ou par son haleine chargée d'alcool ? Il s'efforça de donner le change et entra dans la chambre de Nicola.

— Comment va-t-elle ?

— Très bien, répondit Anna avec le sourire.

Dieu merci, elle souriait tout le temps.

— Elle a pris son repas, puis je lui ai lu quelques chapitres.

Elle brandit *La Maison d'Âpre-Vent*. Nicola avait toujours aimé Dickens, notamment *David Copperfield*, raison pour laquelle elles lisaient l'ensemble de son œuvre. Ça donnait un but à Nicola, une raison de vivre, et visiblement elle aimait ces histoires mettant en scène des héros courageux et d'affreux scélérats.

— On arrive à un passage palpitant, ajouta Anna. Comme elle ne voulait pas que je m'arrête, j'ai prolongé ma lecture. Mais à la fin elle s'est assoupie ; vous serez peut-être obligé de lui récapituler ça demain, de façon à ce qu'elle ne rate rien.

Tony se sentit bouleversé par la sollicitude d'Anna à l'égard de sa femme. Craignant que sa voix ne le trahisse, il lui tapota le bras, la remercia en vitesse et lui donna congé.

Nicola était son amour d'enfance, ils s'étaient mariés jeunes et menaient une vie heureuse, jusqu'à ce que deux jours avant ses vingt-neuf ans elle soit victime d'un accident vasculaire cérébral. Elle en avait réchappé, mais avec de graves lésions qui l'avaient laissée atteinte du syndrome d'enfermement, bref, coupée du monde. Si elle voyait et restait lucide, elle ne pouvait plus bouger que les paupières, car elle était désormais tétraplégique. Tony s'occupait d'elle de son mieux, il avait eu la patience de lui apprendre le langage des yeux, obtenait des membres de la famille qu'ils viennent lui tenir compagnie ou faisait appel à une garde-malade quand il allait travailler. Malgré tout il avait l'impression d'être un mauvais mari, impatient et égoïste, alors qu'en réalité il faisait de son mieux. Ça ne l'empêchait pourtant pas de se fustiger, surtout quand il passait un bon moment. Il avait alors l'impression d'être un homme indigne et sans cœur.

Il lui caressa les cheveux, l'embrassa sur le front, puis se retira dans la pièce voisine. Cela continuait à le chagriner, deux ans après son AVC, qu'ils fassent chambre à part. Normalement, on voyait ça chez les couples qui ne s'entendaient plus ou qui s'étaient mariés par convenance, ce qui n'était pas leur cas. Ils méritaient mieux.

Il s'allongea sur le lit, sans prendre la peine de se déshabiller, et feuilleta *La Maison d'Âpre-Vent*. Au début, quand ils sortaient ensemble, Nicola lui avait lu du Dickens à voix haute. Dans un premier temps ça l'avait mis mal à l'aise – il n'avait jamais été un grand lecteur et ça lui avait paru un peu prétentieux –, mais à la longue il en était venu à apprécier cet auteur. Il fermait alors les yeux et se régalait de l'accent de son épouse, originaire de la région de Londres. Il n'avait jamais été aussi heureux, et il aurait donné n'importe quoi pour disposer aujourd'hui d'un enregistrement, un seul, d'elle en train de lui faire la lecture.

Mais il ne fallait pas y compter, et il ne servait à rien de nourrir des chimères, alors il s'installa avec son bouquin. Ce n'était pas terrible, mais pour l'instant il devrait s'en contenter.

18

Au loin scintillaient les lumières des docks de Southampton. Il y avait toujours de l'animation sur le port, et ce serait encore maintenant une véritable ruche. D'immenses grues déchargeraient les conteneurs venus d'Europe, des Antilles ou d'ailleurs ; les chariots élévateurs sillonneraient les quais, tandis que les hommes jureraient comme des charretiers, en effectuant leur service de nuit.

Calme absolu sur Eling Great Marsh. Il faisait froid, cette nuit, un vent polaire balayait le fleuve et secouait la voiture, seule dans ce paysage désolé. La portière du conducteur était grande ouverte et c'était allumé à l'intérieur, ce qui éclairait faiblement la scène.

Elle entreprit de le tirer dehors, en le tenant par les chevilles. Il était plus lourd que prévu, et elle mobilisa toutes ses forces pour le traîner sur le sol accidenté. La terre était meuble, ce qui ralentissait l'opération et laissait derrière eux une trace comme celle d'un escargot. Sa tête heurta une pierre quand elle le poussa sur le rebord d'un petit fossé. Il remua, mais pas assez… Il était bien trop dans le coaltar.

Elle vérifia encore un fois qu'il n'y avait personne alentour, puis elle posa le sac par terre pour l'ouvrir. Elle en sortit du ruban adhésif, en découpa un morceau, le lui colla sur la bouche et passa dessus sa main gantée, pour vérifier que le bâillon était bien scellé. Surexcitée, elle le saisit par les cheveux et lui tira la tête en arrière. Sortant alors un grand couteau de son fourre-tout, elle lui trancha la gorge. Il se contorsionna, essayant de reprendre conscience, mais c'était trop tard. Un jet de sang éclaboussa le visage et la poitrine de la femme, comme s'il les liait l'un à l'autre. Elle laissa son sang chaud couler sur elle, elle aurait tout le temps pour se laver ensuite.

Plongeant maintenant la lame dans son ventre, elle s'attela à la tâche. En moins de dix minutes elle avait récupéré ce qu'elle voulait, et déposé l'organe sanguinolent dans un petit sac à fermeture éclair. Elle se redressa pour examiner le résultat. Si, la première fois, cela avait été laborieux, ce coup-ci tout était allé comme sur des roulettes.

Elle faisait des progrès.

19

— Alors, comment ça s'est passé ?

Steve, qui attendait le retour de Charlie, vint la rejoindre. En bruit de fond on entendait la télé. Quatre cannettes vides de bière blonde attestaient que, tout comme elle, il avait eu besoin d'un remontant…

— Ma journée, ou mon pot de retour ?

— Les deux.

— Plutôt bien. J'ai pas mal avancé dans une enquête, et les autres étaient contents de me revoir. Helen a eu en gros l'attitude que je prévoyais, mais comme je ne peux rien y faire…

Charlie constatait avec soulagement qu'il avait l'air heureux qu'elle s'en soit bien sortie. Il s'était suffisamment opposé à ce qu'elle reprenne son boulot de flic et elle lui savait gré de lui apporter son soutien.

— Bravo ! Je te l'avais bien dit que tu serais géniale, déclara-t-il en lui passant un bras autour de la taille avant de l'embrasser.

— Bon, aujourd'hui je reprends mes fonctions, répondit-elle en haussant les épaules. J'ai encore du pain sur la planche.

— Il faut y aller petit à petit, pas vrai ?

Charlie hocha la tête, ils échangèrent encore un baiser, plus profond, cette fois.

— Tu en as descendu combien ? lui demanda-t-il, l'œil malicieux.

— Un certain nombre, répondit-elle avec le sourire. Et toi ?

— Ah ça, j'ai mon compte, déclara-t-il en la soulevant dans ses bras. Accroche-toi, cette rampe est traîtresse.

Elle se laissa porter en haut dans leur chambre. S'il avait toujours existé de l'affection entre eux, sur le plan sexuel c'était le calme plat ces derniers temps. Charlie ne pouvait donc que se féliciter que renaissent en eux le désir et la spontanéité.

Au fond, ça allait peut-être s'arranger.

20

— Ce que vous voyez là est le résultat d'une thoracotomie réalisée avec les moyens du bord.

Jim Grieves prononça ce dernier mot avec délectation, sachant pertinemment qu'Helen ne saurait pas de quoi il s'agissait. À sept heures du matin, ils étaient seuls tous les deux dans la morgue de la police. Sur la table d'autopsie gisait, nu, Alan Matthews. On avait déjà établi qu'il avait succombé à une hémorragie, et désormais on essayait de comprendre comment on avait fait pour prélever son cœur.

— On n'a pas procédé là à une opération classique, mais bon, celui ou celle qui en est l'auteur ne l'a pas réalisée dans des conditions optimales. Il ou elle devait être sur les nerfs et avoir peur de se faire prendre, sans oublier qu'au départ la victime était vivante. Étant donné que ce n'est pas une pratique courante, c'est plutôt réussi.

On le sentait presque admiratif devant le résultat. Beaucoup s'en seraient offusqués, mais Helen ne s'en formalisa pas. Quand on passe trop de temps dans une morgue, on n'en sort pas indemne, et Jim était plus sain d'esprit que la plupart des gens. Il était aussi très compétent, si bien qu'elle écoutait attentivement ses explications.

— On a d'abord pratiqué une incision juste en dessous du sternum. À l'aide d'une grande lame, qui faisait peut-être dans les vingt centimètres de long. On a découpé ensuite les côtes et le sternum. En principe, on recourt à des écarteurs pour ouvrir tout grand le torse. Cependant, notre assassin s'est servi d'un instrument plus intéressant. Vous voyez les deux espèces de piqûres, là ?

Helen tendit le cou pour regarder à l'intérieur du thorax. Sur le côté droit on discernait deux trous distants de cinquante centimètres.

— Ils sont l'œuvre d'une sorte de crochet. Un croc de boucher, peut-être… On enfonce deux crocs au bord d'une incision, puis on fait tout bonnement appel à la force. On commence par dégager le côté droit, puis on passe à celui de gauche. Une fois la poitrine et le cœur à nu, il suffit de découper les tissus environnants, et ensuite de le prélever. Ce n'est pas joli joli, mais ça marche.

Helen enregistra ces précisions macabres.

— Bon, de quoi s'agit-il ? D'un couteau de boucher et d'un crochet à viande ?

— Possible, fit Grieves en haussant les épaules.

— Il faut combien de temps ?

— Entre dix minutes et un quart d'heure, suivant l'expérience qu'on a et le soin qu'on apporte au travail.

— Autre chose ?

— On a eu recours au chloroforme pour l'immobiliser, votre victime… On en a retrouvé dans sa bouche et ses narines. Les collègues de la police scientifique sont en train de l'analyser, mais je présume qu'il était de fabrication artisanale. N'importe quel imbécile est capable d'en fabriquer avec de l'eau de Javel et de l'acétone. Il trouvera facilement sur Internet la marche à suivre.

— L'assassin a-t-il laissé des empreintes ?

Jim fit signe que non.

— On dirait qu'il y a eu très peu de contact entre sa victime et lui. Cela dit, votre homme, lui, a multiplié les contacts humains, dans sa vie…

Jim s'interrompit, comme toujours quand il réservait une surprise. Helen attendit avec impatience qu'il lui raconte la suite.

— On a relevé quantité de traces de MST. Cela ne fait aucun doute, M. Matthews avait une blennorragie qu'il avait dû contracter récemment, à mon avis. On a également retrouvé chez lui une bactérie dangereuse, la *Mycoplasma genitalium*, ce qui semble étrange mais est en réalité très commun, et peut-être aussi des morpions. Dommage que je n'aie pas fait partie de son église… Ils devaient s'éclater comme des dingues !

Il partit se laver. Helen prit acte de ce dernier rebondissement. C'était le premier tuyau qu'on lui filait dans une enquête sur un meurtre par ailleurs déconcertant.

De retour au commissariat, elle continua à disséquer mentalement Alan Matthews. Les membres de l'équipe s'étaient réunis pour mettre en commun ce qu'ils avaient appris.

— Les collègues de la criminalistique ont fait chou blanc, ou c'est tout comme, annonça sombrement Tony Bridges. Ils ont passé la voiture au peigne fin, mais elle n'a pas été déplacée, et personne n'y a touché. En plus, on n'a relevé dessus que l'ADN des Matthews. Quant à la maison, il y a tellement de traces d'ADN sur la scène de crime qu'on peut facilement procéder par élimination et déterminer qui n'y est jamais venu. Sperme, salive, cellules de la peau, on a tout récupéré. Des prostituées et leurs clients, ainsi que des toxicos y venaient régulièrement, dans cette baraque. On va se renseigner sur eux, histoire de voir si l'on apprend des choses intéressantes, mais sur le plan juridique ça n'aura aucune valeur.

— Pourquoi utiliser un endroit où il y a autant de passage ? L'assassin n'avait-il pas peur d'être pris sur le fait ? intervint le lieutenant Sanderson.

— Il ne se rendait peut-être pas compte que c'était devenu un vrai moulin, répliqua Tony, même si on peut en douter, vu le soin qu'il a mis à préparer son forfait. Non, à plusieurs égards c'était l'endroit idéal : la porte de derrière est solide et verrouillée de l'intérieur, les fenêtres sont condamnées, ce qui signifie que l'on ne peut pénétrer dans la maison que par la porte de devant. Le loquet est cassé depuis longtemps, mais il y a toujours un bon verrou à l'intérieur. Ça permettait à l'assassin d'empêcher quelqu'un d'entrer une fois que la victime était neutralisée.

— C'est quand même risqué, objecta Sanderson, toujours pas convaincue.

— Effectivement, dit Helen, qui prit le relais. Ce qui nous indique quoi ? Que celui ou celle qui a commis ce meurtre espérait que l'on découvre rapidement le corps ? Ou encore qu'il se peut qu'il ou elle ait tout bonnement choisi cet endroit pour mettre à l'aise sa victime. Rien ne laisse penser qu'on a forcé Alan Matthews à entrer dans cette baraque. Ce qui signifie qu'il est tombé dans un guet-apens. C'est par la ruse qu'on l'a attiré là-bas. Il était atteint de maladies vénériennes, preuve qu'il multipliait les partenaires sexuels, il a peut-être repéré une prostituée qui lui plaisait ou s'est adressé à un mac de sa connaissance qui les a suivis à l'intérieur, et vlan !

— On a bien regardé dans son ordi, coupa le lieutenant McAndrew, et on a pu constater qu'il était un gros consommateur de pornographie et de prostituées. Comme il ne cherchait pas vraiment à dissimuler ses centres d'intérêt, on s'est vite aperçus qu'il allait souvent sur des sites pornos, gratuits pour la plupart, mais certains – plus chauds – étaient payants. Il fréquentait aussi les forums de discussion. On poursuit notre enquête dans ce domaine, mais enfin il y a tout un tas de pauvres types qui se racontent leurs exploits avec des professionnelles, leur donnent une note en fonction de la taille de leurs seins, expliquent ce qu'ils ont fabriqué avec elles, etc.

— Ils en dressent un palmarès ? demanda Helen, incrédule.

— En gros, oui. C'est un peu l'équivalent de TripAdvisor pour les prostituées. Et puis il allait aussi sur des sites spécialisés dans les escort girls, ajouta McAndrew, même si rien ne prouve qu'il ait jamais eu recours à leurs services. Ce qui laisse penser qu'il avait des goûts un peu plus… simples.

— Ne nous égarons pas, dit Helen. On n'est pas ici pour le juger, mais pour retrouver son assassin. Quoi qu'on puisse penser de lui par ailleurs, c'était un mari et un père de famille, et il nous faut interpeller le ou la coupable.

Avant que cet individu ne recommence, faillit-elle préciser, mais elle se retint in extremis.

— Il va nous falloir comprendre comment il arrivait à se payer son passe-temps. Plus ses pratiques sortaient de l'ordinaire, plus ça lui revenait cher. Les Matthews ne sont pas propriétaires de leur maison, ils ont quatre enfants à charge, et Alan était le seul à faire bouillir la marmite. À l'évidence il allait souvent sur des sites pornos payants, et c'était un bon client des prostituées. Comment se débrouillait-il ? Devait-il par hasard du fric à un mac ? Serait-ce là l'explication ?

Ce coup-ci, il n'y eut aucune réaction parmi les membres de son équipe, qui avaient tous les yeux rivés sur la porte. Helen se retourna brusquement, un agent qui hésitait à entrer. Rien qu'à voir sa tête, elle comprit de quoi il s'agissait. Elle n'en eut pas moins froid dans le dos quand il annonça :

— On a retrouvé un autre corps…

21

Rentrée saine et sauve au bercail, elle enfila des gants en latex pour examiner son butin. Deux cents livres en liquide, qu'elle mit aussitôt dans son sac à main, avant de s'intéresser aux cartes de crédit. Clic, clic, clic, elle les découpa adroitement à l'aide d'une paire de ciseaux. Par mesure de précaution, elle les mit dix minutes au gril. Elle ne put s'empêcher de les regarder se transformer en une espèce de bouillie plastique… La vie de quelqu'un en train de se liquéfier, au sens propre du terme…

Au tour maintenant du permis de conduire. Elle hésita à voir comment il s'appelait, préférant s'en tenir à la photo. Avait-elle peur de découvrir qui elle avait massacré, ou bien remettrait-elle ça à plus tard, histoire de faire durer le suspense ?

Elle y jeta un œil. Christopher Reid. Son adresse figurait sous son nom. Elle la contempla, calcula. Puis elle examina en vitesse ce qu'il y avait d'autre dans son portefeuille… Cartes de visite, cartes de fidélité et tickets de blanchisserie. Une vie banale à souhait.

Satisfaite, elle se leva. Elle n'avait pas de temps à perdre, il lui fallait se dépêcher. Elle ouvrit le vieux poêle dans lequel brûlait un bon feu, alimenté par la nouvelle bûche qu'elle venait d'y mettre. Elle y jeta le portefeuille du type, et le regarda brûler. Puis elle se déshabilla en vitesse et balança ses vêtements tachés de sang par-dessus. Le feu ronfla, elle fut obligée de reculer pour ne pas se brûler.

Elle se sentit bête, nue comme ça au milieu de la pièce, le visage et les cheveux constellés de gouttes de sang. Elle fila sous la douche, se lava, puis se rhabilla. Plus tard elle aurait tout le temps de nettoyer la baignoire et le sol, pour l'instant elle avait encore du pain sur la planche.

Elle ouvrit le frigo, attrapa une demi-bouteille de Lucozade et la vida d'un trait. La moitié d'une tourte, quelques morceaux de poulet frit, un Müller Light ; elle engloutit le tout, ayant d'un seul coup le vertige et une faim de loup. Rassasiée, elle s'arrêta. Sur l'étagère du haut se trouvait sa récompense. Le cœur d'un être humain, bien rangé dans un tupperware.

Elle le sortit, puis le déposa sur la table de la cuisine. Attrapant ensuite le récipient, du scotch et des ciseaux, elle se mit au travail.

Elle avait une livraison à effectuer.

22

Un coup de sonnette, elle sursauta. Jessica Reid se leva promptement, laissant sa fille d'un an et demi à qui elle faisait prendre son repas, et s'en fut ouvrir. Elle s'était réveillée tard, et ça lui avait fait tout drôle de s'apercevoir que Chris n'était pas couché à sa place habituelle dans le lit. Constatant ensuite qu'il avait disparu avec la voiture, sans lui laisser un mot, elle s'inquiéta pour de bon. Où était-il passé ?

Elle ne prévint pas la police, car il devait y avoir une explication à son absence. La voilà donc qui se précipitait vers la porte, persuadée que son mari contrit serait derrière. Mais ce n'était que le postier, qui lui apportait une lettre recommandée avec accusé de réception.

Elle la balança sur la table, puis s'en fut donner encore de la compote de pommes à Sally, qui en réclamait. Elle la fit manger à la petite cuiller, mais elle avait l'esprit ailleurs. Certes, les relations avec son époux s'étaient quelque peu tendues ces derniers temps, depuis sa découverte, mais enfin ce n'était pas un homme insensible. Il ne la laisserait pas comme ça dans l'ignorance. Se pourrait-il qu'il l'ait plaquée ? Qu'il les ait abandonnées ? Elle ne voulait pas y croire. C'était impossible, il y avait toutes ses affaires ici, qui plus est il adorait Sally et il ne l'abandonnerait jamais.

Il était à la maison, hier soir, quand elle était allée dormir. Il se couchait toujours après elle, car il regardait des films d'action qu'elle n'appréciait guère, et il était devenu expert pour se mettre au lit sans la réveiller. Avait-il seulement passé la nuit à côté d'elle ? Sans doute pas, puisque son pyjama était soigneusement plié sous l'oreiller, là où elle l'avait rangé dans le courant de l'après-midi.

Il avait dû sortir. Au travail ? Non, le boulot, ce n'était pas son truc, ça faisait des mois qu'il se la coulait douce. Il ne fallait pas s'attendre à ce que subitement il déborde d'ardeur. Serait-il allé voir sa mère ou un ami, pour régler un problème urgent ? Non, là encore ça ne tenait pas debout. À la première alerte, il lui aurait demandé de lui donner un coup de main.

Mais alors où était-il ? Elle devait sans doute s'affoler pour rien, la tension qui avait régné entre eux depuis quelque temps l'amenant à imaginer des horreurs et à se couvrir de ridicule. Il n'avait pas d'ennuis. Bien sûr que non.

Elle avait beau céder à la peur et être en proie au doute, et en dépit de tous les problèmes qu'ils avaient eus récemment, elle était maintenant sûre d'une chose, c'est qu'elle désirait ardemment que leur couple fonctionne et ne voulait pas perdre Christopher. Elle savait désormais qu'elle aimait son mari de tout son cœur.

23

Le soleil refusait de se lever. Une épaisse couche de nuages stagnait au-dessus d'Eling Great Marsh et enveloppait les silhouettes qui passaient à travers. Revêtus de combinaisons spéciales, une dizaine de membres de la police scientifique avançaient à quatre pattes sur cette lande située en lisière de la ville, pour examiner chaque brin d'herbe et tâcher de relever des indices.

Helen contempla les lieux et repensa à Marianne. Des endroits distincts, des circonstances différentes, mais la même épouvante. Un meurtre cruel et gratuit. Un mort que l'on retrouve dans un fossé, et à qui l'on avait arraché le cœur encore palpitant. Une femme inquiète, qui guettait quelque part son retour, en espérant qu'il ne lui était rien arrivé… Elle ferma les yeux pour essayer d'imaginer un monde dans lequel ce genre d'horreur n'avait pas cours. L'odeur salée des marais la renvoya à une époque plus heureuse, à des vacances prises en famille sur l'île de Sheppey. Quelques brefs moments de plaisir émaillant la sinistrose. Elle ouvrit brusquement les yeux, furieuse de s'être laissée attendrir, alors qu'elle avait du travail.

Dès qu'elle avait appris la nouvelle, elle avait réquisitionné tout le monde. Membres de la criminelle, spécialistes de la police scientifique, agents disponibles, elle les avait systématiquement envoyés sur cette lande désolée et humide. Ça mettrait la puce à l'oreille des journalistes, mais tant pis. Il était évident qu'on avait affaire à quelque chose, à quelqu'un qui sortait de l'ordinaire, et elle était bien décidée à y consacrer le maximum de moyens.

La voiture était toujours en cours d'examen, et on avait relevé par terre les premiers indices intéressants. Le corps de la victime avait laissé des marques sur le sol meuble, comme si on l'avait traîné jusqu'au fossé, et l'on voyait aussi l'empreinte des talons de la personne qui s'en était chargée. On voyait de profondes traces de pas, de sorte qu'à moins qu'un homme cherche à brouiller les pistes en mettant des talons hauts avant de tuer ses congénères, l'explication était limpide.

C'était une prostituée qui assassinait ses clients. Alan Matthews, qui les fréquentait assidûment, s'était fait tuer et mutiler. Vingt-quatre heures plus tard, on avait retrouvé le cadavre d'un autre type sur un promontoire isolé, connu pour être un endroit où ça tapinait et où les voyeurs venaient se rincer l'œil. Tout semblait concorder, pourtant elle commençait déjà à se poser des questions. Les prostituées étaient les victimes, et non les assassins, cela bien avant Jack l'Éventreur, et longtemps aussi après. Bon, d'accord, Aileen Wuornos[1] était allée à contre-courant, mais enfin ça se passait là-bas, aux États-Unis. Se pourrait-il qu'il arrive ici le même genre de chose ?

— On l'a identifié.

1. Prostituée qui a assassiné au moins six clients en Floride à la fin des années 1980. (*N.d.T.*)

Le lieutenant Sanderson se dépêchait de la rejoindre, évitant un peu trop ostensiblement de marcher sur quelque chose qui puisse avoir de l'importance.

— Le propriétaire de la voiture est un certain Christopher Reid. Il habite à Woolston, avec sa femme Jessica et leur fille Sally.

— Elle a quel âge, la gamine ?

— C'est encore un bébé, répondit Sanderson, que la question avait prise au dépourvu. Je crois qu'elle a un an et demi.

Le cœur d'Helen se serra davantage. C'était à elle d'annoncer la nouvelle aux proches de la victime. Si le malheureux s'appelait bien Christopher Reid, elle espérait malgré tout qu'on l'avait amené ici de force. Il y avait peu de chances que ce soit le cas, mais elle trouvait grotesque qu'un type qui avait une jeune femme et un bébé les délaisse pour un coup dans une voiture. L'aurait-on par hasard attiré ici pour une autre raison ?

— Essaie de retrouver une photo de Christopher Reid, afin qu'on puisse voir si c'est bien lui. Dans ce cas, il nous faudra alors prévenir la famille avant que les journalistes s'en chargent.

Sanderson s'empressa d'accéder à sa requête. Helen regarda derrière elle le ruban jaune de la police qui flottait au vent. Jusqu'alors ils n'avaient pas attiré l'attention, les médias n'avaient toujours pas débarqué sur la scène de crime. Helen s'en étonnait, et trouvait particulièrement surprenant qu'Emilia Garanita ne soit pas là. Elle avait dans sa manche la moitié des policiers de la ville et elle raffolait des meurtres commis dans des circonstances croustillantes. Mais là, non. Helen esquissa un sourire… Emilia devait perdre la main.

24

— La dernière fois que je suis venue ici, on m'a littéralement arraché la tête.

Emilia Garanita se cala dans son fauteuil, tout à son plaisir de se retrouver dans le centre névralgique du commissariat central de Southampton, ce qui ne lui arrivait pas souvent. Il n'était pas fréquent d'être convoqué dans le bureau de la commissaire.

— À mon avis, je n'étais pas dans les petits papiers de Whittaker. Comment va-t-il, aujourd'hui ? demanda-t-elle avec une méchanceté jubilatoire qu'elle ne parvint pas à dissimuler.

— Je ne lui ressemble pas beaucoup, vous allez vous en apercevoir, répondit Ceci Harwood. D'ailleurs, c'est pour ça que je vous ai fait venir.

— Histoire de papoter ?

— Je voudrais qu'on reparte sur de nouvelles bases. Je sais qu'auparavant certains membres de mon équipe entretenaient des relations conflictuelles avec les journalistes, et que vous avez souvent eu l'impression d'être mise sur la touche. Ce n'est dans l'intérêt de personne, raison pour laquelle je tenais à vous dire en face que désormais ça va changer. On peut s'entraider, tout le monde en profitera.

Emilia garda le silence. Est-ce que c'était bien vrai ? Les nouveaux patrons vous racontaient toujours ça quand ils prenaient leurs fonctions, puis recommençaient à emmerder les journalistes sous n'importe quel prétexte.

— De quelle façon ?

— J'ai l'intention de vous tenir au courant des principaux développements et de m'appuyer sur vous pour faire avancer l'enquête.

Emilia eut l'air surprise. Finalement ce n'était pas que du bla-bla.

— J'aurais bientôt un nom à vous donner. Et l'on vous communiquera tous les détails importants sur ce meurtre. En outre, on va mettre en place un numéro spécial pour ce qui a trait à l'affaire, et j'aimerais que vous le relayiez dans votre prochaine édition. Il faut absolument que l'on recueille des témoignages le plus vite possible.

— Qu'est-ce qu'il a d'exceptionnel, cet assassinat ?

Harwood observa un moment de silence avant de répondre.

— Il est particulièrement cruel. L'individu qui l'a commis est extrêmement dangereux, et il se peut qu'il souffre de troubles mentaux. On n'a toujours pas son signalement, raison pour laquelle on a besoin de vos yeux et de vos oreilles. Ça pourrait tout changer, Emilia.

Ceri Harwood avait le sourire quand elle prononça son prénom, histoire de se la jouer grande copine.

— Vous en avez parlé avec le commandant Grace ? lui demanda Emilia.

— Elle fait partie de l'équipe, et sait que dorénavant l'ambiance sera différente.

— Fini les manœuvres de diversion ? Fini les mensonges ?

— Absolument, déclara Harwood, radieuse une fois de plus. On doit sans doute pouvoir arriver à quelque chose, vous et moi. J'espère que je ne serai pas déçue.

La conversation tirait à sa fin. Emilia se leva, tout cela semblait très positif. Harwood était maligne et savait apparemment à quoi s'en tenir au sujet de Grace. On aurait dit que la situation avait changé du tout au tout, et c'était peut-être le cas.

Emilia avait la nette impression qu'elle allait s'amuser avec cette nouvelle commissaire.

25

— De quoi s'agit-il, au juste ?

Le lieutenant Fortune lui posa cette question en laissant échapper un bâillement qui se répercuta dans le local de la crim'. Il n'y avait que Charlie et lui dans la pièce, deux silhouettes entourées d'une masse de papiers.

— Le club de remise en forme Brookmire est à l'évidence un bordel, mais un bordel de luxe, répondit Charlie. Je n'en avais encore jamais vu d'aussi discret et bien géré. Il dispose de toute une brochette de jolies filles expérimentées, qui font régulièrement l'objet de contrôles sanitaires. On peut prendre rendez-vous sur Internet, et cet établissement d'un genre particulier opère déjà en synergie avec les croisiéristes. C'est ainsi qu'il a mis sur pied une navette d'autobus, pour aller récupérer les clients dès l'arrivée du bateau. Officiellement, on vous propose là-bas des traitements d'inspiration holistique, mais tiens-toi bien : si tu règles en carte bleue, dans ton relevé ça figure au titre de dépenses de papeterie, de sorte que ta femme n'y verra que du feu, et mieux que ça, tu peux le faire passer en notes de frais ! Tu ne les paies donc même pas toi-même, les filles.

— Et tu as découvert tout ça rien qu'en y allant une fois ? s'étonna Fortune, qui ne put s'empêcher de lui tirer son chapeau.

— Si tu sais quoi leur demander, les gens peuvent se montrer étonnamment serviables…

Ce fut plus fort qu'elle, on décela une certaine suffisance dans le ton adopté par Charlie, qui montrait ainsi qu'elle avait nettement plus d'expérience que son collègue.

— Ça a donné quelque chose, la liste que je t'ai remise ?

Edina, qui avait répugné à jouer les balances au Brookmire, lui avait quand même donné le nom de toutes les filles qui bossaient là-bas.

— J'y viens. Dans le lot, un grand nombre est venu directement de Pologne, quelques-unes sont étudiantes dans les universités de la région, et aussi d'autres, y compris notre victime, qui ont été ramassées dans la rue.

— On les a pomponnées et puis on leur a fait prendre un nouveau départ au Brookmire, c'est ça ?

— Pourquoi pas ? Elles courent ainsi moins de risques, et puis c'est bien payé, à en juger par l'appart d'Alexia.

— Edina a laissé entendre qu'Alexia tapinait pour le compte des Campbell avant de venir bosser au Brookmire. Y en a-t-il d'autres dans le même cas ?

— Ouais, un tas de filles ont quitté les Campbell pour aller au Brookmire. Pareil pour celles d'Anderson.

Charlie se sentit gagnée par l'angoisse. Ce n'est jamais très joli quand des bandes rivales se disputent le marché de la prostitution, mais ce sont toujours les filles qui trinquent, et non les proxénètes.

— Les Campbell ont donc buté Alexia, histoire de faire passer un message ?

— Ça paraît logique. Mais on ne peut pas le prouver.

— Autre chose ?

Le lieutenant Fortune n'attendait que ça, le moment propice pour sortir son atout.

— Eh bien, je me suis renseigné sur le Brookmire auprès du ministère des Finances, et en consultant le registre officiel des entreprises du Royaume-Uni. Ça n'a pas été facile, il existe quantité de sociétés fictives et de holdings dont le siège se trouve à l'étranger, mais j'ai fini par apprendre que ce club est affilié à Top Line Management, une boîte qui soi-disant organise des événements et appartient à une dénommée Sandra McEwan.

Charlie aurait dû s'en douter. Sandra McEwan, gentiment surnommée Lady Macbeth, était mêlée depuis plus de trente ans à des histoires de racket et de prostitution à Southampton. Depuis qu'elle avait, dit-on, assassiné son mari pour s'emparer de son empire. Elle était déterminée et n'avait peur de rien – il est vrai que quand on a réchappé à trois agressions à l'arme blanche… –, mais elle était aussi intelligente et débordait d'imagination. Serait-elle passée au stade supérieur, au Brookmire, amenant ainsi ses rivaux à répliquer en commettant des meurtres ?

— Bien joué, Lloyd. Bon travail.

C'était la première fois qu'elle l'appelait par son prénom, et ça eut l'effet escompté. Il marmonna un timide « merci », elle sourit. Ils allaient peut-être finalement être de bons coéquipiers…

— On ne lâche pas l'affaire. Tâche de découvrir où se planque Sandra en ce moment, d'accord ?

Le lieutenant Fortune s'esquiva. Charlie était ravie. Quel plaisir de se retrouver dans le bain ! Elle espérait vraiment pouvoir désormais rendre justice à Alexia et envoyer derrière les barreaux un autre voyou sanguinaire. Elle aurait alors de quoi être fière. Et puis ça ferait les pieds à Helen Grace.

26

On ne fait jamais attention aux coursiers. On les prend pour des robots dénués de personnalité, avec leur cuir et leur casque de cycliste, tout juste bons à venir déposer un pli ou un colis, puis à repartir dans l'indifférence générale. De simples rouages dans le train-train quotidien.

On ne voyait aucune objection à se montrer grossier envers eux, comme s'ils avaient moins de valeur humaine que le commun des mortels. Et c'était bien ce qui était en train de se passer. Campée devant la réception, elle attendait patiemment que les deux hôtesses d'accueil aient fini de bavasser, lui signifiant ainsi qu'elles ne lui accordaient strictement aucune importance. Le coup classique… Elles auraient ce qu'elles méritaient.

Elle toussa, ce qui lui valut un regard courroucé de la part de la grosse, qui bien à contrecœur ramena sa carcasse.

— Qui ça ?

Même pas la décence de faire une phrase complète.

— Stephen McPhail, répondit-elle, toujours sur un ton neutre.

— Quelle société ?

— Zenith Solutions.

— Au troisième.

Elle resta d'abord immobile, trouvant déconcertant d'être obligée d'entrer dans l'immeuble avec sa précieuse cargaison. Puis elle se ressaisit et se dirigea vers l'ascenseur.

L'hôtesse d'accueil du Zenith ne se montra pas plus courtoise que les deux autres.

— Il faut que je signe quelque part ?

La coursière fit signe que non et lui remit le paquet. Un simple carton marron, fermé avec du ruban adhésif. L'hôtesse d'accueil se détourna, sans la remercier, posa le colis sur son bureau, puis se remit à discuter.

La coursière tourna les talons et s'éclipsa aussi discrètement qu'elle était venue. Pendant combien de temps l'hôtesse d'accueil allait-elle encore bavarder avant de prévenir le P.-D.G. qu'on venait d'apporter un colis, ce qui n'était pas prévu ? Pourvu qu'ils ne réagissent pas trop tard ! Au bout d'un moment ça commence à sentir, ces choses-là.

27

— Ce que je te demande de faire pourrait s'avérer extrêmement dangereux, et si tu refuses, je ne t'en voudrais pas.

Dès qu'Helen lui avait donné rendez-vous à l'Old White Bear, Tony s'était dit qu'il se tramait quelque chose. C'était un rade minable situé à deux pas du commissariat. On y venait seulement quand on voulait discuter en toute discrétion.

— Je sais que tu as déjà été un élément infiltré, et que tu sais comment t'y prendre, ajouta-t-elle, mais les circonstances ne sont pas les mêmes. Cela dit, tu es le meilleur capitaine dont je dispose, de sorte que…

— Qu'attendez-vous de moi, au juste ? lui demanda Tony, flatté du compliment.

— Tout se passe comme si notre assassin s'attaquait à des hommes qui vont voir des prostituées. On pourrait passer une annonce dans l'*Evening News*, pour demander aux clients des prostituées de nous apporter leur aide, mais je ne pense pas que ça marcherait. Les filles qui font le trottoir restent muettes comme des carpes devant McAndrew…

— Il nous faut donc envoyer quelqu'un sur le terrain.

— Exactement.

Tony garda le silence. S'il resta impassible, il trouvait néanmoins cette perspective alléchante. Il menait depuis si longtemps une vie routinière qu'il était tentant de se retrouver en première ligne.

— On en est réduits à s'interroger sur ses motifs et son mode opératoire. En effet, l'assassin se méfie de la police scientifique, et il opère dans des endroits reculés. Il nous est par conséquent indispensable d'avoir quelqu'un sur place, qui se fasse passer pour un client et tâche de glaner des informations. Il n'est pas question de te bousculer, tu auras aussi une foule de questions à me poser, je sais, mais il me faut une réponse rapidement.

Helen s'interrompit un instant.

— On pourrait se trouver devant une affaire énorme, et je veux l'étouffer dans l'œuf, conclut-elle en pesant ses mots.

Tony promit d'y réfléchir, tout en sachant déjà qu'il allait accepter. Ça n'était évidemment pas sans risques, mais si ce n'était pas lui qui accomplissait cette mission, ce serait quelqu'un d'autre ; un collègue moins expérimenté. Il était maintenant capitaine, et il était normal qu'il prenne ses responsabilités. Mark Fuller ne se serait jamais dérobé devant pareille proposition et, lui, il avait un gamin, nom d'un chien.

Helen regagna la salle des opérations, le laissant méditer. Il se permit une pinte, et recensa tous les défis auxquels il serait confronté. Comment présenter la chose à Nicola ? Comment dissiper ses craintes et lui faire comprendre que le danger était mineur ?

Tout seul dans son coin il but sa bière à petites gorgées, absorbé dans ses pensées. Le dernier verre du condamné…

28

Elle était arrivée derrière elle à pas feutrés. Charlie était tellement absorbée par son travail, tellement excitée par ce qu'elle avait découvert qu'elle ne s'était pas rendu compte que Ceri Harwood s'approchait d'elle.

— Comment ça va, Charlie ?

Elle sursauta, surprise de cette arrivée à l'improviste. Elle se retourna et balbutia une réponse. C'était déconcertant de voir la commissaire surgir ainsi.

— Vous n'avez pas eu de mal à vous réadapter ?

— Non. J'avance dans mon enquête, et tout le monde s'est montré très accueillant. Du moins ceux qui sont ici.

— Eh oui, on n'a guère le temps de souffler, en ce moment. Mais je suis ravie que vous soyez de retour. Ç'aurait été dommage de perdre un élément de valeur.

Charlie ne dit rien. Que répondre à un compliment qu'elle ne méritait pas ? Elle avait pris un an de congé maladie après avoir failli se faire tuer. Ce n'était pas ce qu'il y avait de mieux pour se ménager les faveurs de la nouvelle commissaire. Après avoir été enlevée, séquestrée puis libérée, elle s'attendait à ce qu'on l'appelle un jour pour lui suggérer d'aller tenter sa chance ailleurs, mais non, ce n'était pas ce qui s'était passé. On l'avait au contraire encouragée à reprendre son poste, et voilà maintenant qu'une femme qu'elle connaissait à peine la couvrait d'éloges.

— Allez à votre rythme, enchaîna Ceri Harwood. Consacrez-vous à ce dans quoi vous êtes bonne. Et si vous rencontrez le moindre problème, venez me voir, d'accord ? Ma porte vous sera toujours ouverte.

— Oui. Et merci, merci pour tout.

Ceri Harwood lui fit son sourire enjôleur. Comprenant qu'elle avait été trop laconique, Charlie reprit la parole :

— Je sais que vous ne me connaissez ni d'Ève ni d'Adam, et que vous auriez pu, à juste titre, vous désintéresser de moi, mais je tiens à vous dire que je vous suis extrêmement reconnaissante de vous montrer aussi généreuse – maintenant qu'elle était lancée, elle était intarissable –, et sachez bien que je ne vous laisserai jamais tomber. Vous ne regretterez pas de m'accorder une seconde chance.

Harwood l'observa. Elle n'avait manifestement pas l'habitude qu'on s'épanche ainsi devant elle et lui donna une petite tape amicale.

— Je n'en doute pas une seconde.

Elle s'apprêtait à repartir.

— On a aussi du nouveau dans l'affaire Alexia Louszko, annonça Charlie.

Sa supérieure fut intriguée.

— Le lieutenant Fortune a établi que le bordel de luxe dans lequel opérait Alexia appartient à Sandra McEwan.

Charlie marqua un temps d'arrêt, ne sachant pas si ce nom lui disait quelque chose.

— Je la connais. Continuez.

— Ça m'a quand même étonnée d'apprendre qu'elle détenait la propriété inaliénable de l'immeuble dans lequel se trouve le Brookmire. Je ne me doutais pas qu'elle avait autant d'argent. Je me suis donc renseignée, pour voir si elle possédait d'autres biens immobiliers à Southampton.

— Et alors ?

Charlie eut des scrupules. Devait-elle mettre au courant Ceri Harwood, sans avoir prévenu Helen au préalable ? Il était trop tard pour jouer les timides, l'autre attendait la suite.

— Elle en a dans la zone industrielle d'Empress Road.

Harwood était désormais tout ouïe. Charlie lui donna le plan de la ville qu'elle avait téléchargé.

— Elle est notamment propriétaire de cette rangée de baraques à l'abandon. On a retrouvé le corps d'Alan Matthews dans la quatrième du lot.

Voilà qui donnait à réfléchir à la commissaire.

— On a tué Alexia, puis mutilé son corps. Ce sont sans doute les Campbell qui ont fait le coup… Alexia tapinait en effet pour eux avant de les quitter pour bosser au Brookmire. Le lendemain, on a découvert dans une maison appartenant à Sandra McEwan le cadavre estropié d'un client.

— Vous croyez que Sandra leur envoie un message, et qu'elle exercera désormais des représailles ?

— Possible. On sait d'expérience que si on lui déclare la guerre, il faut ensuite en assumer les conséquences.

Harwood se renfrogna. Ils n'avaient surtout pas besoin que s'affrontent les bandes rivales qui contrôlaient le marché de la prostitution. Cela risquait alors de durer un moment et d'être sanglant, et chaque fois ça défrayait la chronique.

— Amenez-la au poste.

Ceri Harwood se dirigeait déjà vers la porte.

— Devrais-je prévenir le commandant Grace avant de… ?

— Allez la chercher.

29

Ils étaient blottis les uns contre les autres, comme des bestiaux à l'abattoir. C'était étonnant de voir à quelle vitesse les gens pouvaient perdre cette belle assurance dont ils faisaient preuve au travail. Les membres du personnel de Zenith Solutions avaient trouvé refuge dans la cour, trop émus pour retourner bosser, trop curieux pour rentrer chez eux. Helen passa devant eux et se dirigea en vitesse vers le troisième étage.

Stephen McPhail, le directeur, essayait de garder son calme, même s'il était évidemment bouleversé par ce qui s'était passé ce matin-là. Il se terrait dans son bureau, en compagnie d'Angie, son assistante de longue date. Le carton était posé sur le bureau de la secrétaire, à l'endroit où elle l'avait balancé. Il s'était renversé en heurtant le meuble, le cœur sanguinolent avait alors glissé. Il se trouvait toujours au même endroit, placé sous la garde de deux agents qui n'osaient pas le regarder. Le couvercle bâillait, le mot ORDURE écrit en lettres de sang délivrant un message explicite.

— Je me rends bien compte que vous êtes ébranlée par ce qui est arrivé, mais il faut absolument que je vous pose quelques questions, tant que tout cela est encore frais dans votre mémoire. Vous êtes d'accord ?

Helen s'adressait à Angie, qui réussit à hocher la tête entre deux sanglots.

— Pour quelle boîte bossait cette coursière ?

— Elle ne me l'a pas dit. Il n'y avait pas de logo sur ses vêtements.

— S'agissait-il réellement d'une femme ?

— Oui. Elle n'a pas dit grand-chose… Mais oui.

— Avez-vous vu son visage ?

— Pas vraiment, elle portait un casque. Honnêtement, je n'ai pas fait attention à elle.

Helen étouffa un juron.

— Quelle taille ?

— Je ne sais pas, dans les un mètre soixante-dix, peut-être.

— Et sa couleur de cheveux ?

— Je ne suis pas sûre.

Helen hocha la tête, cachant son exaspération derrière un sourire de façade. Cette femme savait-elle qu'elle pouvait entrer dans l'immeuble et en sortir sans attirer l'attention, ou bien avait-elle eu du bol ?

— Je vais demander au dessinateur de la police de venir vous voir. Si vous lui décrivez les vêtements, le casque et le visage de la coursière, on saura peut-être à quoi elle ressemble. Vous n'y voyez pas d'inconvénient ?

Angie eut le courage de faire signe que non. Helen s'adressa alors à Stephen McPhail.

— Il va me falloir le nom et l'adresse de tous les membres du personnel, qu'ils se soient ou non trouvés ici aujourd'hui.

— Bien sûr.

Il tapa sur le clavier, l'imprimante se mit en route.

— On a vingt employés, dont deux seulement ne sont pas venus travailler ce matin : Helen Baxter, qui est en vacances, et Chris Reid, qui est passé je ne sais où.

Helen demeura imperturbable.

— Avez-vous un système de surveillance vidéo ?

— Non, hélas, mais on a installé en bas des caméras, à la réception. La société de gestion vous communiquera tous les enregistrements qui vous intéressent.

Il tenait absolument à l'aider, il était déterminé à résoudre cette affaire sordide. Mais Helen n'en savait pour l'instant pas plus que lui.

— Nous n'avons aucune raison de penser que vous êtes personnellement visé. Verriez-vous toutefois quelqu'un qui pourrait avoir cherché à s'en prendre à vous ? Quelqu'un que vous auriez licencié récemment ? Un client mécontent ? Un membre de votre famille ?

— On ne travaille pas dans un secteur où l'on se fait des ennemis. Tous nos employés sont ici depuis des mois, si ce n'est des années. Donc non, je… je ne vois personne capable de commettre une chose pareille…

Il ne trouva plus rien à dire.

— Ne vous inquiétez pas trop. Je suis sûre que c'est une mauvaise blague. On va mettre ici en faction des collègues pendant quarante-huit heures, pour qu'ils puissent s'entretenir avec les membres du personnel. Tâchez cependant de vaquer à vos occupations quotidiennes. Il n'y a pas de raison pour qu'une plaisanterie macabre vous fasse perdre de l'argent.

McPhail hocha la tête, quelque peu rassuré. Helen redescendit en vitesse à la réception, puisque Charles Holland, le représentant de la société de gestion, était arrivé et l'attendait. Il se dépêcha de récupérer les enregistrements réalisés dans la matinée par les caméras de surveillance, en formant des vœux pour que ce soit désormais quelqu'un d'autre qui se charge de cette corvée. L'équipe médico-légale avait débarqué à son tour et monta chercher le cœur du malheureux, ce qui éveilla la curiosité des employés de Zenith Solutions exilés dans la cour. Il faut dire que ce n'était pas banal d'aller le déposer sur son lieu de travail, plutôt que chez lui. Ça présentait évidemment un danger accru, mais cela aurait aussi bien plus de retentissement. Ça rimait à quoi ? Qu'est-ce qu'on manigançait ?

Et jusqu'où irait-on ?

30

Elle ne perdit pas de temps. N'empruntant que les petites rues, elle traversa la ville à toute vitesse. Elle déployait sans doute là un luxe de précautions, mais il n'était pas à exclure qu'un employé de Zenith Solutions, sidéré par ce qui venait de se passer, prévienne les journaux, et elle n'avait surtout pas envie d'être suivie. Elle allait chez les Reid, pour détruire leur bonheur et les faire souffrir, et elle voulait être sûre qu'il n'y avait personne derrière elle.

Quand elle vit sa carte de police, Jessica Reid changea tout de suite de couleur, Helen crut même qu'elle allait s'évanouir. Alison Vaughn, une femme d'expérience chargée d'assurer la liaison avec la famille et à qui elle avait demandé de se rendre sur place, réagit sans tarder. Une main posée sur le coude de la pauvre Jessica, elle l'escorta à l'intérieur. Helen leur emboîta le pas, puis ferma doucement la porte derrière elle.

Assis au milieu du salon, le bébé de dix-huit mois laissa échapper un petit grognement sympa en les voyant débarquer. Sally débordait d'énergie, elle avait envie de jouer. Spontanément, Alison l'attrapa pour aller voir avec elle à quoi ressemblait son centre d'éveil.

— Il est mort ?

Jessica lui avait posé la question de but en blanc. Elle tremblait comme une feuille et avait toutes les peines du monde à ne pas fondre en larmes. Helen jeta un coup d'œil aux photos de famille posées sur la cheminée. Il n'y avait plus aucun doute, leur dernière victime était bien le mari de la jeune femme.

— On a retrouvé ce matin le corps d'un homme, dont on pense qu'il s'agit de Chris, oui.

Jessica baissa la tête et se mit à sangloter. Elle essayait de ravaler son chagrin, de cacher sa détresse à sa fille, mais c'était trop lui demander.

— Les quelques jours qui vont suivre vont être très éprouvants, vous serez accablée de chagrin et vous aurez peur, mais je veux que vous sachiez que nous serons toujours prêts à vous épauler. Alison s'occupera de Sally, elle vous apportera l'aide dont vous aurez besoin et répondra à vos questions. Si des gens de votre famille peuvent vous donner un coup de main, appelez-les dès maintenant. Vous pouvez même envisager d'être hébergée quelque part pendant un certain temps. Je n'exclus pas non plus que les journalistes cherchent à vous contacter.

Déconcertée, Jessica leva les yeux.

— Pourquoi ?

— On pense que Chris a été assassiné. Je sais, ce n'est pas facile de se faire à cette idée… Ça ressemble à un cauchemar, mais je ne peux pas vous dissimuler ce qui s'est passé. Il importe que je vous dise tout ce que nous savons, afin que vous puissiez nous aider à retrouver le coupable.

— Comment ? Et où ?

— On l'a découvert dans Eling Great Marsh. Il s'y est rendu en voiture au petit matin.

— Pourquoi ? Pour quelle raison se trouvait-il là-bas ? On n'y va jamais… On n'y est jamais allés.

— On pense qu'il y avait quelqu'un avec lui, une femme.

— Qui ça ?

On entendait la colère dans la voix de Jessica à présent.

— On ne le sait pas, sinon que c'était peut-être une prostituée.

Horrifiée, Jessica ferma les yeux. Son univers s'effondrait, Helen compatit. Elle aussi avait déjà vu sa vie brisée à plusieurs reprises, et elle savait ce qu'endurait Jessica. Elle n'en était pas moins obligée de lui dire la vérité, toute la vérité, sans lui faire grâce de quoi que ce soit.

— Les prostituées viennent parfois à Eling Great Marsh exercer leur métier. Selon nous, c'est pour cette raison que Chris est allé là-bas. Je suis vraiment désolée, Jessica.

— Quel salaud !

Le silence retomba dans la pièce. Sally, qui était en train de jouer, leva les yeux, se rendant compte soudain qu'il y avait quelque chose qui clochait.

— Ah ! le lâche, l'espèce de sale con égoïste…

Elle sanglotait maintenant. Helen la laissa faire. Ses larmes finirent par se tarir.

— Est-ce qu'à votre connaissance il était déjà allé voir des prostituées ?

— Non ! Vous croyez que je l'aurais accepté ? Vous me prenez pour qui ? lança-t-elle, le regard incendiaire.

— Bien sûr que non. Je sais que vous n'approuveriez pas un tel comportement, mais il arrive que les femmes mariées refoulent leurs doutes, leurs craintes. Vous êtes-vous déjà fait du mauvais sang à cause de Chris ? Y aurait-il eu quelque chose chez lui qui vous aurait contrariée ?

Jessica baissa les yeux, elle n'arrivait plus à regarder son interlocutrice. Helen avait touché une corde sensible, elle en était sûre, et il ne lui restait plus qu'à insister.

— Si vous avez quelque chose à me dire, Jessica…

— Je ne croyais que pas ç'aurait…

Anéantie, Jessica s'efforçait de reprendre son souffle, de manière à pouvoir s'exprimer. Helen fit signe à Alison de lui apporter un verre d'eau.

— Il… il m'avait… il m'avait promis…

— Quoi donc ?

— Eh bien, depuis la naissance de Sally, on n'a pas souvent… enfin, vous voyez.

Helen garda le silence. Jessica était en train de lui faire des confidences, mieux valait la laisser dire les choses à sa façon.

— On était épuisés, enchaîna Jessica, il y avait toujours des tas de choses à faire.

Elle gonfla ses poumons.

— Il y a quelques mois, reprit-elle, je me suis servie de son ordinateur portable, car le mien ne marchait plus.

De nouveau elle inspira profondément.

— Je suis allée sur Explorer, pour me connecter ensuite sur Ocado, et… c'est là que j'ai découvert tous ces sites classés dans ses favoris. Il n'avait même pas cherché à me les cacher, ce sale con.

— Des sites pornos ?

— J'en ai ouvert un. Je voulais en avoir le cœur net. C'était… répugnant. Une fille, qui avait au maximum dix-sept ans, et tout un tas de mecs… ils faisaient la queue pour…

— Vous l'avez interrogé à ce sujet ?

— Oui. Je lui ai téléphoné au boulot. Il est aussitôt rentré à la maison.

Elle se radoucit un peu et ajouta :

— Il ne savait plus où se mettre. Il avait honte. Il s'en voulait de m'avoir blessée, et moi, je ne supportais pas qu'il ait regardé ces machins-là, mais il m'a promis de ne plus recommencer. Et il était vraiment sérieux.

Elle l'implora du regard, lui demanda en silence de ne pas le condamner trop vite.

— Je n'en doute pas, dit Helen. Je suis sûre que c'était un bon père et un bon mari…

— En effet. Il adorait Sally, il m'aimait beaucoup…

C'est alors qu'elle s'effondra. On lui avait pris son mari, et elle garderait de lui un souvenir irrémédiablement entaché. Ça lui avait coûté cher, à Chris, de se comporter de façon irresponsable, mais ceux qu'il laissait derrière lui sombraient dans l'amertume.

Helen céda soudain à la colère. Le coupable savait très bien ce qu'il faisait. Il était résolu à infliger le maximum de souffrance possible à ces familles qui n'avaient rien à se reprocher. Il voulait les placer dans une situation insupportable, et les détruire. Mais elle allait y mettre le holà. Elle le neutraliserait avant qu'il ne puisse atteindre son objectif.

Elle s'en alla, laissant Alison appeler la famille de Jessica. On n'est jamais le bienvenu quand on débarque chez les gens pour leur annoncer la mort d'un proche. En outre, elle avait du boulot.

31

Helen s'en alla, sûre qu'avec le temps Alison aiderait Jessica à retrouver un semblant d'équilibre. Elle faisait un excellent travail, elle était patiente, gentille et fine. Le moment venu, elle lui donnerait des détails sur la mort de son mari. Jessica avait besoin de savoir, et aussi de comprendre pourquoi sa vie privée serait jetée en pâture, pourquoi les frasques de Chris feraient tant jaser… Mais pour l'instant, elle était encore sous le choc. Ce serait à sa collègue de voir quand il conviendrait de lui parler.

— Courez-vous après un autre tueur en série ?

Helen se retourna. Elle connaissait cette voix.

Emilia Garanita ferma la portière de sa Fiat et se dirigea vers elle. Comment avait-elle fait pour la pister aussi vite ici ?

— Avant de m'envoyer sur les roses, sachez que j'ai eu aujourd'hui un petit entretien privé avec votre patronne. Quand on a connu Whittaker, Harwood, c'est une bouffée d'oxygène, vous ne trouvez pas ? Elle a promis de jouer franc jeu, autrement dit, ce sera donnant-donnant. Elle m'a aussi annoncé que vous faisiez partie de l'équipe. Essayons par conséquent de repartir sur de nouvelles bases, d'accord ? Que pouvez-vous me dire sur cet assassin, et comment pouvons-nous, à l'*Evening News*, contribuer à l'enquête ?

Gonflée à bloc, elle était prête à prendre des notes sur son carnet. Helen avait envie de lui flanquer son poing dans la figure. A-t-on jamais vu quelqu'un se réjouir autant du malheur d'autrui ! Une vraie charogne.

— Si la commissaire Harwood a proposé de vous fournir tous les renseignements utiles, elle tiendra parole, j'en suis sûre.

— Ne faites pas la maligne, Helen. Il me faut des précisions, je veux réaliser un scoop.

Helen la considéra avec dédain. Emilia ne déconnait pas, elle avait réussi à mouiller Harwood dans la combine. Et il y avait qui, derrière ? Toute la question était là. Elle était arrivée chez les Reid presque aussi vite qu'elle ! Il lui fallait donc à nouveau se méfier d'elle. Et se la jouer fine.

— Je vous donnerai ce soir un nom et une photo. Dans un délai suffisant pour qu'ils puissent sortir dans le prochain numéro. Empress Road a été le théâtre d'un meurtre cruel, accompagné de tortures. On se demande s'il n'est pas lié au crime organisé, au monde de la drogue et à la prostitution. On va communiquer un numéro où ceux qui ont vu quelque chose pourront nous appeler, sachant que leur anonymat sera respecté. Pour l'instant, on n'a rien d'autre à se mettre sous la dent.

— Parfait. Vous voyez bien, ce n'est pas la mer à boire !

Elles échangèrent un sourire. Helen trouva étonnant qu'Emilia ne lui ait pas posé de questions sur Christopher Reid. Mais bon, tant mieux. Pas question cependant de s'éterniser ici et de la voir revenir à la charge. Elle grimpa sur sa Kawasaki et fila ; dans le rétroviseur, Emilia finit par n'être plus qu'un point à l'horizon…

Elle ne décompressa vraiment qu'une fois sur l'autoroute. Southampton, où elle avait longtemps vécu heureuse, était devenu un champ de bataille. L'orage grondait, et elle ne savait pas sur quel pied danser. Pour quelle raison Harwood parlait-elle à Emilia dans son dos ? Quel accord avaient-elles conclu, toutes les deux ? Sur qui pourrait-elle compter dans les jours à venir ? Auparavant, Mark et Charlie la soutenaient sans réserve quand ça chauffait ; et maintenant ?

La voilà soudain qui roulait en direction d'Aldershot, ce qui n'était pas son intention au départ. Drôle, quand même, que Robert Stonchill la fascine autant, alors qu'il ne savait même pas, le lascar, qu'elle existait. Une petite voix intérieure l'adjurait d'y réfléchir à deux fois, de faire demi-tour… Qu'à cela ne tienne, elle accéléra.

Elle regagna la ville, à la faveur de l'obscurité. Sachant que Robert ne serait pas chez lui, elle fonça direct au Tesco Metro, où il travaillait. Elle se gara dans le coin et s'installa au cybercafé d'en face. De là, elle le regarda remplir le frigo de boissons alcoolisées, en prévision de la bousculade du soir. Il ne déployait pas des excès de zèle, non, il en faisait au contraire le minimum et bavardait sans arrêt avec les autres employés. Une jolie brune de dix-neuf ans avait l'air de passer souvent dans les parages… Alice, Anna ? Helen se promit de surveiller son manège.

Le temps s'égrena : vingt heures, vingt et une heures, vingt-deux heures… Gagnée par la faim et la fatigue, Helen sentait fléchir sa vigilance. Serait-elle en train de perdre son temps ? Où espérait-elle en venir, au juste ? Allait-elle sombrer dans le voyeurisme jusqu'à la fin de ses jours, et se repaître à la dérobée d'un lien de parenté purement fantasmatique ?

Robert sortit brusquement du magasin et avança dans la rue. Fidèle à son habitude, Helen compta jusqu'à quinze, puis elle quitta sa cachette et le suivit discrètement. Il regarda bien à droite et à gauche, comme s'il escomptait, ou redoutait, voir quelqu'un, mais sans jamais se retourner, de sorte qu'elle put le filer sans problème.

Les voilà maintenant dans le centre-ville. Robert s'engouffra dans le Red Lion, un immense rade où il était déjà venu lors de précédentes excursions. Helen attendit un peu, avant d'y pénétrer à son tour, son smartphone collé à l'oreille, comme si elle était en pleine conversation. Comme il n'y avait aucune trace de lui, elle cessa de jouer la comédie et explora le rez-de-chaussée, puis l'entresol. Toujours rien. L'aurait-il remarquée, et serait-il alors entré dans le bar pour la semer ? Elle descendit en vitesse au sous-sol, et, bien entendu, il se trouvait au dernier endroit où elle avait eu l'idée de chercher, un box planqué au fond de la petite salle. Ils s'y entassaient, ses potes et lui, et l'ambiance était pour le moins lugubre. Ça ne manqua pas de l'intriguer, mais elle ne put s'approcher suffisamment pour entendre de quoi ils parlaient. Elle prit donc un verre en attendant. Il se faisait tard, les garçons n'avaient pourtant pas l'air pressés de s'en aller. Il faut dire que le pub détenait une licence de nuit, et qu'il était ouvert jusqu'à deux heures du matin. Ce soir, ils étaient étonnamment sobres ; on les sentait tendus. Helen se demandait ce qui pouvait bien les effrayer.

— On vous a posé un lapin ?

Un homme d'affaires corpulent, qui avait manifestement déjà étanché sa soif depuis qu'il avait quitté le bureau, l'arracha à sa rêverie.

— J'attends mon mari, répondit-elle.

— Il est toujours en retard, comme ça ? Moi, si vous étiez ma femme, je ne vous ferais pas poireauter… garanti, ma petite dame.

— C'est qu'il livrait un combat, ce soir. Bon, il y a toujours un monde fou sur les routes quand on veut quitter Londres.

— Un combat ?

— De MMA, vous savez, les adversaires se battent dans une cage. Il y a ce soir une grande rencontre dans le quartier des Docklands. Si vous voulez, vous pouvez rester ici, vous pourrez discuter ensuite avec lui comme ça. Il est bavard, il devrait débarquer d'un moment à l'autre.

— C'est très gentil…

Mais il battait déjà en retraite. Helen réprima un sourire et en revint à Robert. Elle s'aperçut alors qu'il la regardait. Elle baissa aussitôt les yeux et tripota son portable. L'avait-il repérée ? Deux précautions valant mieux qu'une, elle fit semblant d'appeler quelqu'un et partit, pour aller s'installer dans un coin discret du rez-de-chaussée d'où elle avait une bonne vue.

Vingt minutes plus tard, Robert et ses potes la frôlèrent en sortant du pub, sans se douter un instant de sa présence. Il n'était pas loin de minuit, dehors il n'y avait pas un chat. Helen les suivit, et se rendit compte que ce n'était pas très malin de traîner seule dans les rues à une heure pareille. Si en principe elle s'en sortait sans dommage, il était évident qu'elle ne ferait pas le poids devant une bande de jeunes hommes. Imaginons qu'ils se rendent compte de la filature et que ça les énerve ?

Elle conserva prudemment ses distances, envisagea même de laisser tomber, quand le petit groupe s'arrêta brusquement. Après avoir vérifié qu'il n'y avait personne d'autre qu'eux, les lascars s'emparèrent d'une poubelle à roulettes oubliée dans une ruelle. Davey, le chef de bande, grimpa dessus, il se retrouva alors au même niveau qu'une petite fenêtre. Il sortit un pied-de-biche de son sac à dos et s'attaqua immédiatement à la lucarne, pendant que les autres faisaient le guet.

Helen s'aplatit contre le mur. Quelle idée de courir des risques pareils ! La fenêtre étant désormais ouverte, Davey se hissa à l'intérieur. Au tour de Robert. Il sauta sur la poubelle et franchit l'ouverture avec l'aisance d'un gymnaste. Leurs potes restèrent dehors, au cas où.

Un bruit leur fit lever les yeux. Ce n'était qu'une femme qui s'éloignait. À l'évidence elle ne les avait pas vus. Helen pressa l'allure. Maintenant que tout était foutu, elle voulait prendre du champ. Elle était mortifiée. Enfin quoi, on était en train de cambrioler quelqu'un, il était de son devoir de prévenir ses collègues flics et d'arrêter ça.

Mais évidemment elle ne le ferait pas, à son corps défendant. Elle pressa le pas et se fondit dans l'obscurité.

C'était une erreur de venir ici.

32

La maison n'était plus qu'une coquille vide. Un endroit fonctionnel et dépouillé que l'on n'avait jamais vraiment aimé, au même titre que la plupart des locations. Assis tout seul à la table à manger Ikea, Jason Robins aurait pu en dire autant de lui. Samantha, son ex, était partie passer quinze jours à Disneyland avec leur fille Emily, en compagnie de Sean, son nouveau compagnon. Il avait beau essayer de faire abstraction de tout ça, se donner à fond à son boulot, suivre les matchs de foot à la télé et aller voir des vieux copains, il y pensait sans cesse. Tous les trois en train de s'amuser, de manger de la barbe à papa, de chevaucher les montagnes russes en poussant de grands cris, puis de se coucher au terme d'une journée animée, pendant laquelle ils s'étaient bien amusés, alors que lui, de son côté, il ne rigolait pas… Dans leur couple, ce n'avait jamais été lui qui menait la barque, et maintenant qu'ils avaient rompu, il restait toujours sur la défensive. Il s'était d'abord et avant tout consacré à l'éducation d'Emily et avait fait de son mieux pour que Samantha ne manque de rien, au point de négliger ses copains et ses proches. Quand Samantha lui avait expliqué qu'elle le quittait pour un autre, il n'avait trouvé aucun soutien et n'avait pu compter sur personne. Les gens compatissaient et lui posaient bien deux ou trois questions pour la forme, mais le cœur n'y était pas. Il allait de soi que personne ne reprochait à Samantha d'être partie. Il ne payait pas de mine et n'avait pas exactement une conversation brillante, mais il s'était quand même efforcé de la rendre heureuse. Et ça lui avait rapporté quoi ? Il se retrouvait tout seul dans l'appart, et il avait été obligé d'intenter une action en justice pour obtenir la garde de sa fille.

Il jeta le reste de son plat cuisiné à la poubelle, et passa dans ce que le type de l'agence appelait le bureau, et qu'il qualifiait lui de placard. Il n'y avait pas la place de se retourner, n'empêche, c'était l'endroit de la maison qu'il préférait, la seule pièce qui n'avait pas l'air vide et où il se sentait à l'aise. Il s'installa sur sa chaise et alluma l'ordinateur.

Il regarda les infos sur BBC News, puis le sport, avant d'aller sur Facebook. Il y jeta un œil en passant, puis ferma le site ; il n'avait pas envie de voir des gens heureux. Il consulta ses mails, les spams s'accumulaient, encore une facture de son avocat… Il poussa un soupir de lassitude. Il devrait aller se coucher. Il se demanda s'il pouvait se résoudre à rejoindre son lit aussi tôt, alors qu'il savait qu'il ne dormirait pas, mais à quoi bon. Il n'avait aucune intention de se mettre au lit. Il ouvrit Safari, cliqua sur ses favoris. Des dizaines de sites pornos s'affichèrent à l'écran. Il fut un temps où ça l'excitait, maintenant c'était banal.

Il s'assit devant son bureau, triste et inconsolable. Le temps s'égrenait lentement, quelle ironie ! Il n'était que vingt-trois heures. Il lui restait encore au moins neuf heures avant de se pointer au boulot. Il avait la nuit devant lui, un vide absolu.

Il s'arrêta un instant, puis tapa « escort girls » dans le moteur de recherche. Une multitude de bandeaux publicitaires s'affichèrent dans les marges, pour l'inviter à rencontrer des filles à Southampton. Il hésita, la trouille au ventre qu'elles sachent où il habitait, puis les passa en revue. Ce n'étaient que des propositions à peine déguisées… Des filles qui soi-disant recherchaient de la compagnie, alors que tout bêtement elles racolaient. Et s'il se jetait à l'eau ? Il n'avait aucune expérience en la matière, et franchement ça lui faisait un peu peur. Si jamais quelqu'un venait à l'apprendre ?

Il continua à regarder, ça l'excita. L'argent n'était pas un problème. Alors pourquoi pas ? S'il attrapait une maladie, il pourrait toujours se soigner ; de toute façon, il n'avait personne à contaminer. Pourquoi ne pas faire quelque chose d'excitant pour changer un peu ?

Son pouls s'accéléra, il se faisait des films. Il regarda les sites d'escort girls, les forums, les clips ; bref, tout un univers qui ne demandait qu'à être exploré. Pourquoi ne pas prendre les choses en main ? Se servir de son argent pour amener les autres à faire ce qui lui plaisait. Où était le mal ?

Jason prit son portefeuille, éteignit derrière lui en sortant. Cette fois, il répondrait à l'appel de la nuit…

33

Il agrippa la cravache et la fouetta. Clac ! La lanière mordit dans sa chair. Elle cambra le haut du dos, puis laissa retomber ses épaules, sans émettre aucun bruit. Elle subit en silence la douleur qu'on lui infligeait. Arquant à nouveau les reins, elle se prépara à la suite, mettant son dominateur au défi. Jake s'exécuta et la flagella encore. Elle ne broncha toujours pas.

Cela faisait deux mois qu'ils se revoyaient. À présent, ce n'était plus pareil, il en savait tellement plus sur son compte ! Même s'il ne posait pas de questions, il avait l'intelligence de lui parler de sa vie à lui, afin de la mettre en confiance et de recueillir à son tour des confidences. Il lui en avait dit autant qu'il le pouvait – elle était ainsi la seule à savoir qu'il avait toujours ses parents, mais que ceux-ci ne lui adressaient plus la parole –, mais il n'était guère payé de retour. Il n'ignorait pas qu'ici elle se sentait en sécurité, et il ne voulait pas esquinter ça. Elle ne le laissait pas indifférent, c'était indéniable. Voilà qui aurait dû l'amener à mettre fin à leur petit accord, n'importe quel dominateur digne de ce nom aurait procédé ainsi, mais il avait déjà essayé, et ça n'avait pas marché.

Ce n'était pas de l'amour. Du moins il ne le croyait pas. Mais il y avait longtemps qu'il n'avait pas ressenti quelque chose de pareil. Quand on se sent mal aimé, qu'on a été rejeté, on se garde bien de faire étalage de ses sentiments. Depuis qu'il avait atteint la puberté, il avait entretenu une foule de liaisons, que ce soit avec des hommes ou des femmes, et de tous les âges, mais une chose n'avait pas changé : sa soif de liberté. Cependant, cela l'intéressait de moins en moins de multiplier les aventures. S'il n'avait jamais été monogame, il en comprenait désormais l'intérêt. C'était fou, vu qu'ils n'avaient jamais été sur le point de faire l'amour, Helen et lui, mais là n'était pas la question. Il y avait en elle quelque chose qu'il voulait protéger, préserver. À condition qu'elle lui donne carte blanche.

Ce soir, elle ne s'exprimait quasiment que par monosyllabes. C'était déprimant, on se serait cru revenu à l'époque où ils venaient de se rencontrer. Quelque chose l'avait bouleversée, et il hésitait à aborder le sujet quand soudain elle lui demanda :

— As-tu déjà eu l'impression d'être maudit ?

C'était tellement inattendu qu'il en resta sans voix. Puis, sombrant dans l'excès inverse, il lui raconta des bêtises pour tâcher de la rassurer, tout en menant discrètement sa petite enquête. Elle ne réagit pas.

Il traversa la pièce et lui prit la main, sans cesser de parler. Helen regardait droit devant elle, sans avoir l'air de se rendre compte de sa présence. Elle finit par baisser les yeux et s'aperçut qu'il lui tenait la main. Elle le dévisagea, sans méchanceté, puis retira sa main.

Elle traversa la pièce et s'habilla, prête à s'en aller.

— Merci, dit-elle à voix basse devant la porte.

Elle se sauva. Vexé, Jake était perplexe et inquiet. Qu'est-ce qui lui prenait ? Pour quelle raison avait-elle l'impression d'être maudite ?

Il y avait chez elle tant de non-dits, tant d'émotions refoulées, alors qu'il ne demandait qu'à l'aider… Elle n'avait personne d'autre à qui parler, il en était sûr. Il avait malgré tout eu l'intelligence de ne pas insister. Cette relation le laissait désarmé, et il n'y comprenait rien. Il allait lui falloir attendre qu'Helen sorte de sa réserve.

34

Lady Macbeth habitait une immense villa à la périphérie d'Upper Shirley, au grand dam de ses voisins. Ils étaient tous comptables ou avocats, mais pas Sandra McEwan. Le commerce du sexe et le trafic de drogue lui rapportaient tous les ans des milliers de livres. Southampton était le centre névralgique de ses activités, qu'elle dirigeait depuis sa résidence au luxe tapageur. Originaire du comté de Fife, au sud de l'Écosse, elle n'avait que quatorze ans quand elle s'était enfuie de sa famille d'accueil. Quelques mois plus tard elle faisait le trottoir. C'est à cette époque qu'elle descendit sur la côte sud de l'Angleterre, où elle tapina pour le compte de Malcom Childs, son mac, lui aussi écossais. Elle devint sa maîtresse, puis sa femme, et d'après ce qu'on racontait dans le milieu, elle l'avait étouffé au cours d'une séance sadomaso. On n'avait jamais retrouvé son corps. Elle avait alors pris sa succession en douceur, en éliminant ou faisant estropier tous ceux qui voulaient s'emparer de son empire. Elle avait été jugée une dizaine de fois, mais n'avait jamais fait de prison, elle avait réchappé à trois tentatives de meurtre et menait maintenant la belle vie sur la côte du Hampshire. Plus rien à voir avec le comté de Fife.

La bonne protesta énergiquement, il n'était que sept heures du matin, mais Charlie avait un mandat d'arrêt délivré à l'encontre de Sandra, et elle n'avait pas l'intention de s'attarder ici, au cas où la dame en question se ferait la malle. Comme il y avait des caméras de surveillance partout, Sandra aurait dû les voir venir, mais elle dormait à poings fermés, comme Charlie le constata en ouvrant la porte de sa chambre.

Son amant, un homme musclé et athlétique, sauta du lit. Il s'apprêtait à lui tenir tête quand il vit le mandat d'arrêt.

— Du calme, mon garçon. Il n'y a pas de mal.

Il s'agissait d'un ancien boxeur, qui se trouvait constamment à ses côtés. Il ne parlait presque jamais, elle s'en chargeait à sa place.

— Retourne te coucher. Je vais m'occuper de ça.

— Sandra McEwan, j'ai un mandat d'arrêt…

— Pas si vite, lieutenant Brooks. Vous êtes bien le lieutenant Brooks ?

— Oui, répondit sèchement Charlie.

— Je vous ai reconnue pour avoir vu votre photo dans les journaux. Comment ça se passe, en ce moment ? Mieux qu'avant, j'espère.

— Ça marche comme sur des roulettes, Sandra, alors arrêtez vos conneries et levez-vous, compris ?

Elle lui tendit un peignoir. Sandra l'observa.

— Depuis quand avez-vous repris le travail ? lui demanda-t-elle.

— Je suis en train de perdre patience.

— Répondez-moi, et je me lèverai.

Charlie laissa s'écouler quelques secondes.

— Depuis deux jours.

— Deux jours, répéta Sandra, songeuse.

Elle extirpa son opulente carcasse du lit king size, sans vouloir du peignoir que lui proposait Charlie. Elle ne cherchait absolument pas à cacher sa nudité.

— Vous avez repris le boulot depuis deux jours, et vous voulez déjà vous faire une réputation, histoire de montrer que tous les misogynes se sont mis le doigt dans l'œil, c'est ça ?

Charlie la fixa du regard, refusant d'admettre qu'elle n'avait pas tort.

— Eh bien, je vous admire, Charlie, si. Mais, putain, évitez d'agir ainsi pendant mes heures de boulot, d'accord ?

Oubliée sa bonhomie de tout à l'heure. Sandra lui avait lancé ça sur un ton hargneux.

— À votre place je ferais demi-tour et je retournerais en vitesse voir Ceri Hardos, si vous ne voulez pas avoir mes avocats sur le dos pendant une semaine.

Sandra était maintenant tout près, son corps dénudé se trouvait seulement à quelques centimètres du tailleur de Charlie. Qui demeura imperturbable et ne se laissa nullement intimider.

— Je vous emmène au poste, Sandra. Pour vous poser une batterie de questions sur une broutille, oui, vous savez, un double meurtre… Comment allons-nous procéder ? Allez-vous sortir dignement d'ici, ou bien faudra-t-il que je vous passe les menottes ?

— Vous ne comprenez jamais rien, hein ? Vous autres, vous ne tirez jamais de leçon…

Jurant comme un charretier, Sandra s'en fut, très raide, chercher des vêtements dans la penderie. Dans son cas, le crime avait bel et bien payé, comme elle le démontra en faisant tout un cirque devant Charlie, qui la vit essayer successivement des tenues de chez Prada, Stella McCartney et Diane von Furstenberg…

avant de se décider tout bêtement pour un jean Armani et un pull.

Charlie essaya de cacher son agacement.

— Vous êtes prête ?

— Je suis prête, répondit Sandra avec un grand sourire qui laissa voir deux dents en or. Il va y avoir du sport !

35

— Pourquoi ne pas m'en avoir parlé ?

— Changez de ton, Helen.

— Pourquoi ne pas m'en avoir parlé, commissaire ?

Le sarcasme perçait dans la voix d'Helen, qui donnait libre cours à sa colère. Ceri Harwood se leva pour aller fermer doucement la porte de son bureau, afin d'éviter que la secrétaire n'écoute ce qui s'y disait.

— On ne vous en a pas parlé parce que vous n'étiez pas là, répondit-elle. McEwan sait mieux que personne jouer les filles de l'air, il n'y avait donc pas de temps à perdre. J'ai demandé au lieutenant Brooks d'aller la cueillir, en ajoutant que je vous expliquerai la situation. Ce qui est le cas en ce moment.

Propos sensés qui ne réussirent pas à faire revenir Helen à de meilleures dispositions. Avait-elle raison d'enrager qu'on ne l'ait pas mise au courant, ou était-elle tout simplement vexée que ce soit Charlie qui se soit chargée de cette tâche ? Honnêtement elle n'en savait rien.

— Je comprends, commissaire, mais si on a appris des choses sur le meurtre d'Alan Matthews, je devrais être la première à en être avertie.

— Exact, Helen, et c'est ma faute. Si vous voulez vous en prendre à quelqu'un, adressez-vous à moi.

Helen ne pouvait évidemment pas faire une chose pareille, car elle ne disposait d'aucun argument. Elle n'en essaya pas moins une dernière fois.

— Il se peut que McEwan soit mêlée à l'assassinat d'Alexia Louszko, mais je ne vois pas le rapport entre elle et le meurtre d'Alan Matthews.

— Il ne faut pas avoir d'idées préconçues, Helen. Vous avez dit vous-même que l'on assiste peut-être à une guerre entre deux bandes rivales qui se disputent le même territoire. Si ça se trouve, ce meurtre n'était qu'un dégât collatéral. Charlie a découvert quelque chose d'intéressant, j'aimerais que vous réalisiez là-dessus une enquête approfondie.

— Il y a quelque chose qui cloche. C'est trop compliqué, trop personnel. Ça nous renvoie à quelqu'un…

— Quelqu'un d'intelligent, d'ambitieux et qui a de l'imagination. Quelqu'un prend plaisir à tuer, sans éprouver le moindre scrupule ou remords, et qui sait très bien aiguiller la police sur des fausses pistes. Pour moi, ça correspond tout à fait au profil de Sandra McEwan, vous ne trouvez pas ?

À quoi bon continuer à se battre, Helen se rangea à son avis et s'en alla dans la salle d'audition. Charlie l'attendait. En face d'elle se trouvait Lady Macbeth, assistée de son avocat.

— Quel plaisir de vous voir, commandant, lança Sandra McEwan, radieuse. Comment vont les affaires ?

— Je pourrais vous demander la même chose, Sandra.

— Mieux que jamais. N'empêche, vous avez bonne mine. Y aurait-il un homme là-dessous ?

Cette pique laissa Helen de marbre.

— Le lieutenant Brooks enquête sur le meurtre d'Alexia Louszko. Celle-ci a travaillé pour vous au Brookmire, je crois, et se faisait alors appeler Agneska Suriav.

Sandra ne disant pas le contraire, Helen continua.

— On l'a tuée, puis on a mutilé son corps et on l'a balancé dans le coffre d'une voiture abandonnée. Il s'agissait là d'envoyer un message. Vous pourriez peut-être nous le déchiffrer ?

— J'aimerais bien vous aider, mais je l'ai à peine connue, cette fille. Je ne l'ai vue que deux ou trois fois.

— Elle bossait pour vous, vous avez dû vous renseigner sur son compte, discuter avec elle…

— Je suis propriétaire de l'immeuble dans lequel se trouve le Brookmire. En revanche, j'ignore qui gère ce club.

Son avocat resta muet comme une carpe. Il ne faisait que de la figuration. Sandra savait exactement comment elle voulait que se déroule l'interrogatoire.

— Vous l'avez ramassée dans la rue, dit Charlie, pour continuer à lui mettre la pression, vous l'avez formée, dégrossie. L'ennui, c'est que les Campbell n'ont pas apprécié, voilà tout. Ils l'ont donc enlevée et assassinée, avant de la renvoyer en quelque sorte dans la rue, son élément naturel.

— Si vous le dites…

— Une fille qui travaillait pour vous. Ils l'ont kidnappée sous votre nez, puis ils l'ont assassinée. Qu'est-ce qu'en pensent les autres filles ? Je parie qu'elles ont chié dans leur froc.

Sandra garda le silence.

— Vous ne pouviez pas laisser passer une chose pareille, ajouta Charlie. Dans ce cas pourquoi ne pas faire d'une pierre deux coups ? Parlez-moi de vos biens immobiliers dans le secteur d'Empress Road.

Sandra finit par réagir. Oh, de façon discrète, mais enfin c'était mieux que rien. Elle ne s'attendait pas à ce qu'on aborde ce sujet.

— Je ne possède…

— Regardez ça : c'est la liste des holdings qui entretiennent des liens financiers. Trêve de bavardage, vous feriez mieux de reconnaître qu'elles vous appartiennent toutes. Celle-ci, dit-elle en lui montrant un nom, a acquis voici deux ans six baraques abandonnées à Empress Road. Pour quelle raison les avez-vous achetées, Sandra ?

S'ensuivit un long silence, ponctué d'un discret hochement de tête de l'avocat.

— Pour les rénover.

— Pourquoi donc ? Elles sont pourries, laissées à l'abandon, et je ne vois pas vraiment ce quartier être sur le point de s'embourgeoiser.

— Vous n'avez pas envie de les retaper, coupa Helen, qui venait de percuter, mais de les abattre.

Mine de rien, Sandra accusa le coup. Signe qu'elles étaient sur la bonne voie.

— Personne ne veut d'une baraque dans le quartier chaud, parce que la nuit elles servent aux prostituées. Mais si vous les achetez et les faites démolir, sans prendre ensuite la peine d'en construire d'autres à la place, comment vont réagir les filles ? Elles vont risquer leur peau en montant tous les soirs dans la bagnole de leurs clients, ou bien chercher du boulot ailleurs ? Dans un endroit plus sûr, comme le Brookmire, par exemple. Je parie que si on fouille un peu, on va s'apercevoir que des tas de maisons ont changé de propriétaire du côté d'Empress Road. Pas vrai ?

Le regard de Sandra se fit dur. Charlie décida de pousser l'avantage.

— Et si vous aviez décidé de ne pas vous arrêter là ? Les Campbell s'en sont pris à vous, ils ont essayé de déstabiliser celles qui bossent pour vous. Imaginons que vous vouliez faire monter les enchères. Vous pourriez alors avoir éliminé une de leurs filles en représailles, ou bien liquidé un ou deux clients, ce qui serait nettement plus original. Ce qu'on lirait dans la presse suffirait à faire fuir en masse les clients des prostituées qui bossent pour eux. Je vous tire mon chapeau, Sandra, vous la jouez fine. .

Sandra se contenta de sourire.

— Aviez-vous une raison particulière de sélectionner Alan Matthews, ou bien l'avez-vous choisi au hasard ?

— Ma cliente ne voit pas du tout de quoi vous parlez, et elle nie catégoriquement avoir été mêlée à un quelconque acte de violence.

— Vous pourriez peut-être alors me dire où elle se trouvait le 28 novembre, entre neuf heures du soir et trois heures du matin, insista Charlie, qui ne voulait pas la lâcher.

Sandra la dévisagea longuement.

— J'étais à une exposition.

— Où ça ?

— Dans un entrepôt aménagé situé à deux pas de Sidney Street. Un artiste local, il s'agit d'une installation à laquelle le public prend une part active, et tout le bazar. Il va de soi que c'est de la daube, mais il paraît que l'artiste vaudra un jour quelque chose, j'ai donc décidé d'aller y faire un tour. Or c'est là que ça devient drôle. Je ne suis pas très portée sur la technologie, mais le mec sait de quoi il parle, et il m'a expliqué que cet événement a été diffusé en streaming sur Internet. Il n'y a pas de trucage possible, dans ce domaine… Vous n'avez qu'à vérifier. Et s'il vous reste encore des doutes, d'autres personnes présentes ce soir-là pourront vous confirmer mon alibi : le responsable du conseil municipal de Southampton, celui qui anime la rubrique culturelle sur BBC South… Ah, et puis, j'ai failli oublier… le président de l'association des chefs de la police. Comment il s'appelle, déjà… Anderson ? Un type avec des dents de lapin, qui tient absolument à porter cet affreux postiche. Vous ne pouvez pas le confondre avec un autre.

Sandra se renversa sur sa chaise et regarda Charlie, puis Helen.

— Bon, si on en a fini, autant m'en aller. J'ai un rendez-vous ce soir et je ne voudrais pas le rater.

— Mais enfin, à quoi joues-tu ?

Elle était loin l'époque où Helen et Charlie étaient complices…

— Qu'est-ce qui t'a pris de la conduire au poste sans vérifier au préalable qu'elle était réellement suspecte ?

— Elle l'est toujours. Elle a un motif, l'occasion d'intervenir…

— Et un alibi en béton. Elle nous a fait passer pour des imbéciles. Cesse de cavaler pour le compte de la commissaire Harwood, et mets-toi au boulot, nom d'un chien. Trouve-moi qui a tué Alexia Louszko.

Helen s'éloigna d'un pas énergique. Il faudrait évidemment vérifier l'alibi de Sandra, mais elle était sûre qu'il tenait la route. Il était indiscutable, Sandra ne pouvait pas l'avoir inventé ! Certes, elle aurait pu engager d'autres gens pour assassiner Alan Matthews et Christopher Reid, mais on avait du mal à croire qu'elle avait chargé une femme seule d'accomplir cette mission, alors qu'il y avait plein de mecs prêts à lui obéir. Non, ça ne collait pas.

La journée avait mal commencé, et ça s'aggravait. Pour la première fois depuis qu'elle était entrée dans la police, tout se passait comme si ses collègues lui mettaient des bâtons dans les roues, au lieu de l'aider. Cette affaire était déjà suffisamment bizarre et compliquée comme ça pour éviter que Charlie et Harwood ne l'entraînent dans des impasses et lui coupent l'herbe sous le pied.

Tout cela, en vérité, ne les avait amenées à rien. Deux personnes avaient été massacrées, il y en aurait d'autres. Et elle n'y pouvait rien.

36

Angie avait pris l'habitude d'être entourée de sa cour. À Zenith Solutions on lui avait donné une semaine de congé, et elle en profitait au maximum, recevait des amis et sa famille, ressassait sans arrêt cet affreux épisode, quitte à enjoliver au besoin les choses. Mais elle finit aussi par en avoir marre de raconter tout le temps la même chose, si bien qu'elle ne réagit pas quand on sonna avec insistance à la porte. Les rideaux étaient tirés, Jeremy Kyle devait passer et elle était en train de boire un café instantané.

Encore un coup de sonnette. Elle monta le son. Peu importait si ça prouvait qu'elle se trouvait ici, elle n'était pas obligée d'ouvrir si elle n'en avait pas envie. On cessa de sonner. Angie sourit.

Elle en revint à la télé… On allait donner les résultats des analyses ADN. Elle avait pris l'émission en cours de route, elle ne savait donc pas sur quoi portait le différend entre les participants, mais enfin il y avait toujours de la bagarre quand le résultat des tests ADN était dévoilé. C'était la séquence dont elle était friande.

— Ohé !

Angie se redressa sur son siège. Il y avait quelqu'un dans la maison.

— Vous êtes là, Angie ?

Elle sauta du canapé et chercha quelque chose pour se défendre. Elle ne trouva rien d'autre qu'un gros vase en verre. Elle le brandit quand s'ouvrit la porte du séjour.

— Angie ?

Elle resta figée sur place, la peur cédant la place à la stupéfaction. Qui ne connaissait pas, à Southampton, le visage grêlé d'Emilia Garanita !

— Désolée de vous déranger, mais ce n'était pas fermé à clé, et il faut absolument que je vous parle, Angie. Je peux vous appeler par votre prénom ?

Abasourdie, Angie ne lui reprocha même pas d'être entrée sans y avoir été invitée. Emilia en profita pour s'avancer et lui posa la main sur le bras, histoire de la rassurer.

— Comment ça va, Angie ? Vous avez été bouleversée, paraît-il.

Visiblement, l'une des filles avait vendu la mèche, ce qu'Angie trouva aussi agaçant que réjouissant. Il n'est pas banal que la presse locale débarque chez vous, c'est plutôt flatteur. Emilia n'eut aucune peine à la reconduire vers le canapé, où elle s'assit à ses côtés.

— Je tiens le coup, répondit-elle.

— Bien sûr. De l'aveu général, vous êtes une femme solide.

Angie n'en était pas convaincue, mais ce compliment la ravit.

— Et c'est ce qui ressortira de l'article.

Angie hocha la tête, tout à la fois excitée et mal à l'aise.

— À l'*Evening News*, on veut vous consacrer une double page. Parler de votre vie, du travail important qui est le vôtre à Zenith Solutions et de la façon dont vous avez géré cet épisode regrettable. On aimerait vous rendre justice, si vous n'y voyez pas d'inconvénient.

Angie fit signe que non.

— Entendons-nous bien. On s'intéressera plus tard à votre parcours professionnel, pour l'instant on va s'en tenir à la journée proprement dite. Vous avez réceptionné un colis destiné à votre patron…

— M. McPhail.

— M. McPhail. Je présume que vous ouvrez tout son courrier ?

— Bien sûr, je suis son assistante. Un coursier nous a apporté un paquet, je les ouvre toujours sur-le-champ.

Emilia notait maintenant tout cela avec enthousiasme.

— Et à l'intérieur…

— Dedans… il y avait un cœur, qui dégageait une odeur nauséabonde.

— Un cœur ? fit Emilia, en tâchant de rester calme.

Elle n'osait pas y croire, et pourtant si, c'était vrai.

— Oui, un cœur. Un cœur humain.

— Et voyez-vous une raison pour qu'on envoie un colis pareil à M. McPhail ?

— Non. C'est un excellent patron.

— Certainement. Et la police vous a contactée ?

— Je me suis entretenue avec le commandant Grace.

— Je la connais bien. C'est un bon flic. Y avait-il quelque chose en particulier qu'elle avait envie de savoir ?

Angie sembla réticente.

— Je comprends parfaitement que ça vous gêne de raconter ça en détail, reprit Emilia. Sachez toutefois que je vais convaincre mon rédacteur en chef d'y consacrer une double page, raison pour laquelle il faut tout me dire.

— Elle voulait la liste des employés, répondit Angie au bout de quelques secondes, et puis savoir lesquels étaient absents ce jour-là.

Emilia leva un instant son stylo bille, avant de se remettre à griffonner. Pas question de montrer dans quel état d'excitation cela la mettait. Elle commençait à y voir plus clair et saurait en tirer parti.

Une fois de plus, un article sensationnel venait de lui tomber tout cuit dans le bec.

37

Violet Robinson regardait son gendre avec méfiance. Si elle n'avait jamais douté de son amour pour Nicola, elle n'était pas sûre, en revanche, qu'il soit prêt à se dédier entièrement à elle. C'était un homme, or les hommes ne font pas attention aux détails et ont tendance à être négligents. Certes Nicola était bien installée, et Tony veillait à ce qu'elle ne manque de rien. Quand il était au travail, c'était Anna qui s'en chargeait. L'ennui c'est que Nicola ne pouvait pas se contenter du minimum. C'était une belle jeune femme, vive et intelligente. Comme sa mère elle avait toujours pris grand soin de sa personne, et autrefois elle ne sortait jamais sans s'être maquillée et avoir vérifié qu'elle était bien coiffée. Devant le teint livide de sa fille, ses cheveux en bataille et l'absence de maquillage, Violet était trop souvent obligée de rattraper le coup. Tony ne savait pas quoi faire dans ce domaine, et Anna était une brave fille mais qui n'accordait pas d'importance à l'apparence physique.

— Vous serez parti longtemps ? demanda-t-elle à Tony.

Ils se trouvaient tous les deux dans le salon ; Nicola ne pouvait pas les entendre depuis sa chambre.

— Je ne m'en vais pas, répondit Tony, qui pesa soigneusement ses mots et le ton qu'il employait. Je serai ici la journée, j'y passerai sans doute davantage de temps que d'habitude, c'est uniquement le soir que je m'absenterai. Anna m'a dit qu'elle serait heureuse d'assurer la garde de nuit, mais si d'une certaine façon vous pouviez...

— Je vous ai déjà expliqué, Tony, que je vous donnerai un coup de main. Ça me fait plaisir. Il est préférable qu'elle soit avec quelqu'un de sa famille.

Tony ne dit pas le contraire. Violet se rendait pourtant bien compte qu'il n'était pas de cet avis. Il lui préférait Anna, et si celle-ci avait été en mesure de dormir ici pendant une semaine, il l'aurait tout de suite engagée, au lieu de s'adresser à sa belle-mère.

— Jusqu'à quand allez-vous... travailler la nuit ?

— Ça ne va pas durer longtemps, j'espère.

Encore une réponse évasive.

— Je serai ravie de vous aider le temps qu'il faudra, mais vous savez ce que j'en pense. Je n'aimerais pas que ce soit quelqu'un d'extérieur à la famille que Nicola découvre à son chevet le jour où elle se réveillera, expliqua Violet, pas très rassurée.

La voix de Violet trembla ; le sentiment, sous-jacent, de perte la prit par surprise. Tony hocha la tête avec compassion. Jamais, pourtant, il ne se disputerait avec elle à ce sujet. N'attendait-il plus rien de Nicola ? Sa belle-mère en avait l'impression. Avait-il trouvé une autre femme pour la remplacer ? Elle n'en savait rien, et cela la tourmentait.

— Est-ce que c'est dangereux, la tâche que l'on vous a confiée ?

Il observa un moment de silence, puis s'efforça en vain de la rassurer. Ce qui signifiait que cela présentait effectivement des risques, en conclut Violet.

Se montrait-elle injuste envers lui, en lui reprochant de se comporter de façon aussi cavalière ? C'était un flic, il avait une mission à accomplir, elle le comprenait parfaitement. N'aurait-il cependant pas pu s'en voir confier une qui comporte moins de risques ? Et s'il lui arrivait quelque chose ? Son propre mari, le saligaud, avait jadis pris la poudre d'escampette. Il vivait désormais à Maidstone avec sa seconde femme et leurs trois enfants et ne venait jamais les voir. Si jamais Tony avait des ennuis, il ne resterait plus que Nicola et elle, enfermées ensemble à attendre et à espérer.

Violet se surprit à traverser la pièce. Elle posa la main sur le bras de son gendre et lui dit, sur un ton radouci :

— Bon, prenez soin de vous, Tony. Prenez bien soin de vous.

Pour une fois, il eut l'air de comprendre. Ils étaient en train de traverser un moment difficile, l'un et l'autre – Tony allait ainsi cesser d'être au chevet de sa femme pour se frotter au monde. Et, pour une fois, ils étaient sur la même longueur d'onde.

— Allez-y, Tony. Tout va bien se passer, ici, pour Nicola et moi.

— Merci, Violet.

Tony quitta la pièce pour achever de se préparer, laissant la mère seule avec sa fille. Violet sortit de son sac un tube de rouge à lèvres, pour en mettre à Nicola. Dans un premier temps, ça lui remonta le moral, mais au fond elle avait les nerfs à vif. Tout se passait comme si des forces incontrôlables se rassemblaient pour ébranler son univers…

38

Pendant que l'équipe prenait place dans la salle de réunion, Helen essaya de se concentrer. C'était la première fois qu'elle se retrouvait aussi isolée dans une enquête. Charlie tenait absolument à faire ses preuves en coinçant McEwan pour ces meurtres, et elle pouvait apparemment compter sur l'appui de Ceri Harwood. Si personnellement elle était de plus en plus persuadée qu'ils avaient affaire à un tueur en série, sa supérieure directe n'était pas de cet avis. Harwood avait des appuis dans le monde politique, elle suivait le règlement à la lettre et n'avait jamais été confrontée à ce genre d'assassin. Alors que c'était le contraire pour Helen, vu ses antécédents et la formation qu'elle avait reçue. Il lui appartenait par conséquent de prendre l'initiative et d'orienter les recherches dans la bonne direction.

— Supposons que l'assassin est une prostituée, qu'elle élimine les mecs qui aiment avoir des rapports tarifés, dit Helen en guise de propos liminaire. Ce qui est arrivé n'est donc pas fortuit ; rien n'indique qu'on ait essayé de la violer, ou qu'il y ait eu bagarre. Elle les a donc délibérément attirés dans des endroits isolés, pour ensuite les tuer. C'est quelque chose qui couvait en elle, un truc qu'elle a planifié… Puisque rien ne laisse penser qu'elle a des complices, nous sommes donc sur la piste d'une déséquilibrée extrêmement dangereuse. Elle a peut-être elle-même subi des mauvais traitements ou a été victime d'un viol, et il n'est pas à exclure qu'elle ait des antécédents psychiatriques, en tout cas elle voue une haine féroce aux hommes. Il nous faut donc faire le tour des hôpitaux, des centres médicaux de l'assistance sociale, des foyers et des asiles de nuit, pour voir s'il ne s'y est pas présenté quelqu'un qui a le profil. On va aussi regarder dans le fichier central de la police si l'on déplore ces derniers temps des histoires de viol ou d'agressions sexuelles non élucidées. Il y a dû avoir quelque chose qui l'a amenée à agir ainsi. Même si elle a tendance à se comporter de façon brutale, il faut bien que quelque chose ait déclenché en elle cette fureur. Intéressez-vous aussi aux délits qu'elle risque d'avoir commis, voies de fait, agressions à l'arme blanche, histoire de montrer sa force avant de tuer pour de bon. Est-ce que tu peux t'en occuper, Sanderson ?

— J'y cours.

— Alors, qui est-ce qu'on recherche ? reprit Helen. Comme elle connaît manifestement bien les endroits concernés, Empress Road, Eling Great Marsh, elle devait encore faire le tapin il n'y a pas longtemps. Ses fautes d'orthographe, « le male » avec un « e », et les « Mathews » avec un seul « t » nous laissent penser qu'elle a peu d'instruction, voire qu'elle est dyslexique, mais elle n'a rien d'une imbécile. Elle ne laisse quasiment aucune trace derrière elle… La police scientifique a bien récupéré un cheveu noir dans la voiture de Reid, mais il est synthétique et provient sans doute d'une perruque, et puis elle a du courage à revendre. Elle a fait l'aller et retour chez

Zenith Solutions sans que personne ne la remarque. Quand on prend le risque de se faire serrer comme ça, c'est qu'on se sent investi d'une mission et qu'on a quelque chose à prouver.

L'équipe observa le silence, le temps d'assimiler tout ça.

— Il faut par conséquent nous intéresser d'abord aux filles qui se prostituent, ou qui se sont prostituées récemment, en ne négligeant aucune piste, qu'il s'agisse des putes de luxe, des étudiantes qui peuplent les agences d'escort girls, des étrangères sans papiers ou des junkies qui font des passes pour presque rien sur le port, en s'attachant en particulier à celles qui donnent dans le bas de gamme. Matthews et Reid étaient portés sur les filles les plus crades, prêtes à tout pour pas un rond. Il va nous falloir ratisser la ville entière, je vais cependant envoyer le gros de l'effectif dans les quartiers nord, Bevois Valley, Portswood, Highfield et Hampton Park. Notre meurtrière a levé ses clients dans des endroits où il n'y a pas de caméras de surveillance, mais on a réussi à repérer la voiture de Matthews et celle de Reid grâce aux enregistrements vidéo de la sécurité routière. On dirait qu'elle a racolé Matthews dans la zone industrielle d'Empress Road, et Reid du côté de Common Park. Elle a sans doute choisi ces coins-là parce qu'elle n'habite pas loin, qu'elle les connaît bien et pense pouvoir y agir à sa guise en toute impunité. Sans exclure quoi que ce soit, j'imagine qu'elle vit et bosse dans le nord de la ville. McAndrew va y mener les recherches.

— J'ai constitué une équipe, chef, déclara l'intéressée, et on a déjà quadrillé le périmètre. On ira sur le terrain cet après-midi.

— Reste maintenant à comprendre pourquoi elle a jeté son dévolu sur Matthews et Reid. Les a-t-elle choisis au hasard, ou bien les a-t-elle sélectionnés au préalable ? Si ça se trouve, notre tueuse avait vu Matthews dans le coin, et elle était au courant de ses petites habitudes et des libertés qu'il prenait avec la morale. L'ennui, c'est que Reid était beaucoup plus jeune que lui, et qu'il n'y avait pas longtemps qu'il zonait là-bas. Si elle a fait exprès de le choisir, elle a dû s'y prendre de façon plus subtile. C'étaient tous les deux des pères de famille, ce qui pourrait être un lien important, mais ils ne gravitaient pas dans le même milieu et n'en étaient pas arrivés au même point dans leur vie de famille, Matthews ayant quatre gosses de dix ans et plus, alors que Reid n'avait qu'un bébé.

— Bah, ils ont dû la trouver sur Internet. Aujourd'hui, si tu veux qu'on te fasse une pipe, tu tapes sur Google, plaisanta le lieutenant Sanderson.

Ses collègues rigolèrent en douce.

— Sans doute, c'est pourquoi il faut aller voir ce que leurs ordinateurs ont dans le ventre. Tu pourrais coordonner les travaux dans ce domaine, Grounds ? Qu'on sache si ces mecs ont été délibérément ciblés, ou bien s'ils se sont trouvés là où il ne fallait pas au mauvais moment. Tout le monde a compris ?

Helen se leva et quitta la pièce pour rejoindre la salle des opérations. Débordante d'énergie, elle se sentait animée d'une détermination sans faille ; bref, elle était gonflée à bloc. Pourtant, quand elle traversa l'étage, elle s'arrêta brusquement, et son optimisme s'évanouit aussitôt. Quelqu'un avait laissé la télé allumée dans le coin, mais sans mettre le son. Elle attrapa en vitesse la télécommande, monta le volume. On diffusait les infos de midi sur BBC South. Graham Wilson, le présentateur habituel, était en train de réaliser une interview, son invitée n'était autre qu'Eileen Matthews…

Folle de rage et de frustration, elle se précipita chez les Matthews. Eileen était morte de chagrin, c'était compréhensible, mais cette intervention risquait de tout faire capoter. Elle s'était mis en tête qu'Alan ne fréquentait pas de prostituées. Persuadée que la police faisait fausse route, elle avait décidé de se lancer elle-même à la recherche de l'assassin de son mari. « Je vous en prie, aidez-moi à le retrouver », avait-elle répété à plusieurs reprises au cours de l'interview. Aïe aïe aïe ! Il avait suffi qu'elle passe cinq minutes à la télé, à l'heure du déjeuner, pour que tout le monde parte à la chasse au coupable imaginaire.

Eileen venait de rentrer quand Helen débarqua. Visiblement épuisée par la prestation télévisuelle, elle faillit lui claquer la porte au nez, mais Helen ne l'entendait pas de cette oreille. Les hostilités ne tardèrent pas à commencer.

— Vous auriez dû d'abord nous en parler, Eileen, une initiative pareille risque de faire prendre du retard à l'enquête.

— Je ne vous en ai pas parlé, car je savais ce que vous alliez me répondre.

Eileen n'éprouvait pas le moindre regret. Helen essaya de ne pas s'énerver.

— Je sais que vous avez été confrontée à des horreurs inimaginables ces derniers jours, que vous êtes accablée de chagrin et que vous tenez absolument à obtenir des éclaircissements, mais ce n'est pas comme ça qu'il faut s'y prendre. Si vous voulez que justice soit faite, pour vous et vos enfants, il est indispensable de nous laisser les coudées franches.

— Et salir le nom d'Alan ? Traîner sa famille dans la boue ?

— Je ne vais pas vous cacher la vérité, Eileen, même si ça vous fait de la peine. Votre mari fréquentait des prostituées, et je suis persuadée que c'est pour cette raison qu'il a trouvé la mort. C'est une femme qui l'a assassiné, on en est quasiment certains, et si vous aiguillez les gens sur une fausse piste, ça peut lui donner l'occasion de récidiver. Il faut que chacun reste vigilant, et pour cela il convient que tout le monde sache à quoi s'en tenir.

— Elle peut recommencer ?

Eileen avait maintenant une voix moins stridente. Helen s'interrompit un instant, ne sachant trop si elle pouvait la mettre au courant des derniers développements.

— Hier soir, un jeune homme a été assassiné. On pense que c'est la même femme qui est coupable des deux meurtres.

Eileen la fixa du regard.

— On a retrouvé son corps dans un endroit fréquenté par des prostituées…

— Non.

— Je suis navrée…

— Il n'est pas question de vous laisser continuer à… diffamer Alan. C'était un homme bien. Un chrétien fervent. Je sais qu'il avait une santé fragile… Il souffrait d'infections, mais on en contracte beaucoup à la piscine. Or Alan adorait nager…

— Enfin Eileen, il avait une blennorragie. Ça ne s'attrape pas à la piscine !

— Non ! Son enterrement a lieu demain, et vous venez me raconter des mensonges… Non, non et non ! hurla Eileen, réduisant du même coup Helen au silence.

Puis elle fondit en larmes. Helen était en proie à des émotions contradictoires, compassion, fureur, incrédulité… Elle regarda autour d'elle, examina les photos de famille qui semblaient confirmer la vision d'Eileen. Alan donnait en effet l'impression d'être un père de famille modèle : jouant au foot avec ses fils, se tenant près de sa fille à la remise de son diplôme universitaire, dirigeant le chœur à l'église, portant un toast à sa femme le jour de leur mariage… Sauf que tout cela c'était du pipeau.

— Il faut collaborer avec nous, Eileen. Vous devez absolument voir plus loin que le bout de votre nez, si vous ne voulez pas qu'il y ait d'autres victimes. Vous comprenez ?

Eileen garda les yeux baissés et sécha ses larmes.

— Je ne veux pas vous faire de la peine, il faut néanmoins que vous regardiez la vérité en face. L'historique des recherches Internet d'Alan montre une grande fréquentation des sites pornographiques et de prostitution. À moins que quelqu'un d'autre, vos fils, ou bien vous, par exemple, se soit servi de cet ordinateur ?

Eileen leur ayant déjà expliqué, à elle et ses collègues, qu'il ne laissait personne entrer dans son bureau, et encore moins utiliser son ordinateur, Helen comprit qu'elle venait de marquer un point.

— Ce n'est pas par hasard qu'il se baladait sur ces sites, car ils figuraient dans ses favoris… Et puis, on s'est aussi penchés sur sa situation financière.

Eileen ne disait plus rien.

— Il était responsable d'un compte sur lequel étaient versés des fonds destinés à payer des réparations à l'église. Il y a deux ans, il y avait dessus plusieurs milliers de livres. Or il n'en reste quasiment plus rien, il a effectué pendant dix-huit mois des retraits successifs de deux cents livres chaque fois. Les travaux n'ont pas été réalisés à l'église.

J'y ai envoyé quelqu'un, qui s'est entretenu avec le pasteur. On sait qu'Alan n'avait pas de gros revenus, et tout laisse à penser qu'il a utilisé cet argent pour s'offrir quelques distractions…

Helen enchaîna, sur un ton plus doux :

— Je sais qu'en ce moment vous êtes complètement perdue, mais la seule façon pour sortir, vos enfants et vous, de ce… cauchemar, c'est de vous faire une raison. Vous n'allez pas me croire, et pourtant j'en suis passée par là, moi aussi, il m'est arrivé des choses affreuses, j'ai terriblement souffert, et le pire serait de pratiquer la politique de l'autruche. Tenez compte de ce que je vous explique, pour vous, pour vos fils et pour vos filles. Bref, ayez le courage de voir Alan comme il était, avec ses bons et ses mauvais côtés, et tirez-en les conclusions qui s'imposent. Rien ne dit que l'église ne va pas effectuer pour sa part une enquête d'ordre financier. Dans ce cas, on aura certainement d'autres questions à vous poser. Ce n'est pas en vous en prenant à nous que vous allez régler les choses. Vous devez nous aider, en retour on vous épaulera.

Eileen finit par lever les yeux.

— Je veux interpeller l'assassin d'Alan, reprit Helen. Je tiens absolument à l'arrêter, et répondre ensuite aux questions que vous vous posez. Mais ce ne sera pas possible, Eileen, si vous me mettez des bâtons dans les roues. S'il vous plaît, montrez-vous coopérative.

Helen était sincère en formulant cette requête, qui lui venait du fond du cœur. S'ensuivit un long silence, jusqu'à ce qu'Eileen s'adresse à elle :

— Vous me faites pitié, commandant.

— Je vous demande pardon ?

— Vous me faites pitié, car vous n'avez pas la foi.

Elle quitta précipitamment la pièce, sans se retourner. Helen la regarda s'en aller. Sa colère s'était évanouie, elle n'éprouvait plus que de la commisération. Eileen avait placé toute sa foi en Alan, et elle refuserait toujours d'admettre que, loin d'être solide comme un roc, son mentor n'existait tout simplement pas.

39

Ça ne faisait que quelques heures que le lieutenant Rebecca McAndrew s'était lancée dans la chasse à l'assassin, mais elle se sentait déjà salie et découragée. Elle était d'abord allée voir, avec son équipe, les bordels haut de gamme. Ils marchaient beaucoup mieux que dans le souvenir qu'elle en gardait. La récession avait amené un nombre accru de femmes à travailler dans l'industrie du sexe, et l'afflux de prostituées polonaises et bulgares avait complètement inondé le marché. La concurrence faisait rage, du coup les tarifs avaient baissé. On assistait, dans le secteur, à une rivalité acharnée.

Ils étaient ensuite allés faire un tour sur les campus, où la situation n'était pas moins déprimante. Les filles à qui ils s'étaient adressés connaissaient toutes une camarade qui se prostituait pour payer ses études. C'était devenu monnaie courante avec la diminution des bourses, et les étudiantes avaient du mal à s'assumer financièrement pendant leurs années d'université. Les histoires d'alcoolisme et d'automutilation montraient toutefois qu'elles le payaient cher.

Sanderson et les siens se trouvaient dans le centre d'accueil de Claymore, un établissement où l'on dispensait gratuitement des soins médicaux, et qui était géré par des employés de la Sécurité sociale et des bénévoles au grand cœur. N'importe qui pouvait venir s'y faire soigner sans avoir à débourser un sou, mais il était situé dans un quartier déshérité de la ville, de sorte qu'il fallait faire la queue pour y accéder et que l'on y côtoyait surtout des alcooliques et des gens réduits à la dernière extrémité. C'est ainsi que figuraient en grand nombre parmi la clientèle des jeunes prostituées, qu'elles aient contracté une infection, qu'elles viennent se faire poser des points de suture après avoir été victimes d'un tabassage en règle, ou bien qu'elles aient un bébé et n'arrivent pas à s'en sortir. Difficile de ne pas être ému par le drame qu'elles vivaient.

Rebecca McAndrew enrageait souvent d'exercer un métier qui lui prenait tout son temps – si elle était célibataire depuis maintenant plus de deux ans, c'était entre autres parce qu'elle bossait la nuit –, mais elle se rendait compte que cela n'avait rien à voir avec les sacrifices consentis par les femmes qui travaillaient à Claymore. Elles avaient beau être exténuées, disposer de moyens notoirement insuffisants, elles se dépensaient sans compter pour éviter à ces filles de partir à la dérive, sans jamais les juger ni s'énerver. C'étaient en quelque sorte les saintes d'aujourd'hui – même si elles n'étaient pas reconnues comme telles.

Pendant que les membres de son équipe s'entretenaient avec ces gens et leur posaient des questions, Rebecca trouva que la situation était pour le moins paradoxale : alors qu'il était de plus en plus difficile d'établir des liens avec autrui, que ce soit en amour, en couple ou au sein de la famille en général, c'était un jeu d'enfant de se procurer une compagnie tarifée. Le monde était en proie au marasme, le pays en pleine récession, mais une chose était claire : Southampton baignait dans le sexe.

40

Il faisait sombre dehors, aussi sombre que l'étaient les pensées de Charlie. Après s'être fait engueuler par Helen, elle avait bien failli rendre son tablier et rentrer directement à la maison. Mais quelque chose l'en avait empêchée ; tant mieux. Elle s'en voulait d'être aussi susceptible. Qu'est-ce qu'elle s'imaginait ? Helen n'avait pas envie de la voir revenir, et voilà qu'elle était entrée dans son jeu, et que son enthousiasme était devenu un obstacle à l'enquête sur Sandra McEwan.

Elle était morte de honte – où était passée la super flic d'autrefois ? – et pourtant ça l'incitait à persister. Puisqu'elle n'avait pas réussi à démasquer du premier coup l'assassin d'Alexia, elle en revint au b.a.-ba du métier et partit sur le terrain glaner des infos. Rien ne dit qu'en parlant aux filles qui faisaient le trottoir et se trouvaient directement concernées par le conflit qui opposait McEwan et les Campbell elle n'allait pas trouver une piste. Les enfants rentraient de l'école ; il était seulement un peu plus de quatre heures de l'après-midi, mais la nuit tombait déjà. Cette obscurité insidieuse et oppressante à laquelle on a droit pendant l'hiver. Ça la déprima encore davantage.

Une fois qu'elles eurent compris qu'elle ne venait pas les interpeller, les prostituées qui racolaient sur le port ne virent pas d'inconvénient à regarder la photo qu'elle leur montrait. Cette fille, elles n'en gardaient qu'un vague souvenir. Une ancienne l'envoya cependant au Liberty, un hôtel de passe sale et délabré où l'on vous facturait les chambres à l'heure, et non à la journée. Charlie y était déjà venue et ça lui serra le cœur de devoir y retourner. Là-bas, on se retrouvait face au désespoir et à la solitude.

Elle sonna. Une fois, deux fois, trois fois, avant que la porte ne s'entrouvre. Elle colla sa carte de police sous le nez du voyou polonais qui l'accueillit, si l'on peut dire. Il la laissa entrer en grognant, et passa devant elle dans l'escalier. Charlie savait bien qu'il ne fallait pas compter sur lui, dont le boulot consistait à ouvrir l'œil et à tenir sa langue. Elle s'intéressa donc aux filles, qui avec une régularité de métronome sortaient des chambres fermées à clé. Le bordel était installé dans un immeuble de quatre étages, attenant à ses voisins et bâti sur le même modèle. Tous les soirs, on assistait ici à un nombre ahurissant de copulations. Le sol était jonché de capotes usagées.

Charlie s'adressa à une certaine Denise, qui devait avoir au maximum dix-sept ans. Avec son copain, ils formaient un couple d'accros, et c'était à elle de gagner de quoi se faire plaisir. Pour quelle raison ces filles se sous-estimaient-elles à ce point-là ? Ici, on avait affaire au bas de gamme, les prostituées qui coûtaient plus cher exerçant dans le nord de la ville. Sur le port, elles étaient censées faire n'importe quoi pour une bouchée de pain, peu importe que ce soit pénible ou douloureux.

Les flics traitaient souvent les prostituées comme des chiens, mais Charlie avait toujours eu pour principe de leur venir en aide. Elle était déjà en train d'essayer d'arracher Denise à ce mec qui la parasitait et de lui indiquer un foyer, quand d'un seul coup ce fut le bordel.

Un hurlement. Un cri désespéré, qui se prolongea. Puis une cavalcade dans l'escalier, des portes qui claquent, un tohu-bohu invraisemblable. Charlie se leva, grimpa les marches à toute allure et heurta de plein fouet une prostituée terrifiée. Le choc lui coupa le souffle, mais les cris ne cessèrent pas, elle se força donc à avancer, passa devant d'autres visages inquiets, tâcha de contrôler sa respiration et s'aperçut, en arrivant au dernier étage, que son chemisier était couvert de sang.

C'était derrière la porte du fond à droite que ça hurlait. Elle sortit sa matraque, prête à s'en servir. Il lui suffit toutefois d'entrer dans la chambre pour comprendre qu'elle n'en aurait pas besoin. La bataille était finie, et perdue. Dans un coin de la pièce, morte de peur, une adolescente gueulait comme un putois. Non loin de là, sur le lit trempé de sang, un homme à qui l'on avait ouvert tout grand le torse, mettant ainsi à nu son cœur palpitant.

Et c'est là que ça fit tilt dans sa tête. Si elle avait du sang sur son chemisier, c'est parce qu'elle s'était cognée contre la tueuse, qui s'enfuyait des lieux où elle venait de commettre son dernier forfait ! Abasourdie, elle repartit dans l'autre sens, puis se ravisa. L'homme était toujours en vie.

Il lui fallait se décider en une fraction de seconde. Elle se précipita, enleva au type son manteau pour le presser contre sa poitrine et tâcher d'arrêter l'hémorragie. Lui prenant la tête, elle l'adjura de garder les yeux ouverts, de lui parler… La tueuse avait maintenant tellement d'avance qu'elle avait dû s'évanouir dans la nature, et le meilleur moyen de l'identifier était encore de recueillir quelques renseignements auprès du malheureux, avant qu'il ne meure.

— Appelle les urgences ! lança-t-elle à la petite qui hurlait, avant de se tourner vers la victime.

Il cracha du sang, Charlie eut le visage constellé de gouttelettes rouges.

— Tu t'appelles comment ?

Il émit un gargouillis, sans réussir à lui répondre.

— L'ambulance est en route, tu vas t'en sortir.

Il commençait à fermer les yeux.

— Qui est-ce qui t'a fait ça ?

Il ouvrit la bouche. Charlie tendit le cou, colla l'oreille à ses lèvres, pour entendre ce qu'il avait à lui expliquer.

— Qui est-ce qui t'a agressé ? Peux-tu me dire comment elle s'appelle ?

L'homme avait beau avoir du mal à respirer, il n'en tenait pas moins à lui parler.

— Alors ? S'il te plaît, dis-moi comment elle s'appelle.

Peine perdue. Charlie ne réussit à capter que son dernier souffle. La tueuse s'était échappée, et Charlie se trouvait au chevet de sa dernière victime.

41

Helen arpentait la rue devant le Liberty Hotel, balayant du regard les murs de cet immeuble délabré pour voir si l'on y avait installé des caméras de surveillance. Ils avaient eu de la chance, Charlie et leur tueuse s'étaient littéralement télescopées. Grâce à sa déposition et aux bribes d'information recueillies auprès de la prostituée polonaise qui avait débarqué alors que l'agression était en cours, ils disposaient pour l'instant du meilleur signalement possible de la suspecte. C'était une Blanche d'une vingtaine d'années, et d'une taille supérieure à la moyenne, avec des jambes longues et musclées. Elle s'habillait en noir, portait vraisemblablement du cuir, et avait un visage blême et de longs cheveux ailes de corbeau qui dessinaient une frange sur son front. Personne n'avait cependant assez bien vu sa tête pour la décrire avec plus de précision. Le mec qui encaissait l'argent remis par les filles avait constamment les yeux rivés sur la télé, et ne faisait donc pas attention à qui entrait ou sortait de l'immeuble. Les autres prostituées affirmaient que ce n'était pas une habituée de la maison ; deux ou trois d'entre elles l'avaient croisée quand elle était montée avec son client, mais comme elle baissait la tête, leurs regards ne s'étaient pas croisés. En outre elles devaient, elles aussi, s'occuper des types qu'elles ramenaient. C'était exaspérant de toucher au but, sans pour autant en savoir davantage. L'enregistrement d'une caméra de surveillance pouvait changer la donne, ce qui expliquait qu'Helen inspecte les murs. Dans ce quartier en proie à la délinquance, les gens adoptaient fréquemment des mesures de sécurité supplémentaires. Elle ne découvrit toutefois qu'une seule caméra, au-dessus de la porte d'un magasin de vins et spiritueux minable à souhait, qui pendouillait, tournée vers la paroi, après avoir été vandalisée. Était-ce là l'œuvre de gamins, ou bien avait-elle été mise hors-service par la tueuse ? De toute façon, elle n'allait pas leur servir à grand-chose.

En revenant à l'hôtel elle aperçut Charlie, qui portait une combinaison jetable et avait jeté une couverture sur ses épaules. On avait en effet confié ses vêtements à la police scientifique pour qu'elle les analyse, et une jeune agent s'occupait d'elle.

— Tu veux que j'appelle Steve ?

Charlie leva les yeux et reconnut Helen.

— Lloyd… enfin Fortune l'a déjà fait.

— Tant mieux. Rentre chez toi, Charlie. Tu es traumatisée et tu as fait ce que tu as pu. On parlera plus tard.

Charlie hocha la tête, n'ayant toujours pas envie de discuter après avoir essuyé un tel choc. Helen lui posa la main sur l'épaule, histoire de la réconforter, puis s'en alla. Elle avait hâte de voir ce que la scène de crime pourrait éventuellement leur apprendre. Elle prit l'escalier pour monter au dernier étage, et s'arrêta pour demander des précisions à des membres de la police scientifique en train d'examiner l'empreinte sanglante qu'un talon et un doigt de pied avaient laissée sur le parquet.

— Ça vient d'elle ?
— Ce n'est pas celle de Charlie, donc…
— Pouvez-vous en déterminer la taille ?

Le technicien fit signe que oui. Helen passa son chemin. Ces petits détails pouvaient revêtir une importance considérable, on n'imaginait pas à quel point. Voilà qui lui remonta le moral, mais elle déchanta dès qu'elle vit la scène de crime, baignant dans le sang. Couchée sur le lit, les mains et les jambes attachées au châlit, la victime avait le torse ouvert comme une boîte de conserve. Son cœur, qui voilà à peine une demi-heure fonctionnait à merveille, était désormais inerte. Elle se pencha au-dessus du cadavre, en veillant à ne pas le toucher. En observant la blessure, elle s'aperçut que l'on n'avait pas touché les tissus autour du cœur. La tueuse n'avait manifestement pas eu le temps d'emporter sa récompense. Helen regarda la tête du type, elle ne lui dit rien, puis détourna les yeux. Il était défiguré par la douleur.

Elle retourna voir travailler ses collègues de la police scientifique. En plus des indices recueillis sur le corps du malheureux, ils allaient analyser un récipient tupperware de taille moyenne abandonné par terre. Un tupperware. C'était tellement banal, ça faisait tellement Anglais moyen que ça en devenait presque drôle. Comme il existait à Southampton quantité de magasins dans lesquels elle avait pu l'acheter, il ne restait plus qu'à espérer que cette femme ait laissé à l'intérieur des traces permettant de l'identifier. Mais il ne fallait pas trop y compter, Helen le savait bien. Jusqu'à présent, la tueuse n'avait quasiment commis aucune erreur.

En observant le spectacle, Helen se posa une foule de questions. Pourquoi la femme avait-elle brusquement changé de mode opératoire ? Jusqu'alors elle s'était montrée prudente. Pour quelle raison avait-elle alors amené cet homme ici, dans un endroit où elle risquait d'être dérangée, ou pire, identifiée ? Devenait-elle négligente ? Ou bien éprouvait-elle davantage de difficultés à conduire ses clients dans un lieu désert ? Ou, peut-être, la nouvelle avait-elle circulé que les mecs prenaient des risques, et cherchaient-ils alors à se protéger en se rendant dans des coins plus fréquentés ? Il faisait jour quand elle l'avait conduit ici, et il y avait par conséquent du monde autour d'eux, elle ne l'ignorait pas. Y avait-il quelque chose qui le distinguait des autres ? Était-ce uniquement à ce moment-là qu'elle pouvait mettre la main dessus ? Décidément, les événements avaient pris une tournure étrange.

Pour Helen, une chose au moins était sûre : la tueuse devait être drôlement secouée. On l'avait surprise en flagrant délit, et elle s'était enfuie les mains vides. Pire, elle avait heurté de plein fouet une flic qui brandissait sa carte de police, et elle avait eu la chance de réussir à s'échapper. Elle devait maintenant redouter que l'on dispose d'un signalement précis, et peut-être aussi de preuves relevées lors de l'expertise médico-légale. Helen savait d'expérience que dans pareille situation, un assassin a deux réactions possibles : ou bien il s'évanouit dans la nature, ou bien il en rajoute dans sa folie meurtrière. Quelle allait être son attitude ?

Seul l'avenir le dirait.

42

Le moment était venu de lui dire au revoir. Tony avait repoussé l'échéance, mais il se faisait tard. Il hésita sur le pas de la porte, puis entra dans la chambre de Nicola.

— Pouvez-vous nous laisser seuls un instant, Anna ?

Anna était en train de lire à voix haute. Elle s'interrompit, leva les yeux de son livre, resta d'abord perplexe devant la dégaine de Tony, puis retrouva son aplomb.

— Bien sûr.

Elle s'esquiva discrètement. Tony s'arrêta pour regarder sa femme. Elle battit des cils, côté œil droit… c'était sa façon à elle de le saluer.

— Il faut que j'y aille, ma chérie. Anna va rester avec toi toute la journée et ensuite toute la nuit. Je viendrai te voir demain matin, d'accord ? On pourra lire un peu de Dickens, si tu en as envie. Anna m'explique que vous avez presque fini.

Pas de réaction. Avait-elle compris ce qu'il venait de lui dire ? Était-elle contrariée et lui faisait-elle la tête ? Une fois de plus, Tony culpabilisait.

— J'expliquerai à Anna qu'elle pourra te lire Dickens ce soir jusqu'à tard. Rien ne t'empêche de faire la grasse matinée demain, j'installerai le lit pliant à côté du tien, comme ça on pourra se blottir l'un contre l'autre. Comme autrefois.

Sa voix se brisa. À quoi bon faire durer les choses, au lieu de s'en aller, tout simplement…

Il se pencha pour l'embrasser sur le front, marqua un temps d'arrêt, puis l'embrassa de nouveau, sur les lèvres cette fois-ci. Elles avaient l'air sèches, voire un peu gercées, si bien qu'il attrapa le baume sur la table de nuit, pour lui en mettre.

— Je t'aime.

Il s'en alla, trente secondes plus tard la porte d'entrée se referma doucement derrière lui.

Il rejoignit sa voiture banalisée, garée au coin de la rue. C'était une berline Vauxhall cabossée, la voiture préférée des commerciaux qui sillonnaient le pays. Avec le bip il déverrouilla la serrure de la portière, et au moment d'ouvrir il vit son reflet dans la vitre : complet froissé, cheveux grisés artificiellement, lunettes de cadre sup. C'était lui, sans être lui non plus. Il donnait ainsi l'image d'un homme seul, fatigué et chagrin. Ce qui n'était pas totalement faux, mais il ne voulut pas y penser. Il avait du pain sur la planche.

Il monta en voiture, démarra et s'en alla. Le moment était venu de défier le diable.

43

Un homme sans cœur !

C'est avec un plaisir non dissimulé qu'Emilia Garanita contemplait cette manchette. Elle était notamment très fière du jeu de mots, au même titre que son rédacteur en chef, grâce à qui il s'étalait en première page. L'*Evening News* allait-il réaliser là ses meilleures ventes ? Elle espérait bien que oui. Avec un peu de chance, cela lui permettrait peut-être de travailler désormais pour la presse nationale, au lieu de végéter dans un canard de province.

Cela faisait environ deux heures que les journaux étaient sortis. La nouvelle s'était manifestement répandue comme une traînée de poudre, on n'avait pas arrêté de l'appeler sur son portable et c'était du délire sur son compte Twitter. Rien de tel qu'un tueur, ou une tueuse, en série pour faire vendre un quotidien, et Emilia comptait bien en profiter au maximum. Les articles qu'elle avait écrits un an plus tôt sur la folie meurtrière qui s'était emparée de Marianne lui avaient valu une certaine notoriété dans la région, mais à cause d'Helen Grace, qui faisait obstruction, elle avait appris trop tard le fin mot de l'histoire. Elle n'allait pas recommencer la même erreur.

Si elle espérait que l'on n'allait pas arrêter trop vite le ou la coupable, elle se gardait bien de le dire. Ce n'était peut-être pas correct d'avoir cette attitude, n'empêche qu'elle était ravie qu'on raconte des salades à Helen Grace et que l'assassin frappe quand il le voulait, sans laisser de traces. En outre, qui s'apitoyait sur le sort des victimes ? Comme tous les hommes, ces types-là étaient fourbes, menteurs et animés de viles pulsions. On constatait déjà, à lire la tribune libre du journal ainsi que les messages laissés sur Twitter, qu'aux yeux de l'opinion publique ils n'avaient eu que ce qu'ils méritaient. Pendant des siècles les filles de joie avaient subi en silence la violence des hommes, fallait-il donc s'offusquer qu'aujourd'hui les rôles soient inversés ? « Vas-y, ma grande », se dit-elle en réprimant un sourire.

Seul ennui, elle n'avait pas réussi à obtenir une interview de Jessica, l'épouse de Christopher Reid. Elle l'avait appelée plusieurs fois et s'était rendue à maintes reprises chez elle, mais l'officier de l'unité spéciale chargée des relations avec la famille savait pertinemment comment elle procédait et l'avait donc mise à la porte. Par la suite elle était revenue à la charge et avait glissé sous la porte un petit mot expliquant que le journal était prêt à la rémunérer si elle acceptait de répondre à quelques questions, ce qui pourrait lui être utile, dans les mois à venir, et qu'on publierait si elle le voulait des articles s'associant à sa douleur. Jusqu'alors elle n'avait cependant obtenu aucune réponse, et cela l'aurait étonnée qu'elle en reçoive une. Tant que l'assassin serait dans la nature, Helen Grace soustrairait Jessica à la curiosité du public. Emilia avait néanmoins déjà relevé avec succès des défis plus ambitieux, il lui suffisait de se montrer ingénieuse. Il y a plusieurs façons de plumer un canard.

Le bureau était en train de se vider. Emilia n'avait plus vraiment de raisons de traîner ici, on avait arrêté de l'encenser et de la couvrir d'éloges au fur et à mesure que ses collègues rentraient chez eux. Elle attrapa son sac et son manteau, puis se dirigea vers l'ascenseur. Il y avait sur le front de mer un nouveau bar qu'elle avait l'intention d'essayer, c'était l'occasion idéale.

Elle venait de quitter l'immeuble quand son portable sonna. C'était l'un de ces agents qui lui refilaient des tuyaux. Il lui avait communiqué de précieux renseignements depuis quelques mois. Elle écouta le flic, hors d'haleine, lui faire son rapport, et un grand sourire se dessina sur son visage. Encore un meurtre, auquel était cette fois mêlée une femme qu'elle connaissait bien, le lieutenant Charlie Brooks. Elle fit demi-tour pour regagner son bureau.

Décidément, cette histoire devenait de plus en plus passionnante.

44

— Elle dort. Vous ne pouvez pas la voir.

Steve ne savait pas mentir, mais Helen le laissa dire. Il avait l'air furieux et elle fit attention à ne pas le provoquer.

— Il faut que je lui parle, c'est important. Pouvez-vous lui demander de m'appeler dès qu'elle sera réveillée ?

— Ça ne s'arrête jamais, avec vous ? ricana Steve, plein d'amertume.

— J'ai une tâche à accomplir, Steve. Je n'ai pas envie de déranger Charlie ou de l'énerver, mais on m'a confié un travail, et je ne vais pas laisser l'amitié devenir un obstacle.

— L'amitié ? Non mais, vous voulez rire ! Je ne vous crois pas capable d'être l'amie de quelqu'un.

— Je ne suis pas venue me disputer avec vous…

— Vous ne pensez qu'à vous, pas vrai ? Du moment que vous obtenez satis…

— Ça suffit !

Ils se retournèrent tous les deux, Charlie venait vers eux. Loin d'être couchée, elle écoutait ce qu'ils disaient depuis la salle de séjour. Helen s'en doutait depuis le début. Pendant quelques instants la colère assombrit le visage de Steve, gêné d'être surpris en flagrant délit de mensonge, puis il se ressaisit et se précipita vers sa compagne.

— Allez, viens.

— Réfléchis, Charlie. Y a-t-il autre chose dont tu te souviennes ? Son visage, son parfum, l'expression qu'elle avait ?

— Non, je vous l'ai déjà expliqué.

— Elle a dit quelque chose quand tu lui es rentrée dedans ? As-tu reconnu un accent quelconque ?

Charlie ferma les yeux, se reportant à contrecœur à cet instant.

— Non. Elle s'est contentée de grogner, quoi.

— De grogner ?

— Ouais, je lui ai coupé le souffle, alors…

Charlie s'interrompit, sentant bien qu'Helen était agacée et déçue. La petite prostituée polonaise qui s'était trompée de chambre et avait ainsi gêné la tueuse parlait mal l'anglais et se méfiait de la police. Elle n'avait donné qu'un signalement sommaire de cette femme, ce qui expliquait qu'Helen insiste lourdement pour que Charlie fasse sortir un lapin de son chapeau. Un détail auquel elle n'avait jusque-là pas accordé d'importance pouvait en effet leur permettre de bénéficier de cet indice dont ils avaient tant besoin.

Helen se leva.

— Bon, ce sera tout pour l'instant. Il est évident que tu es fatiguée, dit-elle. Tu auras peut-être les idées plus claires demain, après avoir dormi.

Il lui restait encore la moitié du chemin à faire pour gagner la porte quand Charlie s'adressa à elle :

— Tenez.

Helen se retourna, Charlie lui tendit sa carte de police.

— Vous aviez raison.

— Comment ça ?

— Je ne peux plus faire ce métier. Je pensais le contraire, mais non.

— Charlie, ce n'est pas la peine de prendre une décision hâtive…

— Aujourd'hui quelqu'un est mort dans mes bras ! s'écria Charlie d'une voix tremblante. Il est mort devant mes yeux, il a fallu que j'essuie le sang que j'avais sur le visage, dans mes cheveux. J'ai été obligée de lui enlever celui qu'il avait sur…

Elle fondit en larmes et pleura comme une Madeleine. Plutôt que de regarder Helen, elle enfouit son visage dans ses mains. Sa carte de police se trouvait sur la table basse, là où elle l'avait posée.

Et voilà. Helen n'avait plus qu'à la ramasser. Charlie serait licenciée, point barre. Elle avait obtenu gain de cause.

Helen sut néanmoins tout de suite qu'elle ne la prendrait pas. Si jadis elle avait voulu se débarrasser de Charlie, maintenant, alors qu'elle était sur le point de remporter la victoire, elle avait honte de sa lâcheté et de son égoïsme. De quel droit chasserait-elle Charlie de la police, en la condamnant à vivre dans le regret et l'amertume ? Elle était censée venir en aide aux gens, et non les juger.

— Je suis désolée, Charlie.

Celle-ci arrêta un instant de sangloter, avant de recommencer. Helen s'assit auprès d'elle.

— Je me suis comportée comme une salope. Excuse-moi. Ce sont mes faiblesses qui sont en cause, pas les tiennes… Je suis toujours obnubilée par Marianne. Je n'arrive pas à m'en défaire. De Mark non plus. Idem pour toi et pour cette journée. J'ai crié, hurlé, je me suis enfuie, dans l'espoir que j'arriverais à oublier tout ça si je tirais un trait sur le passé et sur tout le monde. J'avais envie de te virer. Ce qui était cruel et égoïste. Je suis navrée, Charlie.

Charlie leva sur elle des yeux mouillés de larmes.

— Je savais dans quel état ça te mettait, et pourtant je ne suis pas venue à ton secours. J'ai profité du fait que tu étais effondrée pour prendre l'avantage sur toi, ce qui est impardonnable. J'aimerais pourtant que tu me pardonnes, si c'est possible. En fait, il ne s'agissait pas de toi.

Helen s'interrompit quelques secondes avant d'ajouter :

— Si tu veux quitter la police, fonder une famille, mener une vie normale, je ne te mettrai pas de bâtons dans les roues. Je veillerai au contraire à ce que tu ne manques de rien pour repartir de zéro. Mais si tu changes d'avis, sache que j'aimerais que tu reviennes… que j'ai besoin de toi dans l'équipe.

Charlie avait cessé de pleurer, mais elle gardait toujours la tête baissée.

— On est à la recherche d'une tueuse en série, Charlie. Je me suis bien gardée de le dire, car je ne voulais pas y croire. Je ne voulais pas imaginer que ça puisse recommencer. Et pourtant si, et maintenant… je n'arrive pas à la mettre hors d'état de nuire.

La voix d'Helen trembla pendant quelques secondes. Puis elle se ressaisit, et c'est sur un ton ferme, mais serein, qu'elle répéta :

— Je n'arrive pas à la mettre hors d'état de nuire.

Elle s'en alla peu après, maintenant qu'elle en avait trop dit, et néanmoins pas assez. Elle n'avait pas réussi à être une guide efficace, que ce soit comme flic ou comme amie. Était-il trop tard pour sauver quelque chose du naufrage ? Elle avait perdu Mark, ce serait complètement idiot de perdre aussi Charlie. Son destin n'était-il pas d'affronter seule la tueuse ? Si ce n'était pas là un combat qu'elle pouvait gagner, elle n'allait cependant pas se défiler.

45

Pourquoi ne pas le lui avoir caché ? C'était quand même à elle de se prendre à sa place toute la merde qu'on lui jetait à la gueule, afin qu'elle puisse souffler un peu. Mais comme elle jouait avec Sally, Alison n'avait pas entendu grincer la boîte aux lettres, ni le journal tomber sur le paillasson. Ce fut donc à elle, Jessica, de le ramasser.

« Un homme sans cœur ». Jessica laissa tomber le journal, comme s'il brûlait, et s'enfuit à l'étage. En pensant à cette ignominie qui venait de lui sauter à la figure, elle avait la tête qui tournait lorsqu'elle arriva sur le palier. Elle gagna la salle de bains en titubant, sentit la nausée monter. Elle s'affala contre la porte, l'ouvrit et vomit dans la baignoire. Quand elle s'arrêta, elle n'avait plus de force ; la tête entre les mains, elle se roula en boule sur le tapis de bain.

Elle n'avait plus envie de vivre. C'était trop horrible. Elle avait déjà cessé d'en vouloir à Christopher de l'avoir trahie. À présent, il lui manquait, elle désirait plus que tout qu'il revienne. C'était bien ça le plus facile à accepter… Ce qu'elle n'arrivait pas à admettre, c'était le reste. Le fait qu'il ait connu une morte violente, qu'elle ne puisse pas encore l'enterrer, que son cœur… son pauvre cœur… soit quelque part enfermé dans un sac mis sous scellés…

Cela lui redonna la nausée, mais elle avait l'estomac vide et elle resta sur place, affalée par terre.

Pourquoi le monde était-il aussi cruel ? Si elle s'était attendue à s'attirer la colère des membres de sa famille et à souffrir de leur incompréhension – et ça n'avait pas loupé –, qu'en était-il des autres ? Les flics lui avaient déconseillé de lire ses mails ou de consulter Twitter, mais comment s'en empêcher ? Elle regrettait désormais de ne pas les avoir écoutés. Moins de vingt minutes après avoir appris la nouvelle, les trolls, ces mauvaises langues qui sévissent sur Internet, étaient entrés en action, que ce soit pour lui adresser des mails ou pour poster des messages sur les forums, bref, pour répandre partout la haine. À les croire, Christopher avait bien mérité de se faire assassiner, elle n'était pour sa part qu'une salope frigide qui avait poussé son bonhomme à la mort, et puis d'abord son défunt mari n'était qu'un pervers atteint du sida et qui rôtirait en enfer, leur fille avait la syphilis, et elle allait bientôt devenir aveugle…

Les flics avaient eu beau lui raconter qu'ils étaient là pour veiller sur elle, qu'ils la protégeraient, de quoi se moquaient-ils ? Il n'y avait plus de pitié sur terre, plus de bienveillance. Il ne restait que des vautours, qui vous fouaillaient les entrailles, se repaissaient de votre chagrin et de votre tristesse.

Elle qui avait toujours fait preuve d'optimisme se rendait maintenant compte à quel point elle avait été naïve.

Du bruit en bas. C'était Sally qui tapait sur son xylophone. Puis des rires d'enfant, avant qu'elle ne se remette à jouer. Tout se passait comme si sa fille évoluait dans un univers parallèle, un endroit où le bonheur et l'innocence existaient toujours. Jessica faillit fermer la porte et se boucher les oreilles, mais non. Il ne lui restait plus que cet univers parallèle, justement, qui allait peut-être la sauver. Dans les heures de la nuit où elle se sentait seule, elle avait envie de mourir, mais elle avait désormais compris qu'il lui fallait vivre. Il lui appartenait de ravaler sa douleur, puis d'apprendre à Sally à aimer le monde et à lui faire confiance.

Si sa vie tirait à sa fin, celle de sa fille n'en était qu'au début. Et pour l'instant, ça devrait lui suffire.

46

Couché sur la table d'autopsie, Christopher Reid fixait de ses yeux vitreux les caissons tachés du plafond. Si nulle victime de la tueuse ne méritait d'avoir connu un tel sort, Helen ne pouvait s'empêcher de penser que Christopher le méritait encore moins qu'Alan Matthews. Celui-ci n'était qu'un sale hypocrite qui aimait dominer les femmes, alors que Christopher Reid n'était qu'un pauvre mec en manque de sexe. Pourquoi n'en avait-il pas discuté avec son épouse ? Histoire de trouver le moyen d'avoir à nouveau une vie sexuelle, au lieu d'en être réduit à payer. La trouvait-il trop prude ou ingénue ? Helen avait eu le temps de se rendre compte que les femmes avaient au moins autant d'imagination que les hommes. Un simple manque de communication avait-il condamné Christopher à une mort sordide ?

— Il lui est arrivé la même chose qu'au premier de la liste, expliqua Jim Grieves, mais de façon différente. On l'a endormi en lui collant sur le nez une espèce de chiffon imbibé de chloroforme. Les collègues de la médecine légale pourront peut-être vous en dire davantage. Rien n'indique qu'on l'ait attaché, ni qu'on lui ait recouvert la tête d'une cagoule.

— Il devait donc être à l'aise avec elle.

— C’est à vous de voir, dit Grieves en haussant les épaules. Personnellement, je me contenterai de dire que cette fois « l’opération chirurgicale » a été réalisée avec plus de brio, peut-être parce que la fille fait des progrès dans ce domaine et n’a plus besoin de recourir autant à la force que lorsqu’elle a procédé à la première agression et à la première mutilation.

Helen hocha la tête.

— Quelle est la cause de la mort ?

— On lui a donné un premier coup dans la voiture, mais c’est dans le fossé qu’on l’a assassiné. On y a retrouvé trop de sang pour qu’il ait été tué ailleurs. Il a succombé à une seule blessure à la gorge infligée par un couteau, lorsqu’on lui a sectionné la carotide.

— Une seule blessure ?

— Oui. Elle a juste consacré à ce type le temps nécessaire, sans en rajouter. Le cœur a été prélevé plutôt proprement, même si elle a dû se mettre à la tâche quand il était encore vivant, en train d’agoniser.

Helen ferma les yeux… Cette scène atroce se grava dans son esprit, et devint vite obsédante. Elle s’attendait à ce que Jim lui donne d’autres précisions, mais elle en fut pour ses frais. Elle rouvrit les yeux, et vit tout de suite pourquoi il s’était tu.

La commissaire Ceri Harwood venait d’arriver.

Grieves s’excusa et tourna les talons. Il n’appréciait pas trop les femmes mal lunées. Or, Ceri Harwood bouillait de rage, Helen se prépara à affronter la tempête.

— Vous avez vu le journal ? lança la commissaire, en flanquant l’*Evening News* sur la table.

— Oui, répondit Helen, laconique. Je l’ai acheté en venant ici.

— J'ai été obligée de demander à la police du Sussex de l'ouest de m'envoyer des renforts. Notre équipe qui assure la liaison avec les médias est débordée, car toute la presse s'est jetée là-dessus. Pas seulement la presse britannique, on a eu les Français, les Néerlandais et même les Brésiliens au téléphone, bordel ! Qui est-ce qui s'occupait d'Angie ? Comment Garanita a-t-elle réussi à entrer en contact avec elle ?

— La collègue qui s'occupe de la liaison avec la famille est venue la voir, mais comme elle n'était pas victime d'un crime, je ne pouvais pas décemment affecter un agent à sa protection, alors qu'il se passe tant de choses…

— Qu'est-ce que vous avez raconté à Garanita ? Dans son article, elle reprend vos déclarations.

— Rien de spécial. Je lui ai expliqué en gros ce qui s'est passé, en lui promettant que nous nous montrerions coopératifs, comme vous me l'avez demandé.

— Lui avez-vous dit que nous sommes à la recherche d'une tueuse en série ? Avez-vous employé cette expression ?

— Non.

— Eh bien elle, si ! Désormais, les gens ne parlent plus que de ça. D'une prostituée qui tue ses clients. Pour se venger de Jack l'Éventreur. Ça n'arrête pas !

— Ce n'est pas génial, mais c'est la vérité.

Ceri Harwood la regarda.

— Sandra McEwan n'est-elle plus désormais considérée comme suspecte ?

— Non.

— Bon alors, qu'est-ce qu'on va leur raconter ?

— À qui ?

— Vous savez très bien de qui je parle, Helen. Des journalistes. Qu'est-ce qu'on va bien pouvoir leur dire ?

— Eh bien, on peut leur communiquer le vague signalement dont on dispose. Et à mon avis, il faudrait demander aux éventuels clients de ne pas traîner dehors. Je ne demande pas mieux que…

— Et risquer de la voir alors prendre le maquis ?

— Il s'agit de sauver des vies, on n'a pas le choix. Il y a déjà eu trois morts.

— On n'a donc rien d'autre à leur filer ?

Ceri Harwood était à présent littéralement furieuse.

— On suit diverses pistes, mais je ne crois pas que ça nous aiderait de faire des confidences aux journalistes, et avec tout le respect que je vous dois, enchaîna Helen pour empêcher sa supérieure de l'interrompre, à mon avis, ce n'est pas à la presse de nous dicter notre conduite.

Ce qui lui attira une réplique cinglante de la part de Ceri Harwood.

— Arrêtez vos gamineries, Helen ! Et ne vous avisez plus de me sortir « avec tout le respect que je vous dois ». Je peux vous retirer cette affaire en un claquement de doigts.

— Sauf que ça ferait mauvais genre dans les journaux, hein ? Je suis flic, pas spécialiste en communication. J'exploite des renseignements, je traque des assassins. Ou plutôt je les arrête. Et ça, on ne peut pas le faire en s'adressant à ceux qui assurent la liaison avec la presse ou avec le monde politique. Cela demande de l'intelligence, il faut également savoir prendre des risques et se bouger le cul.

— Et le fait de discuter avec moi vous fait perdre votre temps précieux, c'est ça ? grinça Ceri Harwood, pour la mettre au pied du mur.

— Maintenant j'aimerais reprendre mon travail, se contenta de répondre Helen.

Elle s'esquiva et regagna en vitesse le commissariat central à moto. Elle s'en voulait d'avoir ouvert un nouveau front dans ce conflit, mais elle n'avait guère le choix. Difficile de dire ce qui allait se passer maintenant. Une chose était claire, Ceri Harwood ne figurait plus au nombre de ses alliés, elle était carrément devenue son ennemie.

47

En fin de compte ça mordit. Cela faisait des heures que Tony sillonnait les rues, en se coulant lentement dans son nouveau personnage d'homme d'affaires esseulé qui avait envie de tirer un coup. Il avait exploré le secteur de Bevois Valley, mais il n'y avait quasiment personne dehors, ce qui était bizarre. Certes on était mardi soir, donc encore loin du jour de paie, n'empêche qu'il s'attendait à trouver davantage d'animation.

Il s'en fut voir du côté de la zone industrielle d'Empress Road, et constata que là aussi il n'y avait pas un chat. Il faut dire que les descentes de police dans le coin, ces derniers temps, ne favorisaient guère le commerce nocturne… Tony était donc remonté à Portswood, un peu plus au nord. Ça se présentait mieux, sauf que les filles qui glissaient la tête par la vitre de sa bagnole n'avaient pas le profil, qu'elles soient métisses, polonaises, petites, rondes, trop vieilles ou transsexuelles. S'il ne disposait pas d'un signalement précis de la tueuse, il pouvait néanmoins faire une croix sur toutes celles qui traînaient dans le secteur. Il mit un terme aux négociations et fila en vitesse, salué par une bordée d'insultes.

En désespoir de cause, il redescendit sur le port, tout à la fois soulagé et contrarié de ne pas avoir avancé d'un pouce. Il avait envie de retrouver cette fille, il voulait absolument mettre un terme à ses sinistres exploits, malgré tout son cœur battait la chamade, car il s'angoissait. Il était parti du principe qu'il saurait se débrouiller face à elle, mais comment en être sûr ? Elle était organisée, violente et n'avait aucune pitié. Et si jamais elle prenait le dessus ?

Il décida de penser à autre chose et de se consacrer au travail qu'on lui avait confié. En longeant les petites rues du côté des Western Docks, il regarda si ça bougeait par là. Celles qui tapinaient dans le coin faisaient carrément de l'abattage, car il leur fallait subvenir aux besoins pressants d'une ribambelle de mecs descendus des bateaux de croisière, ou qui étaient employés sur les chantiers de construction navale. On en apercevait une ou deux çà et là, mais même de loin il lui fallait se rendre à l'évidence : aucune d'elles ne correspondait au signalement.

Soudain, elle apparut. Elle arpentait une rue déserte, et quand il s'arrêta à sa hauteur, il constata qu'elle était dans tous ses états. Il donna instinctivement un coup de frein, afin de ne pas s'approcher d'elle, mais son cerveau entra en action et il mit le moteur au point mort.

— Tu bosses ? lui lança-t-il sur un ton neutre.

La fille sursauta, comme s'il la prenait par surprise, comme si elle n'avait pas entendu la bagnole arriver. Elle portait des leggings noirs, qui mettaient en valeur ses grandes jambes musclées, et avait le haut du corps enveloppé dans une veste militaire visiblement trop grande pour elle et qui n'allait pas du tout avec le reste ; l'avait-elle volée ? Elle avait cependant un visage qui ne passait pas inaperçu, avec des yeux marron foncé, un nez fort et des lèvres charnues. Elle se ressaisit et l'observa, comme si elle faisait une sorte de calcul mental, puis s'approcha lentement, prudemment de lui.

— Qu'est-ce qui t'intéresse ? lui demanda-t-elle.

— Avoir de la compagnie.

— Quel genre de compagnie ?

— Tout ce qu'il y a de plus banal.

— Pour l'heure, ou pour la nuit ?

— Juste une heure, s'il te plaît.

Tony se maudit en silence. Quel genre de client dirait « s'il te plaît » ?

Elle plissa les yeux, histoire peut-être de voir s'il était aussi novice en la matière qu'il en avait l'air.

— Cinquante balles.

Il fit signe que oui, sans qu'on l'y invite la fille ouvrit la portière et monta en voiture. Tony passa la première et démarra.

— Je m'appelle Samantha, lui dit-elle à brûle-pourpoint.

— Et moi Peter.

— C'est ton vrai nom ?

— Non.

Elle rigola.

— T'es marié, hein ?

— Ouais.

— C'est bien ce que je pensais.

La conversation s'arrêta là. Elle lui dit où aller, la voiture s'éloigna dans l'obscurité.

48

Quand Helen débarqua, la salle des opérations était pleine à craquer. Il n'était que six heures et demie du matin, mais elle avait demandé à ce que la journée commence de bonne heure et son équipe avait respecté ses consignes. En entrant dans la salle, elle eut la surprise de voir Charlie parmi eux. Les deux femmes se regardèrent… Un échange furtif et silencieux. Charlie avait pris sa décision. Que lui en avait-il coûté ? Helen se posait la question.

— Une chose au moins est claire, déclara-t-elle, c'est que dans cette affaire il s'agit de démasquer des gens. La meurtrière veut couvrir ses victimes de honte, les tourner en ridicule, exprimer le dégoût qu'elles lui inspirent. En prélevant leur cœur, puis en l'envoyant chez elles, comme dans le cas d'Alan Matthews, ou bien sur leur lieu de travail, comme pour Christopher Reid, elle était sûre d'attirer l'attention. Vu les gros titres de la dernière édition de l'*Evening News*, on peut imaginer qu'elle a obtenu satisfaction. La vie privée de ses victimes va maintenant être examinée à la loupe. Les journalistes ont déjà mis le paquet sur Alan Matthews, un membre influent de l'Église baptiste qui avait une façon pour le moins déplaisante de vivre sa sexualité, et ils vont faire de même avec

Christopher Reid, nous révéler la face cachée d'un père de famille bien propre sur lui, etc. Il s'agit donc pour elle de les confondre et de régler ses comptes.

— Est-ce qu'on pense qu'elle les connaissait déjà ? demanda le lieutenant Fortune.

— C'est possible, même si rien ne prouve qu'ils aient déjà fait appel à ses services. Cela dit, Grounds et son équipe ont découvert quelque chose d'intéressant. Andrew ?

— On sait maintenant qu'il y a un point commun entre les deux mecs assassinés, expliqua l'intéressé. Ils étaient allés l'un et l'autre sur le BitchClub, un forum Internet, dit-il en grimaçant un peu. C'est, grosso modo, enchaîna-t-il brusquement, un espace de discussion où les types qui ont recours aux services de prostituées se racontent leurs expériences. Ils expliquent où on peut se trouver des filles « spéciales », comment elles s'appellent, combien elles prennent. Ils notent leur tour de poitrine, leurs performances sexuelles… et vont même jusqu'à faire des commentaires sur leur sexe, suivant qu'il est plus ou moins serré.

Grounds eut l'air soulagé d'avoir terminé la première partie de son exposé. Marié, père de trois enfants, ça le mettait mal à l'aise de donner ce genre de précisions devant des jeunes femmes.

— Matthews intervenait dans ce domaine avec Le Balèze comme pseudo. Reid, lui, ne s'y manifestait pas, mais il discutait avec d'autres mecs, en se présentant comme BadBoy. Ce forum ne date pas d'hier, on continue à l'explorer, mais il se trouve que des types y ont récemment dressé le portrait d'une nouvelle qui vous laisse lui faire « tout » ce que vous voulez.

Grounds jeta un regard à l'assemblée. Ses collègues paraissaient découragés. S'il s'agissait d'une piste intéressante, c'était bien triste pour le genre humain.

Sentant que leur moral en avait pris un coup, Helen intervint :

— Les techniciens de la scène de crime nous ont également communiqué leurs conclusions. Le sang relevé sur les vêtements de Charlie – tout le monde se tourna vers elle – était celui de la troisième victime. Les papiers d'identité trouvés dans son portefeuille appartiennent à un dénommé Gareth Hill. On va encore le vérifier avant de prévenir sa famille, et je vous en apporterai la confirmation dès que possible. Le sang ne nous a donc servi à rien, en revanche on a recueilli sur place des échantillons de ce qui est, semble-t-il, l'ADN de la coupable. C'est tard, hier soir, que le légiste et ses collaborateurs ont effectué ce prélèvement.

Un murmure parcourut l'assistance.

— S'il ne correspond à aucun de ceux qui figurent dans notre banque de données, c'est néanmoins le premier élément matériel dont on dispose, et il nous permettra peut-être d'obtenir une condamnation. Il nous renseigne aussi sur la fille, ce qui est également très important. On a relevé cet ADN dans la salive qui se trouvait sur le visage de l'homme assassiné. Elle s'y est déposée en couches successives, ce qui indique que la fille ne lui a pas craché dessus délibérément, ou qu'elle n'a pas postillonné en lui faisant sa fête. Ça laisse plutôt imaginer qu'elle lui parlait, ou plus vraisemblablement qu'elle lui gueulait dessus, vu la taille de l'échantillon. Était-elle en train de lui dire ses quatre vérités alors même qu'elle était sur le point de l'assassiner ? De lui dire exactement ce qu'elle pensait de lui ? C'est possible. On n'a pas retrouvé de salive sur les deux premiers, que peut-on en conclure ?

— Que les deux autres assassinats ont été commis à la hâte ? Qu'elle a eu moins de temps pour s'amuser ? suggéra Charlie.

— Exact. Ou alors qu'elle a débarbouillé les deux autres. On a relevé sur leur visage des traces de démaquillant… sans savoir pour le moment s'ils en utilisaient tous les jours, ou bien si l'on y a eu recours pour effacer les preuves. Si c'est le cas, cela indique que notre tueuse est rusée, et aussi très remontée contre ses victimes.

On eut l'impression que les membres de l'équipe reprenaient du poil de la bête ; on arrivait enfin à quelque chose. Helen en profita pour continuer :

— On va suivre toutes ces pistes, mais j'aimerais aussi qu'on explore d'autres champs. Si elle déteste ces hommes et veut exposer leurs travers au grand jour, elle doit sans doute avoir envie de savourer son triomphe. J'ai demandé qu'on nous envoie des effectifs supplémentaires pour tenir à l'œil les proches des victimes, au cas où elle débarquerait chez eux. Je veux aussi qu'on regarde ce qui se passe lors des enterrements, qu'on surveille leur domicile et leur lieu de travail. J'ai demandé à Fortune de s'en occuper. De même, vous avez sans doute remarqué l'absence de Bridges. Il effectue actuellement une mission d'infiltration en lien avec cette affaire. J'en assure la coordination et pour l'instant je suis la seule à savoir ce qu'il découvre. Si jamais ça concerne votre enquête, vous serez mis au courant. Mais pour l'instant, faites comme s'il n'existait pas ; c'est Brooks qui le remplace.

Une fois encore tous les regards se tournèrent vers Charlie, qu'Helen venait de promouvoir soudainement, même si ce n'était que provisoire. Ses collègues approuveraient-ils cette décision, ou allait-elle leur rester en travers de la gorge ? Charlie regardait droit devant elle.

— Dernière chose, on va l'asticoter un peu, notre tueuse. Elle doit sans doute déjà être aux abois, car la dernière fois elle l'a échappé belle, c'est pourquoi je veux lui mettre la pression. Je vais annoncer aux journalistes qu'on a relevé son ADN, et qu'on l'aura bientôt identifiée. On va l'énerver un petit peu afin qu'elle soit moins vigilante.

Helen s'interrompit un instant, avant de conclure :

— Il est temps de reprendre la main.

49

Le Caffè Nero était bondé, raison pour laquelle Helen l'avait choisi. Il se trouvait dans la rue principale de Shirley, une banlieue chic. À cent lieues des bordels minables et des rues mal éclairées de Southampton arpentées par les prostituées.

Helen fut heureuse de voir que Tony était déjà arrivé et l'attendait comme convenu, planqué au fond, dans un box.

— Comment ça va, Tony ? lui demanda-t-elle.

Il avait les traits tirés mais, chose étrange, il avait aussi l'air de bonne humeur.

— Ça va. Oui… ça roule.

— Tant mieux. C'est ici qu'on se retrouvera pour faire le point. On prendra rendez-vous par texto, et on se verra uniquement ici. Je tiens à dire d'emblée que si jamais tu trouves que ça ne marche pas, ou si tu as l'impression de mettre ta vie en danger, tu m'appelles aussitôt et ta mission s'arrêtera là. Pour moi, ta sécurité passe avant tout.

— Je connais la marche à suivre, chef, et ce n'est pas la peine de prendre cet air grave. Hier soir je balisais, mais finalement tout s'est passé comme sur des roulettes. En fait, j'ai peut-être découvert un truc.

— Raconte-moi.

— Bon, au début, je n'ai pas eu beaucoup de chance, j'ai ratissé Bevois, Portswood et Merry Oak sans rien trouver, si bien que je suis allé voir du côté du port, où j'ai embarqué une fille, Samantha. Elle n'a qu'une vingtaine d'années, mais il y a déjà longtemps qu'elle fait le trottoir.

Helen était tout ouïe.

— On est allés dans un hôtel qu'elle connaissait. Je lui ai dit que ce que j'aimais, c'était mater, elle a donc fait son numéro, et ensuite je lui ai tenu le crachoir en la raccompagnant chez elle. Elle a commencé par se méfier, mais il est évident qu'elle a entendu parler d'une fille qui zigouille ses clients. Si elle ne sait rien d'intéressant, il y en a une autre qui travaille parfois sur les quais et qui en a parlé. Elle aurait vu notre tueuse. Apparemment, elle est sous le coup d'un mandat d'arrêt pour deux ou trois conneries, elle ne risque donc pas de se présenter chez nous, mais si j'arrive à la joindre…

Le cœur d'Helen battit plus vite, elle parvint pourtant à se contrôler.

— D'accord, suis cette piste. Mais fais attention, Tony. Rien ne dit que ce n'est pas un piège… On n'a aucun moyen de savoir comment les autres vont tirer parti de cette situation. Mais bon… ça me semble prometteur.

Helen ne put réprimer un petit sourire, que lui rendit Tony.

— Quoi qu'il en soit, rentre te coucher. Tu l'as bien mérité.

— Merci, chef.

— À ce propos, comment va Nicola ?

— Pas mal. À chaque jour suffit sa peine.

Helen hocha la tête. Grâce à la manière dont il s'occupait avec attention et patience de son épouse,

Tony avait gagné son amitié et son estime. Ça ne devait pas être évident de mener une vie qu'on n'avait jamais voulue, alors que celle qu'on se préparait à vivre vous avait été brutalement arrachée. C'était un mec bien, et elle espérait qu'ils s'en sortiraient, sa femme et lui.

Helen quitta le café en ayant repris du poil de la bête. Certes, ils avaient adopté une stratégie semée d'embûches, elle avait cependant l'impression qu'ils se rapprochaient de leur tueuse…

50

Au volant d'une voiture banalisée, Charlie sortit en trombe de l'arrière du commissariat, pressée de régler cette histoire. Jennifer Lees, la collègue chargée d'assurer la liaison avec la famille et qui avait reçu l'ordre de l'accompagner, dirigerait les opérations, mais ce serait Charlie qui aurait à poser les questions délicates. Normalement c'était à Helen d'interroger d'abord les proches de la victime, mais elle avait mystérieusement disparu pour s'occuper d'un truc, laissant Charlie payer à sa place les pots cassés.

Elles se garèrent à Swaythling devant une maison mitoyenne délabrée. C'était là qu'habitaient Gareth Hill et sa mère – à l'imparfait, dans la mesure où son corps mutilé était couché sur la table d'autopsie dans la morgue de Jim Grieves. Il faudrait attendre que sa famille le reconnaisse pour pouvoir déclarer officiellement qu'il était bien la troisième victime, même s'il n'y avait aucun doute à ce sujet. Comme il avait été condamné à plusieurs reprises pour des délits mineurs, vol à l'étalage, ivresse publique, et même pour une pathétique tentative d'exhibitionnisme, sa photo était déjà archivée. Une fois qu'on aurait accompli les formalités indispensables, la mention « décédé » serait notée sur son dossier, que l'on examinerait ensuite dans la salle des opérations.

C'est une énorme femme de plus de soixante-dix ans qui leur ouvrit. Des chevilles gonflées et marbrées, un ventre proéminent, un visage empâté… Avec, cachés dans ses replis, des yeux de fouine parfaitement incongrus qui fusillaient Charlie du regard.

— Si c'est pour me vendre des trucs, foutez-moi le…

Charlie lui montra sa carte.

— On vient pour Gareth. On peut entrer ?

Toute la maison empestait la pisse de chat. Il y en avait partout. Comme s'ils sentaient le danger, ils s'attroupaient autour de leur maîtresse dans un concert de miaulements, pour qu'elle s'occupe d'eux. Elle caressa le plus costaud, un matou au pelage roux répondant au nom d'Harvey, pendant que Charlie et Jennifer lui annonçaient la nouvelle.

— Sale gosse.

Jennifer se tourna vers Charlie, cette réaction inattendue la laissant sans voix.

— Avez-vous bien compris ce qu'on vient de vous dire, madame Hill ? lui demanda Charlie.

— « Mademoiselle » Hill, je ne me suis jamais mariée…

Compatissante, Charlie hocha la tête.

— Gareth a été victime d'un assassinat, et je…

— Vous n'arrêtez pas de me le répéter. Qu'est-ce qu'il a fait ? Il a essayé de se tirer sans payer ?

Il était difficile d'interpréter son intonation. Elle avait l'air furieuse, mais ne décelait-on pas aussi de la peine dans sa voix ? Endurcie par des années de déception, cette femme s'abritait derrière une solide carapace, et on avait du mal à savoir ce qu'elle pensait.

— On enquête toujours sur les circonstances de sa mort, mais on imagine qu'il a été victime d'une agression gratuite.

— Gratuite ? Tu parles, quand on aime traîner dans les bas-fonds…

— Où a-t-il dit qu'il allait, hier soir ?

— Au cinéma. Il venait de toucher ses allocs… Je croyais qu'il était rentré quand je dormais. Je me disais que l'autre feignant était toujours au lit…

Sa voix se brisa, comme si elle réalisait enfin que son fils était mort. Quand ses défenses céderaient, ce serait le Niagara. Charlie prolongea donc un peu leur entretien, puis elle s'excusa et monta à l'étage. Elle avait appris tout ce qu'elle pouvait, et elle n'avait pas envie de voir craquer cette bonne femme. Charlie savait qu'elle faisait preuve de faiblesse en laissant le chagrin de quelqu'un d'autre s'ajouter au sien, mais c'était plus fort qu'elle.

Elle essaya de se concentrer en entrant dans la chambre de Gareth. Ça valait le détour. Le sol était jonché d'emballages vides de fast-foods, de mouchoirs en papier déjà utilisés, de vieux magazines et de vêtements jetés en vrac. Toute la pièce était et sentait le sale, comme si quelqu'un y avait subsisté, au lieu d'y vivre pour de bon. Il s'en dégageait une odeur de renfermé. De vide et de renfermé.

Gareth n'était pas bel homme et il aurait eu du mal à ramener des filles ici. C'était déjà assez le bordel comme ça. Et puis d'abord, aurait-il eu les couilles de s'afficher avec une autre femme devant sa mère, à supposer qu'il ait réussi à en convaincre une de le suivre ici ? Charlie en doutait. Dans son rapport, son agent de probation notait qu'il souffrait de difficultés d'apprentissage et manquait de confiance en lui. Sa vie de famille en apportait la confirmation. On ne se sentait pas à l'abri dans cette baraque, mais bel et bien pris au piège.

Au beau milieu des détritus, l'ordinateur était la seule chose de valeur. Il trônait sur le bureau défraîchi. On avait l'impression que le boîtier en alu et le fameux logo étaient flambant neufs, comme si Gareth avait régulièrement nettoyé cet objet totémique, alors qu'il avait laissé tout le reste se déglinguer. Nul doute que cet appareil auquel il tenait comme à la prunelle de ses yeux était son viatique. Charlie était sûre d'y trouver l'explication de sa mort.

51

C'était au Bull and Last que l'on mangeait le meilleur sandwich au steak de Southampton. Peu ou pas fréquenté par les flics, c'était l'un des points de chute favoris des femmes bobos et des hommes d'affaires, et aussi l'un des endroits où Helen aimait venir quand elle voulait être tranquille. Après avoir quitté Tony, elle se rendit compte qu'elle avait l'estomac dans les talons. Elle n'avait quasiment rien mangé depuis plusieurs jours, se contentant de boire du café et de fumer des clopes, et là, elle avait besoin de se sustenter. Il lui suffit de mordre dans l'épais sandwich pour se sentir mieux, revigorée par les protéines et les glucides.

Il lui fallait oublier un peu cette affaire. Quand on se donne à fond dans une enquête de cette ampleur, ça devient une idée fixe. On y pense sans cesse, jour et nuit. Plus elle se prolongeait, plus on risquait de se laisser aveugler et de ne plus être capable de relativiser. Elle gagnait donc à venir ici regarder un moment les gens, et s'interroger au passage sur la vie affective des bourgeoises qui flirtaient avec les beaux serveurs.

On avait déposé sur sa table un journal gratuit de la région. Jusqu'alors elle s'était bien gardée de le prendre, et quand elle finit par l'ouvrir, piquée par la curiosité, elle feuilleta les premières pages. On y évoquait les meurtres commis récemment dans le coin, en annonçant à cor et à cri que la police détenait maintenant l'ADN de l'assassin. Bof... Quand elle se plongeait dans les feuilles de chou locales, elle aimait bien lire les pubs, les horoscopes, ainsi que toutes les autres bêtises avec lesquelles on faisait du remplissage.

Elle parcourut les pages puis d'un seul coup se figea. Elle détourna le regard, revint au canard en se disant qu'elle hallucinait. Mais non, elle n'avait pas la berlue. C'était bien une photo de la maison, celle dans laquelle elle avait vu quarante-huit heures plus tôt entrer par effraction Robert et son pote Davey.

Elle s'accompagnait de cette légende : *Un retraité entre la vie et la mort après avoir surpris des cambrioleurs*.

Elle parvint à Aldershot en un temps record, guidée par son instinct, aiguillonnée par l'angoisse. Les précisions données dans l'article en rendaient la lecture particulièrement sinistre : un ancien enseignant avait surpris chez lui des intrus, qui l'avaient alors sauvagement frappé. Il s'en sortait avec une fracture du crâne, et à l'hôpital on l'avait plongé dans un coma artificiel. Désormais, sa vie ne tenait plus qu'à un fil.

Elle avait pris le risque de gagner directement sa maison, en gardant toutefois en réserve une histoire d'agression dont aurait été victime un type qui bossait au supermarché avec Robert. Mais il n'y avait personne chez lui. Elle s'en fut donc faire un tour au Red Lion, au Railway Tavern et dans plusieurs rades d'Aldershot. Poursuivant son chemin, elle alla voir dans les magasins de vins et spiritueux qu'ils affectionnaient, avant de faire un saut à la galerie marchande où là, elle eut de la chance. Ils étaient en train de jouer aux machines à sous… Ils devaient certainement claquer ainsi la recette de leur dernier cambriolage.

Ils finirent par en avoir marre et s'en allèrent chacun de son côté, non sans s'être salués à maintes reprises poing contre poing. Helen suivit prudemment Robert, guettant le moment propice pour l'aborder. Les rues grouillaient de gens qui faisaient leurs courses, mais quand Robert s'engagea dans le parc, elle en profita.

— Robert Stonehill ?

Il se retourna brusquement. La méfiance se lisait sur son visage.

— Je suis officier de police, lui dit-elle en sortant sa carte. Je voudrais te parler un instant.

Il avait déjà pivoté sur ses talons, pour repartir.

— Il s'agit de Peter Thomas. L'homme que Davey et toi avez laissé à moitié mort, après l'avoir passé à tabac.

Du coup il s'arrêta.

— Et n'essaie pas de t'enfuir. J'ai déjà chopé des mecs qui couraient plus vite que toi, je te le garantis.

— Je ne suis pas venue t'interpeller, mais je veux que tu me dises la vérité.

Ils étaient maintenant assis sur un banc.

— J'aimerais que tu m'expliques ce qui s'est passé.

Robert réfléchit un moment avant d'ouvrir la bouche.

— C'est Davey qui en a eu l'idée. C'est toujours comme ça, putain.

On le sentait amer et déprimé.

— Le vieux était l'un de ses anciens profs. Y devait être plein aux as.

— Et Davey pensait que ça pourrait lui rapporter gros ?

Robert haussa les épaules.

— Davey a dit qu'il serait sorti. Il sort toujours le vendredi soir. Il va jouer aux cartes au Green Man. D'après lui, on en aurait seulement pour vingt minutes.

— Mais…

— Mais le vieux a rappliqué, avec un putain de tisonnier à la main.

— Et alors ?

— On s'est barrés. On a cavalé jusqu'à la fenêtre, le souci c'est que le vieux nous a poursuivis. Il m'a flanqué un coup sur la jambe, je vous dis pas…

Robert baissa son pantalon pour lui montrer un énorme hématome à la hanche.

— Davey lui a alors sauté dessus. Il y est allé avec les poings, avec les pieds, enfin tout, quoi.

— Et toi, tu es resté à regarder ? demanda Helen, incrédule.

— Je lui ai donné un coup, hein, mais c'est Davey qui… Il lui a défoncé la gueule, bordel. Je l'ai forcé à arrêter, ce con, il l'aurait tué.

— Il l'a peut-être tué. Cet homme se trouve dans le coma, Robert.

— Ça va, je sais lire, répliqua-t-il, même si Helen vit bien qu'il n'en menait pas large.

— Est-ce que la police t'a posé des questions ? Ou à Davey ?

— Non, répondit-il, perplexe. Vous allez m'arrêter ?

Tout le problème était là. Évidemment qu'elle était obligée de les interpeller, Davey et lui.

— Je n'en sais rien, Robert. J'y pense, mais… attendons de voir comment ça va se passer pour M. Thomas. Il se peut qu'il se rétablisse.

C'était un peu léger, elle s'en rendait compte.

— Et puis dans ton cas, il existe des circonstances atténuantes… Si bien que je vais t'accorder une seconde chance.

Robert en resta pantois, Helen eut encore davantage l'impression de marcher à côté de ses pompes.

— Tu es un mec bien, Robert. Tu es intelligent et si tu te consacrais à quelque chose d'utile, tu pourrais avoir une belle vie. Malheureusement tu ne suis pas la bonne voie et tu fréquentes de sales types. À ce train-là, tu finiras en prison. Voilà ce que je te propose : tu arrêtes de voir Davey et ses potes, tu te mets au boulot et tu guettes la moindre occasion d'améliorer ta situation. Bref, tu vas essayer de mener une vie normale. Si tu fais ce que je te demande, je ferme les yeux sur cette histoire. En revanche si tu déconnes, je t'envoie en taule, compris ?

Robert acquiesça, soulagé mais un peu perdu.

— Je vais m'occuper de toi. Et tu vas me payer de retour, j'y tiens. Si tu as du mal à t'en sortir ou si tu as peur d'avoir des emmerdes, tu m'appelles.

Elle griffonna son numéro de portable au dos d'une carte de visite, sur laquelle elle se présentait comme commandant de police.

— Ne fous pas en l'air la chance que je te donne, Robert.

Il prit la carte, la regarda. Quand il releva les yeux, Helen constata qu'il était soulagé et reconnaissant.

— Pourquoi ? Pour quelle raison faites-vous ça pour moi ?

Helen hésita quelques instants, avant de répondre :

— Parce qu'on a tous besoin d'avoir quelqu'un qui s'occupe de nous.

Helen quitta le parc sans tarder. Maintenant qu'elle avait fait sa B.A., elle voulait juste être ailleurs. Elle avait risqué gros à venir ici pour prendre contact avec Robert, ce qu'elle s'était juré de ne jamais faire. Elle avait sauté le pas. Et pourtant, malgré tous les dangers qui la guettaient, elle ne regrettait rien. Tant qu'il restait une chance de sortir Robert de l'ornière, ça valait le coup d'essayer.

52

Jessica Reid remonta la rue d'un pas décidé, les larmes lui picotant les yeux. Elle avala sa salive pour étouffer ses sanglots. Elle ne voulait pas donner à ces femmes la satisfaction de craquer devant elles !

Elle s'était demandé si elle devait continuer à mettre Sally à la crèche. Tentée tout d'abord de ne pas y revenir, de se couper du monde, elle avait pris son courage à deux mains, car Sally se plaisait bien ici, et elle l'y avait amenée. La petite avait besoin de stabilité, il était donc préférable de faire comme d'habitude.

Dès son arrivée elle se rendit compte qu'elle avait commis une bêtise. Sally partit aussitôt s'amuser, mais personne ne lui prêta attention. Tous les regards étaient rivés sur elle, Jessica. Si elle eut bien droit à quelques sourires de sympathie, personne ne lui adressa la parole. Personne ne savait quoi dire à cette imbécile d'épouse trompée, bafouée, c'était évident.

Quand elle repartit, elle entendit des gens discuter à voix basse. C'était facile d'imaginer ce qu'ils racontaient, la teneur lubrique de leurs propos, les spéculations auxquelles ils se livraient. Était-elle au courant ? L'avait-elle laissé faire ? Lui avait-il transmis des maladies ?

Quelle injustice ! Car enfin, elle n'avait *rien* à se reprocher, Sally *non plus*. C'étaient pourtant elles que l'on stigmatisait, comme si elles étaient complices. Comment avait-elle pu être aussi bête ? Elle était tombée amoureuse de Christopher et lui avait conservé toute son affection, même après la première fois qu'ils s'étaient engueulés parce qu'il se baladait sur des sites pornos. Elle pensait qu'il avait changé de conduite, mais non. Au lieu de ça, il n'avait cessé de lui mentir. Pourquoi n'était-il pas venu lui parler ? Pourquoi s'était-il montré aussi égoïste ?

Elle était maintenant de retour à la maison ; il faut dire qu'elle était rentrée dans un état second. Sans hésiter une seconde elle grimpa à l'étage, ouvrit la commode, attrapa des affaires de Christopher et les balança par la fenêtre qui surplombait l'allée. Histoire de débarrasser la maison de sa présence.

Elle récupéra sous l'évier des allumettes et du liquide à briquet, sortit – la porte était restée ouverte –, puis arrosa copieusement tout ça et y mit le feu. Elle regarda alors brûler ses vêtements, des vêtements qu'elle lui avait achetés…

Depuis leur van garé de l'autre côté de la rue et d'où ils avaient une vue imprenable, les flics en civil furent témoins de cette scène désespérée et en firent des photos, avant de prévenir le commissariat.

Le lieutenant Fortune les écouta faire leur rapport, puis il mit fin à la communication. Le spectacle allait commencer, et il ne voulait pas en rater une miette. Il avait refilé à ses collègues cette corvée ; personne ne s'attendait à ce que ça donne quelque chose de placer Jessica Reid sous surveillance. Là où il allait se régaler, c'était à l'enterrement de Matthews, qui devrait bientôt avoir lieu. On ne comptait plus tous ceux qui étaient venus soutenir la veuve et ses enfants, que ce soient des membres de la famille élargie ou des individus rencontrés à l'église ; il y en avait tellement qu'on avait loué auprès des pompes funèbres quatre voitures pour les transporter. Lloyd Fortune examina les visages, pour distinguer les Matthews proprement dit de ceux qui s'associaient au chagrin d'Eileen et de ses enfants. Il vit la fille aînée aider une grand-mère à monter dans le premier véhicule. Comme tout le monde, elle accusait le choc, même trois jours après le drame.

Il observa la rue. La tueuse était-elle tapie quelque part, en train de les épier, de savourer sa victoire ? Il photographia tous les passants, toutes les bagnoles en stationnement. Il trouvait grisant d'avoir peut-être une chance de la voir en chair et en os, et son pouls s'accéléra.

La voiture de tête roulait déjà. Lloyd fit signe à Jack que l'on allumait le moteur de la seconde, qui ronronna. Ils attendirent patiemment. Eileen et les jumeaux prirent place dans le dernier véhicule… puis ce fut leur tour. Ils démarrèrent et suivirent le cortège qui se dirigeait vers l'église baptiste Saint Stephen.

53

Il eut un moment d'hésitation devant son clavier. Ça démarrait comment, ce genre de bafouille ?

Salut, Melissa. Un ami commun...

Non, ça ne collait pas.

Salut, Melissa. Je me présente, je suis Paulo, et j'aimerais te rencontrer.

C'était mieux. Tony se renversa sur sa chaise, amusé que ça lui ait donné tant de mal. Et que ça l'ait mis sur les nerfs. Content de voir qu'il avait amorcé la pompe, il s'en fut éteindre son ordinateur. Mais juste à ce moment-là, une réponse lui parvint.

Salut Paulo. Quand veux-tu qu'on se voie ?

Il réfléchit un instant, puis tapa :

Ce soir, c'est possible ?

À quelle heure ?

Il ne s'attendait pas, au départ, à prendre si vite ses dispositions. Et pourtant il le fallait.

Vingt-deux heures ?

Passe me prendre à l'angle de Drayton Street et de Fenner Lane. J'aurai un manteau vert. C'est quoi, ta caisse ?

Une Vauxhall.

De quelle couleur ?

Gris métallisé.

Tu recherches de la compagnie, ou bien un truc spécial ?

De la compagnie.

Pour combien de temps ?

Deux ou trois heures.

150 balles pour deux heures.

Ça roule.

En liquide.

Tu m'étonnes.

À toute.

À toute, Melissa.

Bisous.

Fin de la discussion. Tony se surprit à sourire. Tu parles, il était chez lui dans sa cuisine. En train de chatter avec une prostituée. N'empêche que c'était pas le genre de truc que tu pouvais faire au bistrot, alors…

Tony éteignit l'ordi. La mère de Nicola n'allait pas tarder à arriver, ce n'était pas la peine de lui donner des armes supplémentaires. Il ferait mieux d'aller se reposer un peu.

Il avait une longue nuit devant lui.

54

Charlie était en plein discours quand Helen arriva dans la salle des opérations. Dans l'équipe, tout le monde avait levé le pied pour venir se mettre au parfum.

— On a regardé ce qu'il y avait sur le disque dur de Gareth Hill. Tout se passe comme si son ordi était sa seule et unique ouverture sur le monde… et il s'en servait *beaucoup*. Parmi les sites qu'il affectionnait, un forum de discussion, le BitchClub.

Ses collègues étaient tout ouïe.

— Alan Matthews et Christopher Reid se baladaient eux aussi sur ce site dans lequel on donnait une note aux prostituées. Ils avaient respectivement pour pseudo BadBoy et Le Balèze. Le surnom de Gareth Hill, c'était La Lame. Ils échangeaient avec les mecs de Southampton des propos très crus sur les filles. Ils étaient particulièrement intéressés par les filles partantes pour les plans les plus crades, et d'autres utilisateurs leur refilaient des tuyaux, notamment Agent Spécial, Relax Max, SuperMembré, Le Chat Bandé, Faut pas se priver et La Flèche Noire. Il était question de plusieurs filles mais une dénommée « Angel » revenait très souvent.

Helen en eut froid dans le dos. Serait-ce elle, leur tueuse ?

— Il faut noter qu'elle ne fait pas de pub, n'a pas de site Internet et n'apparaît nulle part sur le Web. C'est uniquement par le bouche-à-oreille qu'elle attire le chaland, les clients habituels rancardent ainsi les autres types sur l'endroit où on peut la trouver. Elle est insaisissable et très cher, il faut le dire, mais elle est clairement prête à tout si on y met le prix.

— Elle n'est donc pas facile à choper, et c'est un secret bien protégé, fit observer Helen.

— Tout juste.

— Bon boulot, Charlie. Avant tout, il faut retrouver les autres types qui vont sur ce forum. On va d'abord s'intéresser à ceux qui ont eu recours aux services d'Angel, et qui ont peut-être discuté avec Matthews, Reid et Hill. Comme ils risquent de nous conduire jusqu'à elle, il n'y a pas de temps à perdre. Je vais faire un tour dans les coins que l'on a placés sous surveillance, mais dès qu'il y a du nouveau, je veux qu'on me tienne au jus. En mon absence, c'est la capitaine Brooks qui va assurer l'intérim.

Helen s'en alla, et Charlie organisa l'équipe. S'il lui en avait coûté de venir ici, rien ne disait qu'en fin de compte elle n'avait pas opéré le bon choix. « La capitaine Brooks », ça vous posait, elle sut tout de suite qu'elle voulait reprendre son métier de flic.

55

Helen s'arrêta net dès qu'elle la vit. Elle n'apprécia pas du tout de voir Emilia Garanita adossée à sa Kawasaki, garée sur le parking du commissariat.

— Vous vous trouvez dans une zone interdite, Emilia, et vous gênez un officier de police dans l'exercice de ses fonctions, alors s'il vous plaît…

C'était dit poliment, mais sans plus. Emilia sourit – toujours ce sourire du chat de Cheshire – puis s'écarta lentement de la moto.

— J'ai essayé de vous joindre par téléphone, Helen, mais sans succès. J'ai discuté avec plusieurs agents de police de mes amis, j'ai même eu un petit entretien à cœur ouvert avec votre patronne. Personne, cependant, n'a eu l'air capable de me renseigner. Avez-vous, une fois de plus, avalé votre langue ?

— Je ne comprends pas ce que vous dites. Je vous ai rancardé sur l'ADN, et aussi sur plein d'autres choses.

— Mais il n'y a pas que ça, Helen, pas vrai ? Ceri Harwood partage cette opinion. Il se passe des choses dans votre équipe, je veux savoir ce que c'est.

— Vous voulez savoir ce que c'est ? répéta Helen, pour la faire bisquer.

— Ne me dites pas que vous avez déjà oublié notre pacte ? Je veux avoir l'exclusivité sur cette affaire, et je ne plaisante pas.

— Vous devenez parano, Emilia. Je vous préviens dès qu'il y a du nouveau, d'accord ?

Elle se dirigea vers sa moto, Emilia l'attrapa par le bras.

— Non, ça ne marche pas.

Helen la regarda. Avait-elle perdu la tête, et tenait-elle absolument à être mise en examen pour agression envers un membre des forces de l'ordre ?

— Je déteste qu'on me raconte des salades. Je n'aime pas me sentir méprisée, surtout par une dégénérée comme vous ! gronda la journaliste.

Furieuse, Helen la laissa dire. Sa réaction toutefois la déconcertait. Emilia s'était exprimée sur un ton venimeux, mais aussi en faisant preuve d'une assurance inédite.

— Je veux être mise au courant. Je veux tout savoir. Et c'est vous qui allez me renseigner.

— Sinon ?

— Sinon je divulgue votre petit secret…

— Je crois que plus personne n'a rien à apprendre sur mon compte. Ça m'étonnerait que vous vendiez beaucoup de journaux en ressassant cette histoire.

— Oui, mais Jake, on n'en a toujours pas entendu parler…

Helen resta figée sur place.

— Vous le connaissez, je constate que vous ne dites pas le contraire. Enfin, je me suis longuement entretenu avec lui, et bon, j'ai insisté gentiment, il m'a alors tout raconté. Il paraît donc que vous le payez pour qu'il vous tape dessus. Il y a des femmes, je vous jure… Qu'est-ce qui leur prend de vouloir se laisser dominer par les hommes ?

Helen se mura dans le silence. Comment pouvait-elle savoir tout ça ? Jake lui avait-il vraiment fait des confidences ?

— Alors voilà ce que je vous propose : vous me donnez régulièrement des informations, et vous m'en réservez l'exclusivité. Je veux être au courant avant les collègues de la presse nationale, et cela à mesure que la situation évolue. Sinon… tout le monde apprendra qu'Helen Grace, cette héroïne, n'est en réalité qu'une sale petite perverse. Quelle va être, à votre avis, la réaction de Ceri Harwood ?

Sur ce, Emilia tourna les talons. Helen savait bien qu'elle ne bluffait pas. Pour la première fois de sa vie, elle se trouvait à la merci de quelqu'un d'autre. Elle avait maintenant une épée de Damoclès suspendue au-dessus de la tête. Nul doute qu'Emilia serait ravie de trancher le crin de cheval qui la maintenait en l'air…

56

L'église baptiste Saint Stephen se dressait devant elle, grise et austère sous la pluie battante. Les églises sont, dit-on, des lieux de refuge, chaleureux et accueillants, mais Helen les trouvait glaçants et flippants. Elle avait toujours l'impression qu'on allait y instruire son procès, et pointer tout ce qui n'allait pas chez elle.

Si elle ne s'était pas encore remise de sa discussion avec Emilia, elle décida cependant de ne plus y penser et de se consacrer au boulot. Après avoir ruminé ces salades, elle avait failli arriver en retard. Elle n'avait pourtant passé que cinq minutes avec Fortune, avant de foncer ici. L'orgue en majesté déployait la palette de ses jeux. Elle se glissa discrètement dans la nef, puis s'assit au fond sur un banc. De là, elle avait une bonne vue sur l'assistance. Aussi étonnant que cela puisse paraître, il arrive souvent qu'un assassin assiste à l'enterrement de sa victime ; les tueurs en série, par exemple, semblent se délecter d'un sentiment de pouvoir quand on porte en terre le défunt, avec le curé qui prie et les gens en deuil, tout de noir vêtus, qui se cramponnent les uns aux autres… Helen observa le visage des femmes… Leur tueuse était-elle assise quelque part dans l'assemblée ?

Le service funéraire s'éternisait. Quant à ce qu'on y racontait… Elle aimait bien ce côté guindé, dans la Bible, et puis cette grandiloquence fleurie, mais autrement, cela aurait aussi bien pu être du chinois ou du patois congolais, vu l'effet que ça lui faisait. Il y était question d'un univers totalement étranger, une espèce de cosmos divin et bien réglé dans lequel tout avait une raison d'être et consacrait le règne de Dieu. Le secours que d'aucuns y puisaient lui restait en travers de la gorge. Ce monde fou et violent ne cadrait pas du tout avec le salmigondis lénifiant de la religion.

Il était cependant indéniable qu'une foule de gens puisaient un réconfort dans les enseignements de l'Église. Et là, ça sautait aux yeux. Au premier rang des fidèles se pressaient autour d'Eileen Matthews ; ses proches et ses amis la soutenaient, au sens propre comme au sens figuré. Non seulement l'imposition des mains avait pour but de plonger dans l'extase celui ou celle qui en faisait l'objet, mais elle permettait également aux êtres faibles et vulnérables de se rapprocher du Divin, comme on en eut alors la démonstration. À mesure que les psalmodies s'intensifiaient et que la ferveur grandissait, Eileen se mit à bafouiller, et peu à peu elle entra en transe. D'abord tout bas, puis de façon claire et audible, des sons étranges s'échappèrent de ses lèvres. Elle adopta un accent curieux qui n'était plus celui de la côte sud de l'Angleterre mais venait d'ailleurs, et dans lequel on entendait des échos du Moyen-Orient, voire un soupçon d'hébreu, et qui sortait tout droit de la nuit des temps… De sa bouche se déversa un flot de paroles confuses, lors même que l'Esprit saint pénétrait en elle. Helen avait déjà vu à la télé des manifestations de glossolalie, mais encore jamais en direct, le plus curieux étant qu'Eileen ressemblait en fin de compte davantage à une possédée qu'à une béate.

Le ravissement fut passager, les membres masculins de la congrégation la raccompagnèrent ensuite à son siège, ce qui permit à Helen de voir la tête de leurs épouses quand chacun retourna s'asseoir. D'un seul coup, elle s'aperçut qu'elle était ici la seule célibataire. À la fin du service religieux, les fidèles se levèrent, hommes et femmes chacun de leur côté. Ces messieurs bavardèrent, tandis que les dames écoutaient. Outre les fonctions importantes qu'il exerçait au sein de l'église, Alan Matthews était aussi membre de l'Ordre chrétien et la famille, une organisation qui défend la cause du patriarcat, tel que le prêchent les Saintes Écritures. Selon cet ordre, le mari commande en tout, l'épouse étant reléguée à un rôle subalterne. Les femmes doivent toujours être soumises, quitte à recevoir une bonne correction si jamais elles manquent à leurs devoirs. Eileen Matthews avait certainement été battue par son mari – un grand macho –, et Helen pensait que c'était également le cas des autres femmes de la paroisse. Nombre d'entre elles étaient sans doute consentantes mais Helen n'en était pas plus avancée pour autant. Elle regarda autour d'elle, et ne vit que des femmes passives, comme inertes, manquant cruellement de confiance en elles et de courage. À moins qu'il n'y ait parmi elles une actrice incroyable, il n'y avait personne ici qui aurait eu le cran et la détermination pour commettre cette série de meurtres. La tueuse se cachait-elle ailleurs ? Restait-elle dans l'ombre, à observer la scène ? Helen fit le tour de la nef pour trouver un coin discret d'où observer ce qui se passait. Peine perdue.

Fortune n'était guère mieux loti. Il avait photographié tous ceux qui entraient ou sortaient de l'église, sans oublier les chalands qui passaient dans le coin. Déguisés en jardiniers, des adjoints planquaient derrière le lieu de culte. Ils n'aperçurent qu'un type et son chien.

— Ouvre l'œil quand l'église se vide, et n'oublie pas de me prendre les conducteurs des voitures en photo. Retourne devant la maison des Matthews avec le cortège funèbre, mais demande à l'un de tes hommes de te suivre. Je veux que l'on surveille cette tombe vingt-quatre heures sur vingt-quatre. Si jamais la tueuse se pointe, ça risque d'être en pleine nuit.

— D'accord, commandant.

— Parfait. Archive ce que tu as photographié, Lloyd. On ne sait jamais ce qu'on risque de trouver.

Le croyait-elle vraiment ? En regagnant sa moto, Helen se dit une fois de plus que la coupable leur glissait entre les doigts. Ces planques étaient justifiées, malheureusement elles n'avaient toujours rien donné. La tueuse avait-elle prévu le coup ? Se mettait-elle dans la tête des flics ? Helen se retrouvait une nouvelle fois sur la défensive, tandis que c'était l'adversaire qui menait le jeu, Emilia Garanita y mettant bien entendu son grain de sel. Jake avait-il vendu la mèche ? Sans doute pas, ou plutôt certainement pas, mais alors comment Emilia avait-elle découvert ce qu'ils fabriquaient ensemble ?

Elle devait le voir dans la soirée, mais préféra dans ces conditions lui envoyer un texto pour annuler. Elle ne se voyait pas lui parler. Quelque chose en elle se demandait si dorénavant elle lui adresserait encore la parole…

57

Il y a un fantasme qui t'aide à tenir quand tu es en service actif. C'est le rêve auquel se raccroche le soldat qui se fait tirer dessus dans la poussière, en plein milieu d'un désert perdu. C'est l'idée chimérique qu'une vie meilleure t'attend à la maison. C'est l'illusion que ta copine entretient le feu dans la cheminée et guette ton retour. Elle va t'accueillir à bras ouverts, te faire de bons petits plats, t'emmener au lit et se montrer un ange... C'est tout de même la moindre des choses quand on vient de vivre plusieurs mois seul, la peur au ventre, animé par une sourde colère ! Oui, mais c'est rarement ce qui se passe, patate.

Simon Booker était désormais un civil comme les autres. Son meilleur pote s'était fait dessouder deux jours avant de mettre les voiles. Dans l'avion qui le rapatriait en Angleterre, il avait annoncé à son supérieur qu'il rendait son tablier. Autrefois ça lui plaisait bien, l'armée de terre, mais maintenant il en avait marre. Ça ne lui avait apporté que des désillusions, et il était découragé.

Il était persuadé qu'Ellie fréquentait d'autres mecs pendant qu'il était parti. Il n'en avait pas la preuve, c'était juste une impression. Il n'empêche que ça le travaillait, et qu'il se demandait lesquels de ses soi-disant copains se foutaient de lui, en se racontant comment sa femme était au lit. Il les évitait, tout comme il évitait Ellie. Il n'arrivait pas à lui expliquer ce qu'il avait vécu là-bas, ni comment il avait réagi en voyant Andy déchiqueté, et il n'avait aucune envie de parler de ce qu'elle avait fabriqué pendant son absence. Il s'en alla donc au Doncaster, puis au White Heart. Quand il revint à la maison, il eut toutes les peines du monde à glisser la clé dans la serrure : sa main tremblait, sans parler de son esprit imbibé de mauvaises bières. Puis il monta vaille que vaille dans le débarras où se trouvait l'ordinateur, en passant devant la chambre dont la porte était restée ouverte.

Lui, en revanche, s'enfermait toujours dans le cagibi. Il avait beau en vouloir à Ellie, il n'avait pas envie qu'elle le surprenne. Serait-ce par pudeur, ou parce que au fond il n'avait pas envie de lui faire de la peine ? Va savoir. En tout cas, il donna un tour de clé.

Au début c'était marrant, le porno, mais à la longue ça commençait à le gaver. Désormais, son site favori, c'était le BitchClub. Là, il découvrait un autre monde. On y repoussait les limites de la sexualité, et il y retrouvait une camaraderie qu'il croyait définitivement perdue. Les hommes discutaient ouvertement de ce qui les excitait, en se refilant des tuyaux pour arriver à leurs fins.

Il avait longtemps évité d'agir sur un coup de tête, mais Relax Max trouvait la dénommée Angel tellement géniale qu'il ne put se retenir. Après ce qu'avaient raconté les journaux, des tas de mecs avaient tiré un trait sur les putes. Eh oui, il y en avait, paraît-il, qui s'étaient fait zigouiller pendant la partie de jambes en l'air. Et puis il n'était pas idiot, il savait qu'il fallait se méfier. Ça grouillait d'assassins, de menteurs et de voleurs. Voilà pourquoi il prenait des précautions. Alors qu'il avait raconté à Ellie qu'il allait voir des potes de l'armée, ce qu'il avait rangé dans son fourre-tout laissait présager autre chose. S'y trouvaient en effet une boîte de capotes et une tenue de rechange. Et planquée en dessous, une barre de fer.

58

— Qu'est-ce qu'on sait de lui ?

Helen et Charlie se trouvaient dans une voiture de fonction qui se dirigeait vers Woolston.

— De son vrai nom il s'appelle… Jason Robins, répondit Charlie, en consultant ses notes. Mais sur le BitchClub il avait SuperMembré comme pseudo. Ce n'est pas lui qui y venait le plus souvent, le champion en la matière est le dénommé Le Chat Bandé, mais enfin il postait des messages tous les deux ou trois jours, et là, il n'y allait pas avec le dos de la cuiller. Il frimait un max, en expliquant tout ce à quoi il avait eu droit de la part d'Angel, qu'il avait d'ailleurs réussi à faire jouir… enfin les conneries habituelles.

— Comment l'as-tu retrouvé ?

— Dans l'ensemble, les mecs qui se baladent sur ce site se montrent discrets… ils ont recours à des pseudonymes, et s'y connectent depuis l'ordi qu'ils ont au bureau, à moins qu'ils n'aillent pour ça dans des cybercafés. Il n'est pas facile de les identifier, même si on connaît leur adresse IP. Jason, lui, n'est pas très malin. Il se présente en effet sous le même pseudo sur d'autres sites, dont un site porno. Il règle parfois avec sa carte bleue…

— Et c'est comme ça que tu as réussi à savoir où il habite ?

— Tout juste.

Elles se garèrent devant un immeuble résidentiel de Critchard Street. Il n'était pas terrible, on ne devait pas beaucoup l'entretenir, et les petits apparts étaient occupés par des gens qui s'étaient installés là provisoirement en attendant de trouver mieux. Helen et Charlie descendirent du véhicule, regardèrent à droite et à gauche. La nuit tombait, et à part un ouvrier qui se dépêchait de rentrer chez lui, il n'y avait personne. On voyait de la lumière à la fenêtre du séjour de la maison devant laquelle elles se trouvaient. « Super-Membré » était donc chez lui.

Ils prirent place devant la table de chez Ikea… trois individus mal à l'aise qui n'avaient pas touché à la tasse de thé posée devant eux. En voyant débarquer deux flics en civil, Jason s'était attendu au pire. Il leur avait demandé en bégayant si Emily et Samantha avaient eu un accident. Helen l'avait aussitôt rassuré, leur présence ici n'avait aucun rapport avec sa femme et sa fille. Il s'était rasséréné, et la peur avait fait place à la méfiance.

— Vous avez peut-être vu dans les journaux que l'on a commis ces derniers temps toute une série de meurtres à Southampton, dit Helen. Des meurtres qui sont liés à la prostitution.

Jason fit signe que oui, mais garda le silence.

— Dans le lot, deux victimes allaient sur un forum de discussion où l'on s'intéresse à la qualité des services fournis par les prostituées.

Helen venait de lancer un missile, elle fit alors semblant de regarder son calepin avant de reprendre la parole.

— Il s'agit du BitchClub.

Sur ces mots, elle leva les yeux pour voir la réaction de Jason. Mais il resta de marbre. Ce qui pour elle avait valeur d'aveu. Jason demeura parfaitement impassible, de peur de se trahir s'il manifestait la moindre émotion. Helen le dévisagea.

— Le connaissez-vous, ce forum ? lui demanda-t-elle.

— Non.

— Êtes-vous déjà allé dessus ?

— Ce n'est pas mon truc.

Elle hocha la tête, fit mine de noter quelque chose sur son calepin.

— Sur Internet, avez-vous déjà eu recours à SuperMembré comme pseudo ? s'enquit Charlie.

— SuperMembré ?

— Oui, SuperMembré.

Jason réfléchit un instant, afin de donner l'impression de prendre la chose au sérieux.

— Non, pas du tout.

— Si je vous demande ça, c'est parce que l'individu qui se cache derrière ce pseudo a payé avec une carte de crédit au nom de Jason Robins.

— Ce doit être une escroquerie.

— Avez-vous signalé un usage frauduleux de votre carte bleue ?

— Non, je n'étais pas au courant, mais maintenant que vous me le dites, je vais tout de suite téléphoner à ma banque, pour qu'elle la désactive.

Le silence retomba. Jason était crispé, le front trempé de sueur.

— Êtes-vous séparé de votre femme ?

Il eut l'air soulagé que l'interrogatoire adopte une nouvelle tournure.

— En effet. Cela dit, ça ne vous regarde pas.

— Cependant vous n'êtes pas divorcé ?

— Pas encore, mais ça va venir.

— J'imagine que vous êtes actuellement en train de négocier pour obtenir la garde de votre fille Emily ?

— On peut voir les choses comme ça.

— Et vous, comment les voyez-vous ?

Il haussa les épaules et but un peu de thé.

— Je comprends que vous vous méfiiez, Jason. Vous vous retrouvez dans une situation délicate, et il ne faudrait surtout pas que la police révèle que vous vous baladez sur des sites pornos et que vous avez recours aux services de prostituées. Ça ne jouerait pas en votre faveur au tribunal… je vous l'accorde. Mais écoutez-moi attentivement : à moins que des hommes comme vous prennent leurs responsabilités, il y aura d'autres morts. Je pourrais demander au juge de vous inculper pour nous avoir mis des bâtons dans les roues et fait perdre notre temps, entre autres, mais je sais que vous êtes un type bien, Jason. Voilà pourquoi je compte sur votre aide.

— Il nous faut des renseignements sur Angel, ajouta Charlie. On a besoin de savoir où vous la voyez, à quoi elle ressemble, et qui d'autre pourrait la connaître. Si vous nous dites tout ce que vous savez, on vous protégera. On se débrouillera pour que votre nom ne soit pas cité dans les journaux, et pour vous déranger le moins possible. On n'a pas envie de vous compliquer davantage l'existence, on veut simplement choper la tueuse. Vous pouvez nous donner un coup de main.

S'ensuivit un long silence, rompu seulement par le tic-tac de l'horloge de la cuisine. Jason finit son thé.

— Comme je vous l'ai déjà dit, je n'ai jamais entendu parler de ce SuperMembré. Si vous permettez, j'aimerais maintenant appeler ma banque, au sujet de ma carte de crédit.

*

Helen et Charlie n'échangèrent pas un mot en s'en allant, bien trop contrariées l'une et l'autre pour oser dire quoique ce soit. Ce n'est qu'une fois dans la voiture qu'Helen reprit la parole.

— Quel putain de menteur !

Charlie opina du chef.

— Ne le lâche pas, Charlie. Appelle-le tous les jours, envoie-lui aussi un mail pour lui demander des renseignements supplémentaires, et aussi plus de détails. Il est peut-être tout simplement gêné, mais si ça se trouve il nous cache quelque chose… Tarabuste-le jusqu'à ce que tu aies découvert le fin mot de l'histoire.

— Avec plaisir.

— En même temps, il va falloir nous occuper sérieusement des autres, Relax Max, Faut pas se priver, La Flèche Noire… je veux qu'on les talonne. Il y a quelque part quelqu'un qui sait où se trouve Angel.

— D'accord. Vous voulez que je prenne la main ?…

— Oui. Tu me les traques, je te retrouverai ensuite au poste. Mais d'abord dépose-moi dans le centre.

Charlie la regarda, intriguée.

— Je ne veux pas rater mon rendez-vous.

59

Ils longèrent le couloir désert, à chaque pas on entendait craquer ses bottes en plastique et à talons hauts. Juste derrière elle, Tony l'observait. « Melissa » était bien plus attirante qu'il ne s'y attendait. De longues et belles jambes glissées dans des bottes noires et brillantes, des fesses bien moulées, un visage sensuel, avec des lèvres pulpeuses, des cheveux coupés au carré… Tony avait beau savoir que les putes ne sont pas toutes des junkies aux dents jaunes, il n'en revenait pas qu'elle ait autant de classe.

Il l'avait ramassée dans Hoglands Park, un coin du nord de la ville qu'affectionnaient les amateurs de skateboard, et où le soir il n'y avait pas un chat. Il avait contacté le commissariat par radio un peu avant d'arriver sur place, puis il avait aperçu dans le rétroviseur la voiture qui le suivait, alors qu'il se dirigeait vers le port. Mais maintenant qu'il se retrouvait seul avec elle, il n'en menait pas large. Ils n'avaient pas échangé un mot dans la bagnole, en se rendant au Belview Hotel, un établissement délabré où l'on vous louait des chambres d'hôte, mais qui n'était pas non plus trop regardant sur la clientèle. Tony avait réglé pour une nuit entière, puis ils étaient montés au premier. En chemin ils avaient croisé un mec d'une cinquantaine d'années, qui redescendait en compagnie d'une Polonaise à moitié nue. Laquelle avait regardé Tony bien en face. Il avait alors baissé les yeux, nullement désireux de jouir de cette familiarité douteuse.

Ils se retrouvèrent vite dans la chambre 12. Melissa posa son sac et sa veste sur la seule et unique chaise, puis s'assit sur le lit.

— Alors, Paulo, qu'est-ce qui te plairait ?

Elle insista bien sur son nom, comme si elle savait que ce n'était pas vraiment le sien.

— Je suis tout à toi... ajouta-t-elle.

Elle l'aguicha d'un sourire malicieux. Tony fut le premier surpris d'avoir envie de cette espèce de poupée érotique. Il se posa sur la chaise, pour ne pas lui montrer qu'elle commençait à lui foutre la gaule.

— J'aimerais mater, répondit-il en essayant de rester calme. T'as qu'à me faire ton numéro, ensuite on avisera.

Elle le regarda comme une bête curieuse.

— C'est ton fric, mon coco, dit-elle en haussant les épaules.

Comprenant où elle voulait en venir, il sortit cent cinquante balles de son portefeuille. Melissa les empocha, tout en se couchant sur le lit.

— Tu veux que je garde mes bottes, pendant que...

— Oui.

— Bon, moi aussi je préfère comme ça.

Melissa égara les mains sur ses formes. Elle avait un corps sain et musclé, parfaitement adapté à la fonction qui lui était destinée, et plus elle en jouait, plus Tony avait désespérément envie de détourner les yeux. C'était complètement absurde. Il lui fallait jouer le jeu et la reluquer, bouche bée. Même s'il bandait maintenant comme un cerf, ça faisait juste partie du boulot, un piège destiné à lui soutirer des renseignements. N'empêche que ça le mettait quand même mal à l'aise d'avoir la gaule, et que ça lui filait un peu le trac.

Elle fit en apparence tout ce qu'il fallait pour connaître le grand frisson, mais elle insista également pour qu'il se jette à l'eau et l'honore comme il se doit. Il fut obligé de prendre sur lui pour éviter de la toucher, et à la place il lui débita plein de cochonneries, afin de l'aider à soi-disant atteindre l'orgasme. C'était une simulatrice de première. Si on avait écouté de l'extérieur ce qui se passait dans la piaule, on en aurait conclu qu'elle venait de grimper aux rideaux ! Après quoi elle se rhabilla, non sans jeter un œil à l'horloge accrochée au mur, et dont le verre était fêlé.

— Il te reste encore dix minutes, mon chou. Tu veux que je te suce ?

— Non, ça va. Si on parlait un peu…

— D'accord. Tu veux causer de quoi ?

— Je voudrais savoir si on pourrait recommencer.

— Bien sûr.

— Il y a longtemps que t'es dans le métier ?

— Un certain temps.

— Ça te plaît ?

— Et comment !

Tony savait bien qu'elle le baratinait avec ce qu'il avait envie d'entendre, croyait-elle.

— T'as déjà eu des emmerdes ?

— Ça m'arrive parfois, répondit-elle en fixant le plancher.

— Comment tu fais, dans ces cas-là ?

— Je me débrouille. Mais en général il y a d'autres filles dans les parages.

— Qui s'assurent que tout va bien pour toi ?

— Exact. Ne m'en veux pas, chéri, si je file aux toilettes, je ne vais pas pouvoir rester ici longtemps.

Elle s'esquiva. Peu après on entendit la chasse d'eau. Elle ressortit et se dirigea vers la chaise, pour récupérer sa veste et son sac.

— Si je paie, on peut encore passer un petit moment ensemble ?

Elle s'immobilisa.

— Tu veux que je recommence ?

— Non, non, j'ai envie de parler, c'est tout. Je... je suis seul à Southampton. Il me faudra attendre le week-end pour voir ma femme et mes enfants, et bon, j'ai envie de discuter, quoi.

— D'accord, dit-elle en s'asseyant sur le lit.

Tony sortit encore cinquante balles de son portefeuille et les lui donna.

— T'es d'où ?

— J'ai vécu dans plein d'endroits. Mais je suis née à Manchester, si c'est ce qui t'intéresse.

— Tu as toujours de la famille là-bas ?

— Personne qui vaille le coup.

— D'accord...

— Et toi, Paulo ? Tu es de la région ?

— Un Southamptonien de souche.

— Super. C'est bien d'avoir des racines.

— Tu habites dans le coin ?

— Je crèche chez une copine. Tant que j'aurai du taf, je ne bougerai pas.

— Tu t'en sors, financièrement ?

— Pas mal. Je suis plus ouverte d'esprit que certaines...

— Tu bosses parfois avec d'autres filles ?

— Ça m'arrive.

— Tu fais du triolisme ?

— Ben tiens.

— Il y en a une que j'ai envie de me farcir : Angel. Tu la connais peut-être ?

Melissa réfléchit, puis leva les yeux.

— Eh bien moi, je te la déconseille, chéri.

— Pourquoi ça ?

— Crois-moi, évite-la. Et puis, je suis aussi douée qu'elle.

— Oui, mais si j'ai envie d'une petite séance à trois…

— Je peux t'en trouver une autre.

— Sauf que c'est elle que je kiffe.

S'ensuivit encore un long silence.

— Pour quelle raison ?

— Parce qu'on m'a raconté des trucs géniaux sur son compte.

— Qui ça ?

— Des mecs.

— Mon cul !

— Pardon ?

— C'est la première fois que tu montes avec une pro, hein ? Un enfant de chœur…

— Et alors ?

— Tu n'as pas l'air du genre à discuter avec d'autres mecs de nos performances à nous, les tapineuses.

À sa grande surprise, Tony se sentit blessé, mais il se ressaisit très vite.

— Bon, d'accord, je débute, mais je sais ce que je veux. Je serai content de mettre la main à la poche si tu peux m'arranger le coup.

— Et qu'est-ce qu'on t'a raconté au juste sur elle ?

— Il paraît qu'elle aime qu'on la frappe, qu'on l'humilie… qu'on l'insulte, enfin tu vois. Avec elle, tu peux faire des trucs que les autres veulent pas.

— Et qui t'a parlé d'elle ?

— Des mecs.
— Des mecs ?
— Oui, d'autres types...
— Lesquels ?
— Des mecs avec qui j'ai discuté...
— Comment ils s'appellent ?
— Je sais pas...
— Ils s'appellent comment ?
— Euh... il y en a un, c'est Jeremy, je crois. Et puis...
— Tu les vois où ?
— Je les rencontre sur Internet.
— Comment ça ?
— Sur un forum de discussion.
— Lequel ?
— Je ne m'en souviens plus...
— Et tu as envie de rencontrer Angel ?
— Oui !
— Pour l'interroger ? Comme tu le fais en ce moment avec moi ?
— Non, non, répondit Tony avec une fraction de seconde de retard, il en fut bien conscient.
Melissa s'était déjà levée.
— Un putain de flic ! Je m'en doutais.
— Attends, Melissa...
— Merci pour le fric et la conversation, mais il faut que j'y aille.
— Je veux simplement discuter avec toi.
— Si tu me touches encore une fois, je me mets à hurler. Comme ça, toutes les putes à dix kilomètres à la ronde sauront que t'es un keuf.
— Il faut simplement que je retrouve Angel. C'est très important...
— Va te faire foutre.

Elle se cassa, sans refermer la porte. Tony faillit la suivre, mais à quoi bon ? Découragé, il s'assit sur le lit. Melissa était leur meilleure piste, et il s'était planté comme un con. Ce n'était pas évident de jouer ce rôle, ça l'avait amené à se poser malgré lui des questions, et en fin de compte il rentrait bredouille.

On baisait frénétiquement dans la pièce d'à côté, comme pour battre la mesure de son échec. Il attrapa sa veste et se barra sans demander son reste. Il voulait se tirer d'ici, oublier le cul, oublier ce lamentable fiasco.

60

Une caravane isolée sur le terrain vague. Elle était presque belle, entre les feux de camp allumés tout près. Dedans, c'était moins charmant, moisi, pourri, avec des résidus de drogue traînant par terre. Mais enfin ça suffirait pour ce soir… Un matelas était jeté sur le sol, prêt à servir.

— Alors comme ça t'es militaire ? lui demanda-t-elle.

— J'étais en Afghanistan.

— Moi, j'adore les militaires… T'en as buté beaucoup là-bas ?

— Quelques-uns.

— Mon héros… Je devrais t'offrir une passe.

Simon Booker fit la sourde oreille. Il n'avait pas envie qu'elle ait pitié de lui ou lui fasse la charité. Il n'était pas là pour ça. Il sortit des billets de son portefeuille, puis les déposa sur le bar en formica. Il vit alors qu'il avait gardé son alliance, et entreprit de l'enlever.

— T'inquiète, coco, je ne dirai rien si tu sais te taire. Trente balles la pipe, cinquante l'amour, cent pour le reste. Il va falloir que tu mettes un imper, mon beau. J'ai pas envie de choper l'une de ces maladies que t'ont refilées les copines qui viennent de l'étranger.

Simon Booker acquiesça, puis il se tourna et se pencha pour attraper les capotes rangées dans son sac. Ne les voyant pas, il fouilla un moment à l'intérieur, avant de les trouver. Quand il se releva, il eut la surprise de voir qu'Angel s'était installée à côté de la porte.

— T'approche surtout pas de moi ! lui lança-t-elle.

— Hein ? J'étais en train de prendre…

— Pourquoi t'as apporté cette barre de fer ?

Merde. Elle l'avait aperçue, pendant qu'il cherchait dans son fourre-tout.

— Bah, c'est pour me protéger. Mais si tu veux, je la mets dehors.

Il s'avança pour la prendre.

— Ne t'avise pas d'y toucher, sinon je gueule. J'ai des copains dans le coin, des gens qui me protègent. Tu sais ce que les manouches font aux mecs comme toi ?

— D'accord. T'excite pas.

Simon était contrarié. Il avait envie de baiser, pas de s'engueuler avec une pute.

— Dans ce cas, tu la déposes dehors. Je ne veux pas d'emmerdes, déclara-t-il.

La fille avait visiblement la trouille, ce qui ne l'empêcha pas de se diriger lentement vers la sacoche, tout en tenant son client à l'œil. Elle attrapa le sac et le balança à l'extérieur ; il retomba avec un bruit sourd. Elle se rasséréna.

— Bon alors, on commence ? dit-elle avec un sourire forcé.

— Oui.

— Viens m'embrasser. Une fois que je te connaîtrai mieux, tu pourras me fourrer ta grosse bite dans la bouche.

Ça allait déjà mieux. Simon traversa la pièce. Un peu hésitant au départ, il la prit par la taille. En retour elle noua les bras autour de son cou et l'attira à elle, lèvres contre lèvres.

— On y va, hein ?

Simon Brooker ferma les yeux, Angel lui flanqua alors un coup de genou dans les couilles. Il se figea, estomaqué, elle réitéra son geste à plusieurs reprises. Il suffoqua et s'écroula par terre. Il avait envie de vomir. Putain, qu'est-ce qu'il avait mal !

Quand il releva les yeux, elle le dominait de toute sa hauteur. Désormais elle ne souriait plus, mais tenait à la main la barre de fer récupérée dans le sac. Sans prévenir, elle lui assena un grand coup sur la tête, suivi d'un deuxième, puis d'un troisième, par mesure de précaution. Puis elle s'arrêta et alla fermer la porte de la caravane. Elle la verrouilla, reprit son souffle. Quand elle contempla sa victime, elle sentit l'excitation monter en elle.

Il était maintenant temps de s'amuser.

61

On se retourna sur son passage quand elle traversa les locaux pour rejoindre le bureau d'Emilia Garanita. Après son reportage retentissant sur Marianne, on avait attribué à la journaliste un bureau dans un angle de l'immeuble, d'où elle pouvait préparer sa prochaine exclusivité. Il était exigu et manquait d'air, mais c'était bien fait pour les autres journaleux ! Raison pour laquelle elle s'y sentait aussi bien. Et puis de là, elle avait une vue imprenable sur la salle de rédaction, ainsi que sur Helen Grace, au demeurant, qui venait maintenant à sa rencontre.

Celle-ci n'avait encore jamais mis les pieds dans les locaux de l'*Evening News*, c'était donc prometteur. Allait-elle mener sa première contre-attaque dans le conflit qui les opposait, ou bien s'agissait-il d'une véritable capitulation ? Emilia l'espérait sincèrement. En tout cas, de son côté, elle *essaierait* d'être aimable.

— Tiens, Helen, ça fait plaisir de vous voir ! dit-elle quand celle-ci entra dans son bureau.

— Moi aussi, je suis contente de vous voir, Emilia, répondit Helen en refermant derrière elle.

— Je vous offre un café ?

— Non merci.

— Vous avez raison, déclara Emilia, en ouvrant ostensiblement son ordinateur portable. On ne va pas chômer. Il est trop tard pour l'édition de ce soir, mais si vous me communiquez des infos, on pourra sortir une double page mortelle sur cette histoire, si je peux me permettre…

Helen la regarda, l'air narquois, puis se pencha pour rabattre l'écran de l'ordi portable.

— On n'en aura pas besoin, dit-elle.

— Je vous demande pardon ?

— Je ne suis pas venue ici pour vous donner des infos, mais vous mettre en garde.

— Oh ?

— J'ignore par quel biais vous avez appris ce que vous croyez savoir sur mon compte, et je m'en fiche. Le souci, pour moi, c'est qu'une journaliste qui bosse pour un journal de bonne tenue essaie de faire chanter un commandant de police.

Emilia la fixa du regard… Voilà qui venait de jeter un froid.

— Je tiens par conséquent à mettre les points sur les i : écrivez ce que vous voulez sur moi, en revanche si vous cherchez *une fois de plus* à me soudoyer, me manipuler ou m'intimider, je vous envoie en prison, compris ?

Emilia la dévisagea longuement.

— Eh bien à vous de voir, Helen, mais ne dites pas ensuite que je ne vous ai pas prévenue.

— Faites ce que vous voulez, répliqua sèchement Helen, mais soyez prête à en assumer les conséquences.

Elle pivota sur ses talons. Au moment de sortir, elle s'arrêta.

— Pour l'une et l'autre, ce sera quitte ou double, Emilia. Alors tâchez de savoir à quel point vous me détestez, et à quel point vous tenez à votre liberté.

Emilia la regarda s'en aller. Elle était furieuse. Devait-elle la casser, ou faire marche arrière ? Quoi qu'il en soit, elle allait passer le coup de fil le plus important de sa vie.

62

Tony claqua la portière de la voiture et s'affala sur le siège, devant le volant. Comment avait-il pu se planter à ce point ? Qu'est-ce qu'il allait dire maintenant à Helen ?

On lui avait donné l'occasion de se remettre dans le bain, de montrer qu'il assurait toujours… et il avait tout foiré. Il pouvait certes essayer de reprendre contact avec Melissa, mais à quoi bon ? Elle savait désormais qu'il était flic, c'était fichu. Il ne restait plus qu'à reconnaître le plus tôt possible son échec devant Helen, et adopter de nouvelles dispositions. Il devait bien y avoir d'autres filles qui avaient aperçu Angel. Il était inconcevable qu'elle puisse surgir d'un seul coup dans les endroits où ça tapine, et s'évanouir en fumée une heure après. Ce qu'il fallait, c'était…

Il sursauta quand on ouvrit la portière côté passager. Plongé dans ses réflexions, il n'avait pas entendu qu'il arrivait quelqu'un. Il se tourna… et eut la surprise de voir Melissa s'asseoir auprès de lui.

— Démarre, dit-elle sans lui adresser un regard.

Ils roulèrent en silence pendant dix bonnes minutes, avant que Melissa ne lui indique une ruelle qui jouxtait un boui-boui. Là-bas ils seraient tranquilles, il n'y aurait personne pour les déranger. Quand il l'observa, il eut la surprise de la voir trembler.

— Si je te donne l'info qui t'intéresse, il va falloir me dédommager. Et pas rien qu'un peu.

— Il n'y a pas de souci.

Tony s'était dit sur la route que ce ne pouvait être que l'appât du gain qui l'avait poussée à monter en voiture avec lui.

— Pour commencer, cinq mille balles. Le reste ensuite.

— Ça marche.

— Et il me faut aussi un toit. Un coin où je ne risque pas de la voir débarquer.

— On peut t'héberger dans un refuge qui sera placé sous surveillance jour et nuit, déclara Tony.

— Jour et nuit, tu me le promets ?

— Juré craché !

— Alors, marché conclu.

Tony lui serra la main. Melissa poussa un profond soupir… Ce qui venait de se passer, ce soir, l'avait mise sur les rotules. Sans se tourner vers Tony, elle lui dit tout bas :

— La fille que tu recherches s'appelle Lyra. Angel, en réalité, c'est Lyra Campbell.

63

Il avait froid. Il était gelé, transi.

Simon Booker ouvrit doucement les yeux, qui clignotèrent à la lumière crue de l'ampoule. Il était perdu, il nageait en plein brouillard. Qu'est-ce qui avait bien pu lui arriver à la t…

Elle était là, en train de le regarder. Angel. Avec la barre de fer. Ça lui revint tout doucement, puis ce fut comme un coup de couteau quand il retrouva soudain la mémoire.

Il n'avait plus de force. Le visage poissé de sang, la bouche complètement desséchée, il essaya quand même de se lever. Et s'aperçut alors qu'il ne pouvait pas bouger. On lui avait attaché les bras à la cloison de derrière, à l'aide d'un gros fil électrique vert. Il était couché à poil sur le matelas, ses vêtements avaient disparu… Il essaya de gueuler, et constata qu'on l'avait bâillonné avec du ruban adhésif.

— T'es qu'un minable.

Il sursauta en l'entendant rompre ainsi le silence en lui tenant des propos venimeux.

— Espèce de petit voyou…

Elle s'approcha de lui, toujours munie de la barre de fer. Elle changea de main pour la tenir.

— Tu croyais vraiment que je serais dupe ?

Il fit signe que non. Non, non !

— C'est ça, hein ?

Il secoua la tête encore plus fort.

— Me mener en bateau, et puis m'agresser ?

Elle lui flanqua à toute volée un grand coup de barre de fer sur la rotule. Il poussa un hurlement, étouffé par ce bâillon qui le gênait pour respirer. Elle s'attaqua ensuite à l'autre rotule, qui se brisa net. Simon hurla de nouveau, tout en essayant d'éviter les coups qui pleuvaient sur ses jambes, ses cuisses et son torse. Encore et encore. Elle s'interrompit un instant, lui cria quelque chose d'incompréhensible, puis s'occupa de ses couilles, qui à leur tour goûtèrent de la barre de fer ; facile, il avait les jambes écartées…

Il s'étrangla de douleur, se mit à chialer.

— Non mais, tu te prenais pour qui ? s'exclama-t-elle, avant d'éclater de rire. Ah ça, tu vas me le payer. Je vais te renvoyer en pièces détachées chez ta frigide de bonne femme !

Il avait maintenant le visage baigné de larmes, ce qui n'eut strictement aucun effet sur Angel. Elle brandit la barre de fer pour lui cogner la tête avec, puis s'immobilisa et réussit à contrôler son accès de fureur.

Le répit fut de courte durée, puisqu'elle sortit de son sac un long couteau. Tâtant d'abord la lame de sa main gantée, elle se tourna vers sa victime. Il l'adjura intérieurement de ne pas hésiter, de mettre fin à son supplice. Si elle appuyait un peu, elle lui trancherait la carotide, et basta.

Mais elle avait d'autres projets. Tenant son couteau en l'air, elle s'accroupit, puis se balança sur ses talons. Elle lui fit alors un petit sourire en coin.

— Puisque tu as payé pour une heure entière, autant en profiter pour s'amuser un peu, tu ne crois pas ?

Et le massacre commença…

64

Helen venait juste de regagner le commissariat central de Southampton quand Tony Bridges l'appela. Charlie et elle avaient passé en revue les autres types qui allaient sur le forum de discussion. Si La Flèche Noire postait moins de messages, Le Chat Bandé, chez qui ça tournait à l'obsession, leur donnait largement de quoi s'occuper. Elle avait pourtant décidé, sans l'ombre d'une hésitation, de laisser tomber de ce côté-là. Une demi-heure plus tard, elle était installée auprès de Tony dans la salle d'audition… Assise en face d'eux, Melissa, une tasse de thé à la main.

— Parlez-moi de Lyra Campbell.

— Le fric d'abord.

Helen glissa l'enveloppe bien pleine à l'autre bout de la table. Melissa compta en vitesse les billets, puis rangea l'argent dans son sac.

— Je crois qu'elle est de Londres. Je ne sais pas de quel quartier exactement, mais elle parle comme une Londonienne. Comme vous, d'ailleurs.

Helen avait beau résider à Southampton depuis des années, elle conservait en effet toujours une pointe d'accent du sud de Londres.

— Elle a un peu fait le trottoir dans la capitale, puis elle est venue à Portsmouth avec un copain.

Lorsqu'ils se sont séparés, elle s'est installée ici, à Southampton.

— Quand ça ?

— Y a un an, à peu près. Elle s'est retrouvée dans la même bande que moi.

Melissa renifla et but une gorgée de thé. Elle n'avait toujours pas levé les yeux. À croire qu'à marmonner en fixant le sol elle empêcherait Lyra d'apprendre qu'elle était en train de la balancer.

— Quelle bande ? s'enquit Tony.

— Celle d'Anton Gardiner.

Tony se tourna vers Helen. Le nom leur était familier à tous les deux. Anton Gardiner était un dealer et un proxénète hyper violent qui postait les filles dans le sud de la ville. Il travaillait seul et restait discret. On entendait cependant parler de lui de temps à autre quand il faisait preuve d'une brutalité inouïe avec les filles, ou bien avec ses rivaux. Le bruit courait qu'il était blindé, mais comme il ne mettait pas son fric à la banque, on n'en avait pas vraiment la preuve. Il était en revanche indiscutablement sadique, imprévisible et déséquilibré. Sa main-d'œuvre, il allait la recruter dans les foyers et les centres de santé publique, ce qui expliquait qu'Helen ne pouvait pas le saquer.

— Pourquoi a-t-elle décidé de bosser pour lui ?

— Elle voulait de la drogue, et lui, il pouvait lui en procurer.

— Et ils se sont bien entendus, tous les deux ?

Melissa rigola en douce. Comme s'il y avait quelqu'un qui s'entendait, au sens propre du terme, avec Anton !

— Elle est où en ce moment, Lyra ? demanda Helen.

— J'en sais rien. Ça fait plus d'un mois que je ne l'ai pas vue.

— Pour quelle raison ?

— Elle a mis les voiles. Elle s'est engueulée avec Anton, et…

— À quel sujet ?

— Parce que c'est une ordure de sadique.

Melissa leva enfin les yeux, qui lançaient des éclairs de colère.

— Continuez, lui dit Helen.

— Vous savez ce qu'il leur fait, aux nouvelles ?

Helen n'en avait aucune idée. Elle était tenue de lui poser cette question, même si elle n'avait pas tellement envie de connaître la réponse.

— Il les force à se mettre à poil, puis à se pencher en avant, les mains sur les chevilles. Elles sont obligées de rester comme ça *toute la journée*, vous vous rendez compte ! Les premières heures, il te fiche la paix. Jusqu'à ce que t'aies des crampes dans les jambes et que ton dos te fasse un mal de chien. Quand t'en peux plus, il te passe à tabac. Une heure après, rebelote. Ça n'arrête pas. Voilà comment il te brise.

Il était évident que Melissa parlait en connaissance de cause, sa voix chevrotante en attestait.

— Et si jamais tu lui désobéis ou si tu ne lui ramènes pas assez de fric, tu y as droit une fois de plus. Il en a rien à cirer de toi ou de quoi que ce soit. Il ne pense qu'à son fric.

— Comment a-t-il réagi quand Lyra s'est tirée ?

— Aucune idée. Je l'ai pas vu.

— Vous ne l'avez pas revu depuis ? s'étonna Helen.

— Non.

— Il faut me répondre clairement, Melissa. Avez-vous vu Anton avant ou après son engueulade avec Lyra ?

— Non. C'est elle qui m'en a parlé, pas lui.
— Avez-vous essayé de le retrouver, Anton ?
— Au début, non. On va pas à la recherche d'un mec pareil. Mais au bout de quelques jours je me suis posé des questions, et je voulais en avoir le cœur net. Seulement il n'était pas dans les endroits où on le trouve habituellement.
— Savez-vous où Lyra pourrait se planquer ?
— Sans doute du côté de Portswood. Elle a toujours habité dans le coin. Enfin, elle ne m'a jamais expliqué où elle créchait.
— Et quand elle travaillait, elle se faisait aussi appeler Lyra ?
— Non, ça restait entre nous. Sur le trottoir, c'est toujours avec Angel qu'on traitait. Elle disait à ses clients qu'avec eux elle se montrerait angélique…

Helen mit fin peu après à leur entretien. Il était très tard, et Melissa était crevée. Ils auraient le temps une autre fois de lui demander des éclaircissements. Il convenait maintenant de dresser sur ordinateur un portrait-robot de Lyra, puis de le diffuser un peu partout. Elle envoya Tony et Melissa dans une cellule de garde à vue avec un dessinateur spécialisé, et regagna son bureau. Comme elle ne fermerait pas l'œil de la nuit, à quoi bon rentrer chez elle…

L'enquête venait-elle de connaître une avancée décisive, qui allait leur permettre de mettre un terme à cette dérive meurtrière ? Tout ce temps, ils avaient essayé de comprendre ce qui avait pu donner lieu à pareille explosion de violence. Anton en aurait-il été, sans le vouloir, l'élément déclencheur ? Avait-il pu déclencher cette fureur sanguinaire ? Dans ce cas, il y avait des chances pour qu'il soit bel et bien mort assassiné dans un cinoche miteux de Southampton.

Oh, Helen n'allait pas le pleurer, mais il lui fallait absolument le retrouver, afin d'y voir plus clair.

La sonnerie du téléphone la fit sursauter. C'était encore Jake. Il lui avait laissé plein de messages, car il ne comprenait pas pourquoi elle n'était pas venue, et il voulait savoir si tout allait bien. Cherchait-il sincèrement à prendre de ses nouvelles, ou bien culpabilisait-il ? Elle fut la première étonnée de ne pas avoir envie de le savoir. En principe elle ne tournait pas autour du pot, mais pour le coup elle préférait faire l'autruche, de peur de regarder la vérité en face. Elle repensa à Emilia. Qu'est-ce qu'elle pouvait bien mijoter en ce moment ? Avait-elle l'intention de passer l'éponge, ou au contraire de l'éliminer définitivement ? Si jamais elle racontait son histoire dans son journal, Helen serait mise sur la touche. On lui retirerait aussitôt l'enquête. Il n'en était pas question, surtout que maintenant on commençait à obtenir des résultats. N'empêche qu'elle n'avait pas cédé pour autant. Elle avait vu des collègues pactiser avec le diable, et qui en l'espace de quelques mois s'étaient livrés à toutes sortes de compromissions, et bien souvent avaient versé dans la corruption. Dans ce cas, il ne restait plus qu'à tenir bon et voir comment les choses allaient tourner.

Elle attrapa son café, puis regagna la salle des opérations. Il n'y avait plus lieu désormais d'avoir peur ou de faire de l'introspection, car elle avait du pain sur la planche. Il y avait quelque part une Angel qui assouvissait son besoin de vengeance.

65

Au retour de Charlie, il n'y avait pas un bruit à la maison. Steve avait mangé, puis il s'était couché ; la cuisine était comme toujours impeccable, quand c'était lui qui veillait au grain. Elle grignota quelques restes, monta prendre une douche. L'eau chaude lui tambourina sur la peau et lui redonna sur le coup un peu de tonus, mais elle était vidée et courut se coucher.

Steve ne bougea pas quand elle entra dans la chambre, elle se glissa en vitesse sous la couette. Ils partageaient le même lit, encore heureux, mais ils ne se parlaient quasiment plus. Depuis qu'elle avait accepté de reprendre l'enquête, comme Helen le lui avait demandé, Steve n'avait pas caché sa colère et sa déception. Quelle tristesse, tout de même, qu'au moment où elle trouvait enfin ses repères au boulot, sa vie de couple se mette à battre de l'aile ! Pourquoi les choses ne pouvaient-elles pas s'arranger, pour une fois ? Que lui fallait-il faire pour être heureuse ?

Tout éveillée elle contempla le plafond. Steve remua, comme il le faisait souvent, et Charlie lui jeta un coup d'œil, surprise, mais également troublée, de le regarder.

— Désolée, mon chéri, je ne voulais pas te réveiller, chuchota-t-elle.

— Je ne dormais pas.

— Ah…

Dans la pénombre, elle avait du mal à distinguer son visage. Il n'avait pas l'air fâché, mais pas aimable non plus.

— Je réfléchissais.

— À quoi ?

— À nous.

Charlie le laissa dire, car elle ne voyait pas où il voulait en venir.

— J'aimerais qu'on soit heureux, ajouta-t-il.

Charlie en eut les larmes aux yeux. Ouf… Elle en pleura de joie.

— Moi aussi.

— Je veux qu'on oublie tout ce qui s'est passé, et qu'on se remette comme avant à mener la vie qui nous plaît.

— … suis d'accord avec toi, balbutia Charlie.

Ils s'enlacèrent.

— Et puis j'aimerais qu'on ait un bébé.

Elle sécha ses larmes, mais garda le silence.

— On a toujours voulu avoir des enfants. On ne va pas laisser toutes ces horreurs nous empoisonner l'existence, on a la vie devant nous. J'aimerais avoir un bébé avec toi, Charlie. Je voudrais qu'on essaie encore d'être heureux ensemble.

Elle enfouit son visage dans la poitrine de son mari. Le fait est qu'elle rêvait elle aussi d'avoir un bébé, de fonder une famille comme tout le monde. Mais elle savait également que ce n'était pas compatible avec son métier, et que Steve venait de jeter le gant. Même si jamais il ne le lui dirait aussi crûment, il venait de lui faire comprendre qu'il était temps pour elle de faire un choix…

66

Les yeux. Tout était dans les yeux. Dans un visage fin, encadré par de longues tresses noires… On ne pouvait pas y échapper, ils vous perçaient du regard. Auraient également dû attirer l'attention ses lèvres charnues, son nez proéminent, son menton légèrement pointu, mais c'étaient ces grands et beaux yeux si expressifs qui vous fascinaient.

— Dans quelle mesure ce portrait-robot est-il fidèle ? demanda Ceri Harwood.

— Il lui ressemble beaucoup, répondit Helen. Melissa a passé la nuit à bosser avec notre meilleur dessinateur. Je ne l'ai laissée partir qu'une fois qu'on a été sûrs du résultat.

— Et qu'est-ce qu'on sait sur cette Lyra Campbell ?

— Pas grand-chose, mais on se renseigne. On a envoyé des agents à la recherche d'Anton Gardiner, et ce matin on va ratisser son théâtre d'opérations, parler aux filles qui ont bossé pour lui, afin de voir s'il y en a une, dans le lot, qui peut nous en dire davantage sur son compte.

— Quelle est votre hypothèse de travail ?

— L'idée que, d'une certaine façon, ça n'a rien d'extraordinaire. Elle tombe dans la prostitution, puis commet une autre erreur en prenant Anton comme souteneur. Il la brutalise. Quand on ajoute à ça le stress lié à son métier, la drogue, l'alcool, les agressions sexuelles, elle finit par péter un câble. Un beau jour, Anton va trop loin. Il fait un truc, et du coup elle craque. Elle s'en prend à lui, et selon toute vraisemblance elle le tue. Quoi qu'il en soit, elle se venge sur lui de ces années de malheur, et là elle part en vrille. Le légiste et son équipe nous ont expliqué qu'elle parle aux mecs qu'elle assassine, ou bien qu'elle leur gueule dessus… Si ça se trouve elle déblatère sur leur compte, et ils paient pour les autres.

— Une fois qu'elle est lancée, on ne peut plus l'arrêter, c'est ça ? coupa Ceri Harwood.

— En gros, oui.

— On dirait presque qu'elle vous fait pitié…

— C'est le cas. Elle n'agirait pas ainsi si elle n'en avait pas bavé un max. Mais c'est à Eileen Matthews et Jessica Reid que vont toutes mes condoléances. Lyra est une tueuse perverse, qui ne s'arrêtera que lorsqu'on l'aura interpellée.

— C'est exactement ce que je pense. Voilà pourquoi je suggère que ce soit moi, aujourd'hui, qui donne une conférence de presse, pendant que vous mènerez les recherches avec vos adjoints. Il n'y a pas de temps à perdre, et je veux qu'on sache qu'en l'occurrence on a mobilisé nos meilleurs éléments.

S'ensuivit un bref silence, lourd de sens.

— Il est d'usage, déclara Helen, que ce soit l'officier le plus gradé en charge de l'enquête qui réponde aux journalistes, il est donc préférable que ce soit moi qui m'en charge. Je les connais tous, ces pisse-copie…

— Je crois que je peux m'en occuper. J'ai plus d'expérience que vous en la matière, et cette fois il faut que ça se passe sans anicroche. Je vais demander à Brooks de venir leur donner au besoin des détails sur cette affaire. Je pense que vous serez plus utile sur le terrain.

Helen hocha la tête. Mais une fois de plus elle sentit le sol se dérober sous ses pas.

— C'est à vous de voir…

— En effet. Tenez-moi au courant s'il y a du nouveau.

— Entendu.

Helen tourna les talons. Dans le couloir qu'elle emprunta pour rejoindre la salle d'audition, elle bouillait de rage. Maintenant que l'enquête avançait, on la mettait sur la touche. Elle avait déjà assisté à ce phénomène, en vertu duquel des gradés profitaient des succès engrangés par un ou une subalterne pour se faire mousser, et ça l'insupportait. Pour l'instant elle décida de ne plus y penser. Il leur fallait coincer une tueuse. Mais en réalité, elle ne décolérait pas.

Elle avait espéré pouvoir travailler sans problème avec Ceri Harwood. Cela l'aurait agréablement changé de Whittaker. Sauf qu'elle ne l'appréciait pas du tout.

Elles le savaient parfaitement l'une et l'autre.

67

— Merci de rester avec moi, Tony. Je serais devenue folle toute seule.

Il était presque dix heures du matin, Tony et Melissa avaient passé une nuit blanche. Une fois réalisé sur ordinateur le portrait-robot, une voiture banalisée les avait emmenés dans une maison du centre de Southampton où ils seraient en sécurité. Devant la maison dans laquelle ils se terraient, un flic en civil montait la garde. Melissa avait insisté pour que Tony lui tienne compagnie, il avait aussitôt accepté. Maintenant que l'on commençait à y voir plus clair, il ne voulait pas prendre de risques.

Ils avaient beau tomber de fatigue tous les deux, ils n'arrivaient pas à se détendre tellement ils étaient à cran. Tony savait où l'on planquait la « gourde de survie », il était donc allé la chercher et ils avaient chacun sifflé deux ou trois verres, histoire de se remettre de leurs émotions. L'alcool leur avait permis de retrouver un semblant de calme et de sérénité.

Melissa ne supportant pas le silence, ou plutôt détestant ce qui lui tournait alors dans la tête, ils n'avaient pas cessé de bavarder. Elle l'avait interrogé sur l'enquête, sur Angel, il lui avait répondu du mieux possible, et à son tour il lui avait posé des questions sur elle. Elle lui avait donc raconté qu'un beau jour elle avait foutu le camp du domicile familial, à Manchester, fuyant sa mère alcoolique et laissant derrière elle son petit frère. Elle se demandait souvent ce qu'il avait pu devenir et se sentait coupable de l'avoir laissé tomber. Enfin... Elle avait ensuite connu des ennuis à n'en plus finir, quand elle était partie à la dérive vers le sud de l'Angleterre, et pourtant elle avait tenu le coup. L'alcool et la came ne l'avaient pas tuée, le trottoir non plus.

Sous couvert de l'obscurité, Melissa avait l'impression de rester anonyme et elle se sentait en sécurité. Mais au lever du jour l'angoisse revint. Elle faisait les cent pas dans la maison, regardait à travers les rideaux, comme si elle s'attendait à ce que d'un moment à l'autre ça vire au drame.

— Il devrait pas, normalement, y avoir aussi un autre flic derrière ? demanda-t-elle à Tony.

— Ne t'inquiète pas, tu ne risques rien.

— Si Anton découvre ce que j'ai fait, ou bien Lyra...

— Ils ne l'apprendront qu'une fois sur le banc des accusés, avant de terminer en taule. Personne ne sait que tu es là, tu ne cours aucun danger.

Elle haussa les épaules, comme si elle n'y croyait pas vraiment.

— Il te faut seulement réfléchir à ce que tu vas devenir, une fois que tout cela sera terminé.

— Comment ça ?

— Eh bien... tu n'es pas obligée de recommencer à te prostituer. Il existe des programmes qui peuvent t'aider à t'en sortir. Sevrage, suivi psychologique, stages...

— Tu essaies de me sauver, Tony ? dit-elle pour le taquiner.

Il piqua un fard.

— Non… enfin, un peu. Je sais que tu n'as pas été gâtée par la vie, mais c'est peut-être là l'occasion pour toi de souffler un peu. Tu viens de faire quelque chose de costaud, un truc bien, tu devrais en profiter.

— On croirait entendre mon père, autrefois.

— Il avait raison. Tu vaux mieux que ça.

— Au fond, tu n'y connais rien, Tony, répliqua-t-elle sans méchanceté. T'as déjà bossé à la mondaine ?

Il fit signe que non.

— C'est bien ce que je pensais. Sinon, tu ne te donnerais pas tout ce mal.

— J'espère que si.

— Alors tu serais une exception ! dit-elle avec un petit rire plein d'amertume. Tu sais ce qu'elles fabriquent, les filles comme nous ? Ce qui nous est arrivé, pour qu'on en soit là ?

— Non, mais j'imag…

— On nous raconte des histoires, on se fait entuber, dépouiller. On nous tabasse, on nous crache dessus, on nous viole. On nous met un couteau sous la gorge, on nous étrangle à moitié. On prend de l'héroïne, du crack, des amphés, des calmants, on picole. On se change pas pendant huit jours, on se gerbe dessus dans notre sommeil. Et quand on se lève, c'est reparti pour un tour.

Elle laissa passer quelques secondes, puis ajouta :

— Merci de vouloir me donner un coup de main, mais c'est trop tard.

Tony la regarda. Elle disait la vérité, il le savait bien, n'empêche que c'était un horrible gâchis. Elle était encore jeune et séduisante… Elle n'était pas con et elle avait bon cœur. Pouvait-on décemment la laisser toute sa vie en proie à la violence ?

— Il n'est jamais trop tard. Saisis ta chance. Je peux t'aider…

— Ah là là, Tony ! Est-ce que t'as écouté ce que je t'ai dit ? Je suis détruite. Il ne m'est pas possible de… Anton a fait le nécessaire.

— Il n'est plus là.

— Ici, il y est toujours, rétorqua-t-elle en se tapotant la tête. Tu sais comment il nous dérouillait ? Le traitement qu'il nous réservait ?

Tony lui indiqua qu'il l'ignorait, partagé entre l'envie et la peur de l'apprendre.

— En temps normal, il y allait tout simplement au briquet ou à la clope. Il nous brûlait les bras, la nuque, la plante des pieds… Ça nous faisait un mal de chien, sans pour autant refroidir les clients. Voilà pour les simples bêtises. Si par contre on avait vraiment déconné, on avait alors droit à une petite promenade.

Tony l'observa en silence. Tout se passait comme si elle ne s'adressait plus à lui, mais se replongeait dans ses souvenirs.

— Il prenait la voiture et t'emmenait dans un vieux cinoche d'Uptown Street, qui appartenait à un pote à lui… Une grande salle dégueulasse infestée de rats. Sur la route, t'arrêtais pas de lui demander de te pardonner, de te laisser partir, mais ça ne faisait que le rendre encore plus méchant. Une fois sur place, il…

Elle hésita un instant.

— Il avait une grosse chaîne à vélo, ajouta-t-elle, avec un cadenas au bout, et c'était avec ça qu'il te cognait dessus. Encore et encore, jusqu'à ce que tu ne puisses plus te lever ou courir, même si t'en avais envie. Il te frappait, et en même temps il hurlait, gueulait et te traitait de tous les noms, tant qu'il en avait encore la force. Et alors que t'étais vautrée par terre… baignant dans les cochonneries, le sang et la merde… eh bien, il te pissait dessus !

Elle avait maintenant une voix chevrotante.

— Ensuite il se cassait et te laissait finir la nuit là-bas. Y en a qui sont paraît-il mortes de froid. Si c'était pas le cas… le lendemain tu te lavais, et au turbin. En espérant ne plus jamais le contrarier.

Tony la regarda. Elle tremblait comme une feuille.

— Voilà ce qu'on vit, Tony. Voilà ce qu'il nous a fait, et ensuite on n'est plus bonnes qu'à ce genre de conneries. J'en suis réduite à ça, je ne serai jamais rien d'autre. Tu comprends ?

Il hocha la tête, même s'il était persuadé qu'elle se trompait, qu'on pouvait la sortir de là.

— Tout ce que j'espère, c'est qu'il ne me tuera pas, et que pendant un petit moment je ne risquerai rien.

— Tu es désormais en sécurité, je vais m'en assurer.

— Mon chevalier servant…

Elle le laissa la prendre dans ses bras. Normalement, il aurait dû continuer à lui poser des questions, mais ça ne lui disait plus rien. La seule chose qui l'intéressait, c'était de lui sauver la mise.

Et pour ça, il était prêt à tout.

68

— Lyra Campbell est désormais considérée comme la suspecte n° 1. C'est une femme très dangereuse, et nous recommandons aux gens d'éviter tout contact avec elle. Si quelqu'un la voit ou sait où elle se trouve, qu'il prévienne aussitôt la police.

Les journalistes ne perdaient pas un mot de ce que leur disait la commissaire Ceri Harwood. Charlie n'avait jamais vu autant de monde dans la salle prévue à cet effet. Il y avait en effet des journalistes d'une vingtaine de pays, dont certains faisaient le pied de grue dans le couloir. Ils se dépêchaient de noter ce qu'elle leur racontait, tout en restant obnubilés par le portrait-robot surdimensionné projeté sur l'écran installé derrière eux. Ainsi agrandis, ce visage, ces yeux étaient encore plus séduisants et fascinants. Qui était cette femme ? Quel magnétisme exerçait-elle sur le commun des mortels ?

C'est Charlie qui s'occupa des questions d'ordre opérationnel. Emilia Garanita ne manqua pas de lui demander pourquoi le commandant Grace ne participait pas à cette conférence de presse, elle avait l'air très déçue que son adversaire soit absente. Charlie fut ravie de lui renvoyer la balle, en mettant en avant les nombreuses qualités de sa supérieure. Ceri Harwood y mit son grain de sel, la séance de questions-réponses adopta une autre tournure, et vingt minutes plus tard elle prenait fin.

Une fois parti le dernier journaliste, Ceri Harwood s'adressa à Charlie.

— On s'en est bien sorties ?

— Oui. Le communiqué sera diffusé dans deux ou trois heures, et bon… personne ne peut se planquer indéfiniment. En principe, une fois que le portrait-robot circule dans les médias, on cueille le ou la coupable dans les quarante-huit heures qui suivent. Ainsi que d'autres individus qui ont le malheur de lui ressembler, tant pis pour eux.

Ceri Harwood sourit.

— Tant mieux. Il ne faut pas que j'oublie d'appeler Tony Bridges. C'est grâce à vous que nous sommes parvenus à ce résultat.

Charlie hocha la tête, sans oser lui rappeler que c'était Helen qui avait eu l'idée d'envoyer un flic en mission d'infiltration.

— D'après vous, Charlie, comment avance notre enquête ? Vous êtes restée un bon moment absente, et vous voyez désormais les choses d'un autre œil…

— Elle se déroule aussi bien que possible, vu les circonstances.

— Les collègues qui y participent ont-ils fait leur part de boulot ? Avez-vous du nouveau sur ceux qui planquent ?

— Non, pas encore, mais…

— Vous croyez qu'on devrait continuer dans ce sens ? Ça nous coûte la peau des fesses, et puisqu'on a une piste sérieuse…

— C'est au commandant Grace de décider. Et à vous aussi, évidemment.

Charlie bottait ainsi en touche, ce qui n'était pas glorieux, mais ça la gênait beaucoup de discuter de la direction des opérations en l'absence d'Helen. Ceri Harwood opina, comme si Charlie venait de dire quelque chose de profond. Puis elle s'assit sur le bord de la table.

— Comment ça se passe, entre Helen et vous ?

— Très bien. On a eu une grande discussion… et ça va.

— À la bonne heure, parce que entre nous je me faisais du souci. Helen avait des idées bien arrêtées sur votre retour parmi nous, personnellement ça me paraissait injuste. Je suis donc ravie que vous lui ayez montré qu'elle se trompait, et que l'équipe d'autrefois soit de nouveau réunie.

Charlie ne sut quoi répondre.

— Il paraît aussi que l'on vous a nommée capitaine à titre provisoire, pendant que Tony est occupé ailleurs. Ça vous fait quel effet ?

— Je suis ravie, bien sûr.

— Aimeriez-vous accéder pour de bon au grade de capitaine ?

La question la prit au dépourvu. Elle repensa aussitôt à sa discussion avec Steve. Ça l'avait d'ailleurs tracassée toute la matinée.

— Je ne veux pas me précipiter. J'ai un mari, et peut-être qu'un jour…

— Vous aurez des enfants ?

Charlie fit signe que oui.

— Ce n'est pas contradictoire, vous savez. On peut très bien concilier les deux… croyez-moi. Il suffit juste d'être claire avec tout le monde, et puis… Eh bien, pour une flic de talent comme vous, tous les espoirs sont permis.

— Merci.

— Venez me parler quand le besoin s'en fait sentir. Je vous trouve sympathique, Charlie, et je ne voudrais pas que vous preniez de mauvaises décisions. Je vous prédis un grand avenir.

Sur ce, Harwood s'en alla. Elle devait déjeuner avec le chef de la police de Southampton et ça ne se faisait pas d'arriver en retard. Charlie la regarda s'éloigner, pour le moins décontenancée. À quoi jouait-elle ? Quel était son rôle, là-dedans ?

Et que cela signifiait-il pour Helen ?

69

Les enquêteurs se dispersèrent dans l'agglomération de Southampton, pour tâcher de retrouver la fameuse Lyra. Ils remuèrent ciel et terre dans les quartiers nord, sud, est et ouest. On leur avait adjoint des agents et des officiers de police supplémentaires qui, sous la conduite de flics de la crim', s'en allèrent faire le tour des bordels, des antennes d'assistance sociale, des centres de santé, des bureaux de la Sécurité sociale et des services d'urgences dans les hôpitaux. Munis du portrait-robot, ils essayèrent de glaner des renseignements.

Persuadée que la tueuse opérait dans un secteur qu'elle connaissait bien et où elle se sentait en sécurité, Helen conduisait les recherches dans le nord de la ville. Elle avait monté le son de sa radio, dans l'espoir d'apprendre bientôt qu'il y avait du nouveau. Peu importe qui interpellerait Lyra, peu importe qui la conduirait au poste… Elle voulait simplement en finir.

Lyra n'en demeurait pas moins insaisissable. Si certains affirmaient l'avoir vue, et d'autres avoir peut-être rencontré une fille qui lui ressemblait mais ne s'appelait pas comme ça, personne jusqu'alors n'était sûr de lui avoir adressé la parole. Qui était donc cette femme capable de vivre ainsi coupée du monde, sans aucun contact avec les autres ? Depuis des heures qu'ils ratissaient le secteur et interrogeaient les gens, ça n'avait rien donné. Lyra était un fantôme qui ne cessait de se dérober.

C'est alors que, juste après midi, Helen vit enfin l'ouverture qu'elle attendait tant. Les prostituées déclarant toutes, au fil des heures, qu'elles ignoraient jusqu'à l'existence de Lyra, elle en était venue à se demander si Melissa n'avait pas inventé cette histoire pour se faire mousser ou rentrer un peu de fric. Or, d'un seul coup et sans qu'on s'y attende, l'une d'elles la reconnut formellement.

Helen avança prudemment dans cet immeuble de Spire Street, jonché de détritus. Il y avait de quoi être abattue : les prostituées et les toxicos vivaient côte à côte dans des apparts laissés à l'abandon et censés être rénovés l'année suivante. De nombreux squatteurs avaient des enfants qui couraient dans les jambes d'Helen alors qu'elle arpentait l'immeuble, quand ils ne s'enfuyaient pas en poussant des cris aigus, pour aller se planquer dans les recoins de cette bâtisse en ruine, insalubre et dangereuse. Si elle avait pu, elle les aurait tous emmenés et relogés ensuite dans un endroit correct. Elle se promit d'en toucher un mot aux services de l'assistance sociale dès qu'elle aurait un instant de libre. Il n'était pas acceptable qu'au XXIe siècle des gamins vivent dans des conditions pareilles.

Installées autour d'un vieux chauffage électrique, des femmes donnaient le sein à leur bébé, tout en papotant et en se remettant de leurs activités nocturnes. D'abord agressives, elles se renfrognèrent. Helen eut bien l'impression qu'elles lui cachaient quelque chose, elle insista quand même. Elles étaient peut-être au bout du rouleau, elles n'en avaient pas moins chacune

une famille, et restaient donc sensibles au chantage affectif. Jouant là-dessus, elle leur brossa un tableau sinistre de ces mères et de leurs enfants qui enterrent pères, maris et fils... Ses interlocutrices refusèrent catégoriquement de lui donner la moindre information, que ce ne soit par peur d'Anton ou de la police. Ce fut en définitive la plus discrète du groupe qui se lança. Elle ne payait pas de mine – une junkie au crâne rasé tenant dans ses bras un bébé qui pleurnichait – mais expliqua à Helen qu'elle avait connu brièvement Lyra. Elles avaient bossé ensemble pour Anton, avant que Lyra ne disparaisse dans la nature.

— Elle habitait où ?

— J'en sais rien.

— Et pourquoi ça ?

— Elle m'l'a pas dit.

— Bon, alors où est-ce que vous l'avez vue ?

— On taffait dans les mêmes coins, Empress Road, Portswood, Saint Mary... Mais son endroit préféré, c'était à côté du vieux ciné d'Uptown Street. C'était là qu'on la trouvait, en général.

Helen lui posa encore quelques questions, mais elle en savait déjà assez. Les quartiers cités par la fille étaient tous situés dans le nord de la ville, ce qui corroborait la thèse qu'elle défendait. Mais c'est surtout quand elle avait parlé du vieux cinéma que son sang n'avait fait qu'un tour. Tony lui avait en effet raconté que lors de son dernier entretien avec Melissa, elle avait aussi désigné ce cinoche comme étant l'un des points de chute d'Anton. La coïncidence était pour le moins troublante. Était-ce là qu'Anton et Lyra en étaient venus aux mains ? L'aurait-elle zigouillé à ce moment-là ? Continuerait-elle à zoner dans cet endroit désert ?

Helen prévint aussitôt le commissariat pour qu'on envoie discrètement et sans tarder un type de la police judiciaire interdire l'accès à cette salle, afin que les techniciens de scène de crime puissent y faire leur boulot. Parallèlement, une équipe surveillerait la rue. Elle attendait les résultats avec impatience. Son petit doigt lui disait que ce vieux cinéma jouerait un rôle déterminant dans l'élucidation de cette affaire. Si ça se trouve, ils se rapprochaient de Lyra. Leur fantôme allait peut-être enfin prendre corps.

70

Derrière elle, la voiture longeait la rue en silence. Absorbée dans ses réflexions, Charlie ne l'avait pas tout de suite remarquée. Mais cette bagnole la suivait, ça ne faisait aucun doute. Elle restait à bonne distance, tout en avançant cependant au même rythme qu'elle… S'agissait-il pour le conducteur et les éventuels passagers de savoir où elle allait, ou tout simplement d'attendre le moment propice pour lui sauter dessus ?

D'un seul coup la voiture accéléra, la dépassa bruyamment, monta sur le trottoir et pila net. La portière s'ouvrit tout grand. Charlie sortit aussitôt sa matraque.

— Je vous ai manqué ?

Sandra McEwan, alias Lady Macbeth. Voilà qui lui rappelait de façon désagréable ses erreurs d'autrefois.

— J'interprète votre silence comme un oui. On a parfois du mal à exprimer ses sentiments, pas vrai ? Au fait, excusez cette mise en scène… dit-elle en désignant la voiture qui barrait le trottoir. Il arrive que le garçon ne se contrôle plus.

— Enlevez-la du trottoir, et fichez le camp.

— Bien sûr.

Sandra McEwan fit signe à son copain de démarrer.

— N'empêche que j'espérais que vous viendriez avec nous.

— Bof, le voyeurisme, ce n'est pas mon truc, Sandra. Ce sera pour une autre fois.

— Très drôle, madame l'agent. À moins qu'on vous ait nommée capitaine ?

Charlie préféra ne pas répondre.

— En tout cas, j'aurais cru que ça vous intéresserait de faire la connaissance du voyou qui a assassiné Alexia Louszko.

Sur ces mots, elle ouvrit la portière arrière de la voiture et lui fit signe de monter à l'intérieur.

— Je serais ravie de vous y emmener en voiture, si vous avez le temps.

Charlie accepta sa proposition, ils quittèrent la ville en roulant à vive allure. Si elle ne craignait rien pour sa sécurité, Sandra McEwan étant bien trop intelligente pour s'en prendre aux flics, elle n'allait certainement pas en enlever une en plein milieu d'une rue noire de monde, elle se demandait quand même à quoi tout cela rimait. Elle tâcha de se renseigner en cours de route, mais l'autre resta muette comme une carpe. À l'évidence, c'était elle qui menait le jeu.

La voiture s'arrêta en cahotant dans un terrain vague qui surplombait Southampton Water. Il avait été acheté par un promoteur étranger, mais celui-ci avait été confronté à des problèmes d'urbanisme, de sorte qu'un coin entier était resté à l'abandon. Bien connu pour être désormais un dépôt d'ordures sauvage, il s'ornait d'une ribambelle de bagnoles incendiées et de bidons de produits chimiques.

Sandra lui ouvrit la portière et l'invita à descendre de véhicule.

— Alors, où est-il ?

— Là-bas.

Sandra désigna une Vauxhall carbonisée, à moins de cinquante mètres.

— On y va ?

Charlie se précipita. Elle savait pertinemment à quoi s'attendre et voulait en finir une bonne fois pour toutes. Effectivement, recroquevillé dans le coffre de la voiture gisait un mort à qui l'on avait infligé des sévices… sans doute l'un des nervis des Campbell.

— C'est affreux, hein ? dit Sandra, sans une once de commisération dans la voix. Ce sont des petits jeunes qui l'ont découvert et m'ont avertie. J'ai tout de suite prévenu la police.

— Ben voyons…

Le type se trouvait dans la même position qu'Alexia lorsqu'on l'avait découverte assassinée. À lui aussi on avait enfoncé le visage, puis tranché les mains et les pieds. On l'avait tué en guise de représailles, histoire de faire comprendre aux Campbell que l'on ne les laisserait pas impunément se livrer à ce genre d'agression. Œil pour œil, dent pour dent…

— Vos techniciens de scène de crime constateront qu'il y a un marteau dans la poche de sa veste. Le bruit court que c'est celui dont on s'est servi pour tuer Alexia. Je suis sûre que le légiste et son équipe vous le confirmeront. C'est triste de voir un homme dans cet état, mais bon, il existe peut-être une justice immanente.

Charlie poussa un petit grognement et secoua la tête, incrédule. Elle était persuadée que McEwan avait assisté à la séance de torture, puis à l'assassinat de ce type, et jubilé en dirigeant les opérations.

— Pour moi, l'affaire est classée, vous ne croyez pas ?

Souriant, elle regagna la voiture, laissant Charlie remâcher toute seule son amertume en compagnie d'un cadavre défiguré.

71

Helen était en train de regagner le commissariat à moto quand on l'appela. Elle sentit vibrer son portable et se déporta dans un couloir d'autobus pour répondre. Elle s'attendait à ce que ce soit Charlie qui lui fasse son rapport, et crut même un instant que l'on avait aperçu Lyra. Mais non, c'était Robert.

Tant pis si Ceri Harwood lui avait demandé de venir la voir. Elle fonça sur le périphérique et remonta vers le nord, en direction d'Aldershot. Elle pouvait attendre, Harwood. Moins d'une heure après elle traversait la cour du poste de Wellington Avenue. Elle avait déjà rencontré dans les congrès de la police de l'Hampshire un certain nombre de flics de la criminelle affectés ici, et c'est l'une d'eux, le lieutenant Amanda Hopkins, qui la reçut.

— Il se terre dans la salle d'audition n° 1. On lui a proposé d'appeler sa mère, mais bon… il ne veut parler qu'à vous.

Sa collègue venait de lui expliquer ça sur un ton amical, mais c'était aussi un appel du pied pour obtenir de sa part des éclaircissements.

— Je suis une amie de la famille.

— Des Stonehill ?

— Eh oui, répondit Helen en mentant. Dans quel état est-il ?

— Secoué. Il a quelques blessures superficielles, mais rien de grave. J'ai fait mettre les deux autres en cellule. On les a déjà interrogés… Ils s'accusent mutuellement, si bien que…

— Je vais voir ce que je peux tirer de lui. Merci, Amanda.

Robert était affalé sur une chaise en plastique. Il avait l'air amoché, un peu comme s'il s'était tassé sur lui-même, le visage écorché et le bras droit en écharpe. Il s'anima en la voyant débarquer et se redressa sur son siège.

— Tiens, je t'ai apporté ça, dit Helen en déposant une cannette de Pepsi sur la table. Je l'ouvre ?

Il ne demanda pas mieux, Helen lui rendit ce service. Il l'attrapa de sa main valide et la but d'un trait.

— Alors, vas-tu m'expliquer ce qui s'est passé ?

Il hocha la tête, mais resta muet.

— Je peux essayer de t'aider, mais il faut que je sache…

— Ils m'ont sauté dessus.

— Qui ça ?

— Davey et Mark.

— Pour quelle raison ?

— Parce que je ne voulais plus faire partie de leur bande.

— Tu leur as dit que ça ne t'intéressait plus ?

— Ils m'ont traité de dégonflé. Et ils pensaient que j'allais les balancer.

— C'était le cas ?

— Non. Seulement, je ne marche plus dans la combine.

— Et alors ?

— Je leur ai dit de se démerder sans moi, que je voulais qu'on me fiche la paix. Ça leur a pas plu. Ils se sont barrés, puis ils ont rappliqué, ils m'ont menacé, comme quoi ils allaient me planter.

— Quelle a été ta réaction ?

— Je me suis défendu. Je n'allais pas me laisser faire.

— Avec quoi ?

Le silence retomba.

— Avec un couteau, répondit-il au bout d'un moment.

— Pardon ?

— Un couteau. J'en ai un sur moi…

— Nom d'un chien, Robert, c'est comme ça qu'on se fait tuer !

— N'empêche que ce soir, il m'a sauvé la vie, rétorqua-t-il sans éprouver le moindre regret.

— Possible.

Il se tut.

— Que ce soit bien clair, ce sont eux qui t'ont agressé, hein ?

— Et comment.

— Et tu t'es défendu ?

Il acquiesça de nouveau.

— Tu les as blessés ?

— J'ai touché Davey au bras. Rien de grave.

— D'accord. On pourra sans doute utiliser ce point en ta faveur, mais tu vas être obligé d'admettre que tu avais une lame sur toi. Là-dessus, on ne peut rien faire. Si je me porte garante, j'obtiendrai sans doute qu'on te relâche.

Interloqué, Robert leva les yeux.

— Mais il faut que tu me promettes de ne plus te balader avec un couteau. Si jamais on en retrouve encore un sur toi, je ne pourrai pas t'aider.

— Sûr.
— On est bien d'accord ?
Il opina.
— Bon, je vais leur parler. On va laisser Davey mijoter un peu, hein ? dit-elle avec le sourire.
Helen eut la surprise de le voir sourire également. C'était la première fois que ça lui arrivait en sa présence.
Elle s'apprêtait à quitter la pièce quand il lui lança :
— Pourquoi faites-vous ça ?
Elle réfléchit un instant.
— Pour te donner un coup de main.
— En quel honneur ?
— Parce que tu mérites mieux que ça.
— Ah oui ? Vous êtes flic, et moi voleur. Vous devriez m'envoyer en taule.
Elle hésita, la main sur la poignée de la porte. Devait-elle continuer à garder le silence, ou bien le lui dire ?
— Êtes-vous ma mère ?
Pour Helen, ce fut un véritable coup de massue. Elle ne s'attendait pas à ce qu'il demande ça.
— Je veux dire ma vraie mère.
Elle inspira profondément.
— Non, non, ce n'est pas moi. Mais je l'ai connue.
Il l'observa attentivement.
— Je n'avais encore jamais vu quelqu'un qui la connaissait.
Heureusement qu'il ne la regardait pas ! Helen en avait les larmes aux yeux. Combien de fois ce petit jeune avait-il dû penser à sa mère naturelle !
— Vous la connaissiez comment ? Vous étiez amie avec elle, ou…
Helen soupira.
— Je suis sa sœur.

Robert en resta muet de stupeur.

— Vous… vous êtes ma tante ?

— Oui.

Il y eut encore un long silence, le temps que Robert percute.

— Pourquoi ne pas être venue me voir plus tôt ? Aïe !

— Je ne pouvais pas. Et puis je n'aurais pas été bien reçue. Tes parents t'ont assuré une vie agréable, ils n'auraient pas voulu que je me mêle de leurs affaires et remue le passé.

— Je n'ai rien qui vient de ma mère. On m'a dit qu'elle était morte quand j'étais bébé, mais…

Il haussa les épaules. Il ne savait pratiquement rien de Marianne, sinon les mensonges qu'on lui avait racontés à son sujet. Ça valait peut-être mieux.

— Enfin, si on se revoit, je pourrai peut-être t'en dire davantage sur son compte. Ça me ferait plaisir. Elle n'a pas toujours été heureuse, mais toi, tu étais ce qu'elle avait de plus précieux.

D'un seul coup il se mit à pleurer. Toutes ces années à se poser des questions, à ressentir un vide, finissaient brusquement par le rattraper. Helen elle-même ravalait ses larmes, mais par chance Robert baissait la tête, de sorte qu'il ne s'aperçut de rien.

— J'aimerais bien, soupira-t-il.

— Tant mieux, dit-elle en se ressaisissant. Pour l'instant, ça reste entre nous, jusqu'à ce qu'on se connaisse un peu mieux, d'accord ?

Il hocha la tête et se frotta les yeux.

— Ce n'est pas la fin, Robert, mais le début, conclut-elle.

Une demi-heure plus tard, Robert se trouvait dans un taxi qui le ramenait chez lui. Helen regarda s'éloigner le véhicule, puis elle enfourcha sa moto. Quand bien même serait-elle bientôt confrontée à de nombreuses difficultés, et malgré tous les nuages qui s'accumulaient à l'horizon, elle se sentait euphorique, car enfin elle en venait à réparer ses erreurs.

Après la mort de Marianne, Helen avait exploré chaque détail de la vie de sa sœur. En pareilles circonstances on a tendance à tourner la page, elle au contraire tenait absolument à se mettre dans la peau de sa sœur. Elle voulait combler ses lacunes dans ce domaine, savoir par exemple ce qui lui était arrivé en prison, et découvrir si Marianne avait eu raison de rejeter sur elle, sa cadette, la responsabilité de tous ces assassinats.

Elle avait donc ressorti tout ce qu'on avait pu écrire sur Marianne, et à la page trois du compte rendu de sa garde à vue, elle avait découvert quelque chose d'absolument ahurissant, preuve que son aînée pouvait encore faire des dégâts après sa mort. Elle-même n'avait que treize ans quand on avait arrêté Marianne, et on l'avait confiée immédiatement à l'assistance sociale après le meurtre de ses parents. Elle n'avait pas assisté au procès de sa grande sœur – on avait enregistré au préalable sa déposition –, on lui avait juste appris le verdict. Elle n'avait donc pas vu son gros ventre, et les services sociaux du Hampshire s'étaient bien gardés de lui dire qu'elle attendait un bébé. Il lui avait donc fallu prendre connaissance du diagnostic des médecins figurant sur son procès-verbal d'interpellation pour découvrir que non seulement elle avait des bleus et des cicatrices, mais encore qu'elle était enceinte. De cinq mois exactement. Par la suite, les tests ADN montreraient que le père de l'enfant n'était autre que celui de Marianne, autrement dit l'homme qu'elle avait tué de sang-froid.

On lui avait enlevé son bébé quelques minutes seulement après l'accouchement. Même encore maintenant, après tout ce qui avait pu se passer, Helen en avait les larmes aux yeux. Marianne menottée à son lit, son enfant qu'on lui arrache après dix-huit heures de contractions… S'était-elle défendue ? Avait-elle eu la force de résister ? Bien sûr que oui, au fond Helen n'en doutait pas. Ce bébé avait beau avoir été conçu dans la violence, Marianne l'aurait aimé, elle l'aurait adoré, mais évidemment elle n'en avait pas eu l'occasion. C'était une tueuse, qui n'inspirait aucune compassion à ceux qui la retenaient prisonnière. On l'avait jugée et punie, sans lui témoigner la moindre humanité.

Le gamin s'était évaporé, confié d'abord à l'assistance sociale, puis à des parents adoptifs. Helen n'en avait pas moins remué des tonnes de paperasse et de documents officiels pour essayer de retrouver cet enfant né sous X, jusqu'à ce qu'elle y arrive. Il avait été adopté par un couple juif d'Aldershot, qui lui avait alors donné le nom de Robert Stonehill, et il n'était pas à plaindre. Certes il n'obéissait pas, se montrait insolent et avait un côté crispant – il avait montré peu d'appétence pour l'école –, mais il allait bien. Il avait du travail, un foyer honorable et des parents affectueux. Né dans des circonstances cruelles, il avait reçu une bonne éducation et avait été élevé avec amour.

Robert avait réussi à échapper à l'héritage familial, raison pour laquelle Helen aurait dû le laisser tranquille. Mais la curiosité avait été la plus forte. Elle avait assisté à l'enterrement de Marianne – il n'y avait qu'elle, elle qui l'avait abattue ! –, et elle s'était alors rendu compte qu'en réalité elle n'était pas complètement isolée. Il y avait en effet quelqu'un d'autre qui avait échappé au désastre : Robert. Elle avait par conséquent décidé de le tenir à l'œil, et de l'aider dans la mesure du possible.

Helen mit le contact, démarra et s'éloigna dans un vrombissement. Elle repensait à ce qui venait de se passer et se sentait tellement soulagée que, pour une fois, elle ne regarda pas dans ses rétroviseurs. Dommage, sinon elle aurait remarqué que la voiture qui l'avait suivie depuis Southampton la suivait de nouveau.

72

Depuis le retour de son père, Alfie Booker menait une vie plus agréable. Pendant qu'il était à l'armée, ils avaient habité dans un appart mais, à son retour, ils s'étaient installés dans la maison du gardien qui longeait les terrains de jeux de l'école. Son père tondait le gazon, balayait les feuilles et traçait les lignes blanches sur les terrains de football. Alfie trouvait que c'était un bon métier, et il aimait le regarder travailler.

Comme il y avait souvent des disputes entre ses parents, son père se sentait mieux au travail. C'était donc pour Alfie le meilleur moment pour lui tenir compagnie. Il ne parlait guère, mais il avait l'air content d'avoir son fils avec lui. Ils formaient un drôle de tandem, tous les deux, mais Alfie ne l'aurait remplacé pour rien au monde.

Son père n'était pas rentré hier soir. Sa mère avait beau dire le contraire, lui, Alfie, savait bien que ce n'était pas vrai. Ses chaussures de travail se trouvaient toujours là où il les avait laissées hier après-midi, et on ne le voyait nulle part. Alfie avait passé la maison et le jardin au peigne fin, tout en tendant l'oreille pour entendre la tondeuse à gazon. Qu'est-ce qui se passait ? Ça ne lui disait rien qui vaille.

Il tourna au coin de la rue et vit une grande silhouette se diriger vers les vestiaires. On organisait plus tard une compétition scolaire, comme tous les ans à la même époque, il crut donc tout d'abord qu'il s'agissait d'un prof d'éducation physique, mais non. Cet individu n'ayant pas la corpulence de son père, qui était-ce ? Il s'en allait d'un pas décidé vers les vestiaires, signe qu'il avait quelque chose d'important à y faire. La curiosité étant la plus forte, Alfie se porta à sa rencontre.

Il ralentit en s'approchant de lui. Ou plutôt d'elle, car c'était une femme. Qui déposa une boîte à l'entrée du bâtiment. Qu'y avait-il à l'intérieur, un trophée, un prix ?

Il héla cette dame en se précipitant vers elle. Elle se retourna brusquement, il s'immobilisa. Elle ne souriait pas et avait une sale gueule. À sa grande surprise elle fit demi-tour et s'en alla sans dire un mot.

Perplexe, Alfie la regarda s'éloigner. Puis il s'intéressa à la boîte. On avait écrit dessus un mot qu'il ne comprenait pas. Il l'épela, F.L.I.C.S. Pour lui, ça ne voulait rien dire. Et puis d'abord, pourquoi était-ce écrit en rouge ?

Il regarda autour de lui, ne sachant pas quoi faire. Il n'y avait personne pour lui interdire d'ouvrir ce machin-là.

Vérifiant bien à nouveau que la voie était libre, il s'avança et ouvrit la boîte.

73

Il s'était maintenant écoulé plusieurs heures, Tony n'en restait pas moins ébranlé. Son cœur battait la chamade, sous le coup de la peur et de ce qui l'accompagne.

Il essaya de se concentrer, mais tout se bousculait dans sa tête. Cela faisait une éternité qu'il ne s'était pas trouvé dans cet état, et pourtant il y avait en lui une petite voix qui le houspillait, le dénigrait et lui faisait honte. C'était tout ce qu'il méritait, même si, étrangement, il n'y accordait aucune importance. Oui, il s'en fichait comme de l'an quarante. Qui était donc ce Tony qui avait des idées pareilles ? Il ne le reconnaissait pas.

Il avait toujours été un flic très à cheval sur le règlement. Pour certains, il se montrait flegmatique, c'était dans sa nature. Pour d'autres, plus charitables, il faisait preuve de professionnalisme et on pouvait le prendre en exemple. Helen le respectait, c'était évident. Y penser l'angoissa. Que se dirait-elle si elle le voyait en ce moment ? Si cela n'avait rien d'exceptionnel, ça n'arrangeait pas les choses pour autant.

Melissa remua dans son sommeil et changea de position. Il regarda son corps nu couvert de tatouages et de vieilles cicatrices, mais toujours musclé et attirant. Il jeta une fois de plus un coup d'œil aux rideaux, pour vérifier qu'ils étaient bien tirés. Dehors, un collègue planquait dans une voiture banalisée. S'était-il rendu compte de quelque chose ? Avait-il remarqué que l'on allumait, puis éteignait dans la chambre ? Il en avait certainement conclu que c'était Melissa qui se couchait. Et s'il avait fait le tour de la maison et constaté que lui, Tony, ne se trouvait pas au rez-de-chaussée ?

Sur le coup, il n'avait pas du tout pensé au risque encouru. Il l'avait serrée contre lui, pour sentir la chaleur de son corps contre le sien, Melissa l'avait regardé, puis elle l'avait attiré à elle et ils s'étaient embrassés. Et encore embrassés. Elle avait beau être une prostituée et un témoin crucial de l'enquête, il n'avait pas hésité, tant il avait envie d'elle. Ils s'étaient vite retrouvés au lit – Tony n'en revenait pas de se comporter avec une telle imprudence –, ensuite il ne s'était pas arrêté une seconde pour reprendre son souffle…

Il était redevenu un jeune mec, qui débordait d'idées folles et irréalisables. Il avait envie de rire, de crier et de pleurer. Mais en son for intérieur quelque chose ne cessait de l'interpeller, de lui demander à cor et à cri où tout ça le mènerait, et où ça se terminerait.

74

Elle appuya sur la sonnette et laissa le doigt enfoncé. Elle avait déjà sonné deux fois et fait le tour de la maison, dont la porte restait obstinément close, même s'il y avait à l'évidence quelqu'un à l'intérieur. Derrière les rideaux tirés lui parvenaient les échos de la télé.

Elle finit par entendre des pas, ainsi que toute une volée de jurons. Emilia Garanita sourit en son for intérieur, tout en gardant le doigt sur le bouton. Elle attendit qu'on lui ouvre pour l'ôter et cesser ainsi son tintamarre.

— On n'achète rien aux gens qui font de la vente à domicile ! lui lança le mec, qui s'apprêtait à lui claquer la porte au nez.

— Et merde, est-ce que j'ai l'air de vendre des chiffons ? répliqua-t-elle.

Il hésita, sidéré qu'elle montre un tel culot.

— Je vous connais, dit-il, vous êtes machin chouette, là…

— Emilia Garanita.

— C'est ça. Qu'est-ce que vous voulez ?

Il avait hâte de retourner suivre son émission.

— Un dossier.

— Je vous demande pardon ?

— Vous êtes bien agent de probation, monsieur Fielding ?

— Oui, et vous devriez savoir que pour cette raison il m'est impossible de communiquer la moindre information à une journaliste. Cela doit rester strictement confidentiel.

C'est avec dégoût qu'il avait prononcé le mot de « journaliste », comme si personnellement il gravitait dans une sphère supérieure. Emilia adorait ce genre de moment.

— Même si elle était en train de vous sauver la vie ?

— Comment ça ?

— Je parle de votre vie professionnelle.

Du coup Fielding ne dit plus rien. Se doutait-il de ce qui allait suivre ?

— J'ai des copains chez les agents de police. Ils m'ont raconté une histoire intéressante à propos d'un mec d'une cinquantaine d'années arrêté dans Common Park alors qu'il se livrait à des actes que réprouvent la morale et la loi sur la banquette arrière d'une Ford Focus.

Elle jeta un regard à la voiture de cette marque garée sur la voie privée, devant la maison.

— Il paraît qu'il a levé la fille dans un bar... Le souci, c'est qu'elle n'avait que quinze ans. Aïe, aïe, aïe ! Le mec a supplié les flics de le laisser partir contre un billet de cent livres chacun. Il n'empêche que les flics ont noté son numéro d'immatriculation, ainsi que son signalement, à ce vieux cochon. J'ai avec moi le rapport de police dans lequel ils ont consigné tout ça.

Elle fit semblant de fouiller dans son sac. Cette fois Fielding sortit de chez lui.

— C'est du chantage ! s'indigna-t-il.

— Oui, hein ? dit Emilia, narquoise. Bon, allez-vous me donner les renseignements que je vous demande, ou faut-il que je raconte cette histoire dans mon journal ?

Elle lui demandait ça uniquement pour la forme. Il suffisait de voir sa tête pour comprendre qu'il allait faire exactement ce qu'elle voulait.

75

— Bonjour, Alfie. Je me présente, Helen, commandant de police.

Le gamin leva les yeux de son dessin.

— Je peux m'asseoir à côté de toi ?

Il fit signe que oui, elle s'accroupit auprès de lui.

— Qu'est-ce que tu dessines ?

— Les pirates dinosaures.

— Super. C'est le T-Rex, là ?

Alfie hocha la tête.

— C'est lui le plus grand, dit-il sur un ton détaché.

— Je vois. Il a l'air effrayant.

Alfie haussa les épaules, comme si ça n'avait guère d'importance. Helen se surprit à sourire. À six ans, ce gentil petit garçon avait étonnamment bien encaissé ce qui était arrivé dans le courant de la journée, et qui sortait de l'ordinaire. On le sentait davantage perplexe que bouleversé. On ne pouvait pas en dire autant de sa mère. Si on ne lui avait pas encore tout raconté, on attendait pour cela d'avoir retrouvé le corps, elle était déjà effondrée. La collègue chargée de faire le lien entre la police et la famille faisait de son mieux, mais la maman d'Alfie avait la voix brisée, ce qui commençait à troubler le gamin. Helen comprit qu'elle devait lui consacrer toute son attention.

— Est-ce que je peux te montrer un truc spécial ?

Il leva les yeux. Elle glissa sa carte de police sur la table.

— Et voilà mon insigne de policier. Tu sais ce qu'est un officier de police ?

— Vous arrêtez les cambrioleurs.

— En effet. Et ça, tu connais ?

Elle sortit cette fois sa radio portative. Il s'en empara aussitôt.

— Super !

— Appuie sur ce bouton, proposa-t-elle.

Il lui obéit, et pour sa peine eut droit à un véritable concert de parasites. Il eut l'air content. Tandis qu'il jouait avec, Helen poursuivit :

— Ça ne te dérange pas que je te pose quelques questions ?

Il fit signe que non, sans daigner la regarder.

— Tu ne vas pas avoir d'ennuis, je voudrais que tu le saches. Seulement, la dame qui a apporté la boîte, celle qui est venue ici, eh bien, il se peut qu'elle ait volé quelque chose. Il faut donc qu'on sache de quoi il s'agit. Est-ce qu'elle t'a adressé la parole ?

Il secoua la tête.

— Elle n'a rien dit du tout ?

Il répéta son geste.

— Tu as vu sa tête ?

Il indiqua que oui. Après un instant d'hésitation, Helen lui montra une photocopie du portrait-robot réalisé sur ordinateur.

— C'est la dame que tu as aperçue ?

Il l'examina, haussa les épaules et s'intéressa de nouveau à la radio. Helen posa la main sur la sienne.

— C'est très important, Alfie. Peux-tu regarder encore une fois ce visage pour me rendre service ?

Il accéda sans discuter à sa requête, un peu comme si on lui laissait encore une chance au jeu. Ce coup-ci, il l'observa attentivement. Il resta un moment sans rien dire, puis marmonna :

— Peut-être…

— Peut-être ?

— Elle portait un truc sur la tête, ça lui cachait le visage.

— Ça ressemblait à une casquette de base-ball ?

Il opina du chef. Helen s'accroupit à nouveau. Elle pourrait lui demander d'autres précisions, sur la taille de cette femme et sa corpulence, mais ce ne serait pas évident qu'il la reconnaisse formellement. Après tout, il n'avait que six ans…

— Qu'est-ce qu'elle a fait ?

— Je te demande pardon ?

— Qu'est-ce qu'elle a pris ?

Helen regarda la mère du gamin.

— Quelque chose de particulier, répondit-elle à mi-voix.

Elle regarda cet enfant, dévoré par la curiosité, et n'eut pas le courage de lui expliquer qu'il ne reverrait plus jamais son père…

76

En pleine discussion avec Charlie, Helen n'entendit pas arriver Ceri Harwood. Charlie avait passé plusieurs jours à essayer de savoir qui se cachait derrière Le Chat Bandé, ça n'avait rien donné, ce qui l'agaçait énormément. Celui qui se faisait appeler ainsi était l'individu le plus actif sur BitchClub, et normalement elle n'aurait pas dû avoir de mal à établir son identité. Mais comme ce type ne se branchait jamais sur ce site depuis son propre ordinateur, ni depuis celui qu'il avait au bureau, et qu'il avait en plus le chic de se fabriquer des adresses bidons par le biais de numéros IP cryptés, il demeurait insaisissable. Helen et Charlie étaient en train de voir ce qu'il convenait désormais de faire quand on les interrompit.

— J'aimerais vous parler un instant, Helen.

Ce fut dit avec le sourire, mais sans chaleur. Ceri Harwood venait de la convoquer devant toute l'équipe, et cela afin d'adresser un message. Lequel, Helen ne le savait pas encore.

— Depuis ce matin j'essaie de vous joindre, expliqua Harwood, une fois qu'elles se trouvèrent dans son bureau. Je sais que la situation évolue rapidement, mais je ne tolérerai pas d'être ainsi mise sur la touche. C'est clair ?

— Oui.

— Si la communication ne fonctionne pas entre nous tous, ça ne peut pas marcher.

Helen opina du chef. En réalité, elle avait envie de lui dire d'aller se faire foutre.

— Bon, on en est où ? demanda la patronne.

Helen lui raconta les dernières péripéties auxquelles avait donné lieu la traque de Lyra Campbell, le fait qu'on avait placé sous surveillance le vieux cinéma, et aussi que l'on déplorait un nouvel assassinat.

— On n'a toujours pas retrouvé le corps de la victime, mais on pense qu'il s'agit de Simon Booker, un ancien para qui s'est battu en Afghanistan.

— Un héros de guerre… Quelle merde !

Tout se passait comme si c'étaient les éventuels gros titres des journaux qui chagrinaient Ceri Harwood, et non le sort de ce malheureux. C'est du moins l'impression qu'eut Helen. Elle finit de la mettre au parfum et s'apprêtait à tourner les talons quand Harwood lui dit quelque chose qui la fit piler net.

— J'ai déjeuné aujourd'hui avec le chef de la police.

Helen garda le silence. Allait-elle se voir confrontée à des difficultés supplémentaires ?

— Il s'inquiète énormément. On a déjà largement dépassé le budget qui nous a été alloué pour cette enquête. À elles seules ces planques nous coûtent une fortune, et elles n'ont rien donné. Sans compter les agents appelés en renfort pour l'occasion, les heures supplémentaires, les techniciens de scène de crime, les chiens, et tout ça pour quel résultat ? En quoi avons-nous vraiment avancé ?

— C'est une enquête délicate. On est confrontés à une tueuse intelligente et astucieuse…

— Tout ce que ça nous a rapporté, c'est une avalanche de titres incendiaires, raison pour laquelle le chef de la police a demandé à ce qu'on revoie en interne la façon de procéder.

Le pressentiment d'Helen se confirmait, un nouvel obstacle allait maintenant se dresser devant elle. Serait-ce le grand patron qui avait pris cette initiative, ou bien Harwood qui lui en avait soufflé l'idée ? Helen fulminait, mais elle réussit à se contrôler.

— Je sais que vous avez de l'expérience dans ce domaine, et que vos adjoints font preuve, dans l'ensemble, de loyauté envers vous, mais vous employez des méthodes qui ne sont pas orthodoxes et nous coûtent cher…

— Je me permets de vous rappeler que quatre personnes ont perdu la vie…

— Trois.

— À quoi bon chipoter ? On sait très bien que Booker est mort.

— Je joue peut-être sur les mots, commandant, mais ça en dit long sur vous. Vous jugez à la hâte. Dès le début vous avez voulu mettre en scène la célèbre Helen Grace, repartie traquer un tueur en série. Il n'y a que ça qui vous intéresse, hein ? Eh bien, ça ne me paraît pas judicieux, je trouve que ça ne fait pas professionnel et que ça présente des dangers. On a un budget, des protocoles et des objectifs qu'on ne peut pas traiter par-dessus la jambe.

— Et vous, c'est quoi, votre objectif ? Être nommée commissaire principale, commissaire divisionnaire, chef de la police ?

— Faites attention à ce que vous dites, commandant !

— J'ai déjà eu affaire à des gens comme vous. Ne faisant rien, mais toujours prêts à frimer !

Ceri Harwood se renversa sur sa chaise. Elle était furax, mais ne voulait pas le montrer.

— Méfiez-vous, commandant Grace. Je suis à deux doigts de vous retirer l'enquête. Et c'est là un avertissement officiel. Vous arrêtez cette femme, ou vous dégagez. C'est clair ?

Helen sortit juste après. Une chose était sûre, tant que Harwood était en poste, elle était en sursis.

77

La nuit tombait, ça ne ferait pourtant que mettre de l'ambiance. La faible luminosité, le grain de la photo permettraient de rendre l'atmosphère voulue. Normalement Emilia aurait dû demander à l'un de ses photographes habituels de l'accompagner, mais elle savait aussi bien se servir d'un reflex numérique à un objectif que n'importe qui, et il n'était pas question de parler de cette histoire à quiconque tant qu'elle n'aurait pas tiré tout ça au clair.

Dès qu'il avait compris qu'elle n'hésiterait pas à le casser, professionnellement parlant, Adrian Fielding lui avait été d'un grand secours. Rien d'extraordinaire dans les premières pages du dossier de Robert Stonehill, juste la liste de ses derniers petits délits. C'était en revanche devenu plus intéressant une fois qu'elle avait découvert que ce jeune homme avait été adopté à la naissance. Si l'on ne donnait guère de détails sur sa mère biologique, il était né à l'hôpital de la prison, cela ne faisait aucun doute. Il avait suffi à Emilia de l'apprendre pour savoir qui il était au juste… Tu parles, Helen Grace n'avait jamais vraiment aimé qu'une seule personne au monde ! En bonne journaliste, elle avait toutefois croisé l'âge de Robert avec le jour où Marianne s'était fait serrer. Il ne lui restait plus qu'à consulter le procès-verbal d'interpellation de Marianne pour compléter le tableau.

Emilia eut du mal à ne pas trembler en levant l'appareil. On avait envoyé le jeune homme acheter du lait et il commençait à s'impatienter en faisant la queue. Clic, clic, clic, clic. C'était un peu flou, mais les clichés auraient l'air d'avoir été pris sur le vif et ils feraient peur. Elle attendit encore un peu, le regarda payer. Le voilà maintenant qui quittait le magasin. Elle leva à nouveau son reflex. Comme dans une chorégraphie, il s'arrêta dehors et leva le nez en l'air, alors qu'il se mettait à pleuvoir. Son visage se dessina à la lumière aveuglante du lampadaire au sodium, lui donnant l'air d'un spectre. Elle refit quatre photos de lui. Il remonta alors la capuche de son sweat-shirt, et c'est tout juste s'il ne la dévisagea pas. Si elle restait invisible dans l'obscurité, en revanche elle le voyait très bien. Clic, clic, clic, clic. Un jeune homme, engendré dans la violence, surpris dans les rues sombres vêtu d'un sweat à capuche, l'uniforme des lascars, ces jeunes violents et désabusés… Génial.

Maintenant qu'elle avait ce qu'il lui fallait, Emilia allait passer à l'action. Normalement elle devrait appeler le rédacteur en chef de l'*Evening News*, mais il n'en était pas question. En prévision d'occasions semblables, elle entretenait de bons rapports avec quelqu'un du *Mail*. Elle avait désormais toutes les cartes en main. Si elle se dépêchait, elle pourrait faire le lendemain la première page de ce quotidien.

Elle avait dégoté le ticket gagnant. Elle avait le prix, le gros lot. Elle connaissait déjà le titre de la une.

Le fils d'un monstre.

78

Helen ruminait encore sa prise de bec avec Ceri Harwood quand elle arriva au vieux cinoche d'Upton Street. Tapie dans le noir, elle se glissa à l'intérieur par la sortie de secours. On devait en principe mettre bientôt cet immeuble en vente, même si elle ne voyait pas très bien qui aurait envie de l'acheter. Dès qu'elle entra une odeur la prit à la gorge, celle du bois pourri, mêlée aux relents de la vermine en décomposition. Ça lui donna un haut-le-cœur, elle se cramponna à la rampe branlante et descendit.

Dans les années 1970, le Crown était fréquenté par les familles. C'était un cinéma à l'ancienne, avec une galerie et des rideaux rouges en velours devant l'écran. Du moins, il avait été ainsi au temps de ses beaux jours. Ses propriétaires avaient fait faillite pendant la récession des années 1980, et lorsque ensuite on avait essayé de le relancer, on s'était chaque fois heurté à la concurrence des complexes multisalles situés en proche banlieue et de la salle d'art et d'essai installée sur le front de mer. Il n'était désormais plus que l'ombre de lui-même, un fatras de sièges esquintés, au milieu d'un amas de décombres.

Les techniciens de scène de crime étaient regroupés dans un coin, à côté de l'écran. Ils avaient l'air de s'affairer, ce qui signifiait que ça avançait. Helen se précipita. L'appel reçu après son engueulade avec Ceri Harwood avait été la seule bonne nouvelle de la journée. Elle voulait maintenant voir de ses propres yeux ce qu'il en était, avant de s'exciter.

Les autres s'écartèrent en la voyant arriver. Le voilà. En grande partie dissimulé sous les décombres, sauf un bras levé et le haut de la tête, que l'on avait dégagés. Ses doigts pointaient en l'air, comme pour accuser quelqu'un. Couverte de poussière, sa peau était curieusement sombre, ce qui laissait penser que ce type était métis. Mais ce n'était pas ça qui l'intéressait. Force était de constater qu'il ne lui restait plus que quatre doigts, et que ça faisait un bon moment qu'il avait perdu le cinquième, à en juger par la cicatrice.

Si on ne savait pas grand-chose sur Anton Gardiner, on ignorait par exemple qui étaient ses parents et ce qu'il avait fait dans sa jeunesse, il était bien connu qu'une bande rivale lui avait dix ans plus tôt coupé l'annulaire en guise de représailles. Fallait-il chercher là ce qui avait déclenché cette vague d'assassinats ? En aurait-il été la cause ? Helen frémit en regardant ce cadavre mutilé, et son cœur se mit à battre très fort. La main estropiée d'Anton leur indiquait-elle dans quel sens conduire leurs recherches ?

79

Il faisait nuit et froid, et elle commençait à s'impatienter. On avait de plus en plus de mal à être tranquille. Il y avait maintenant des flics partout à Southampton, et elle devait prendre ses précautions. C'est donc en pantalon de survêtement et sweat-shirt à capuche qu'elle se déplaçait, un peu comme si elle était sortie faire du jogging à une heure tardive. Elle finit par se dégoter un endroit retiré non loin des Western Docks et se désapa. Elle était désormais en short, bas résille, haut moulant, mettant en valeur ses formes généreuses, et, cerise sur le gâteau, petite veste en fourrure… Malgré le stress et les contrariétés de la journée, ça lui faisait du bien de dévoiler ses charmes. Il ne lui restait plus qu'à attendre que les salopards viennent à elle.

Vingt minutes plus tard, une silhouette se dessina. Le mec tenait mal sur ses cannes, et il chantonnait dans une langue étrangère. Un marin, probablement un Polonais. Son cœur se mit à battre plus fort. Les marins étaient crados et grossiers, mais ils avaient toujours du fric sur eux quand on leur accordait une permission à terre. En outre ils giclaient très vite, la plupart du temps, car ça faisait un moment qu'ils n'avaient pas baisé.

L'homme s'arrêta quand il l'aperçut. Il vérifia qu'il n'y avait personne d'autre, puis avança d'un pas nonchalant. Il était étonnamment mignon, vingt-cinq ans à tout casser, un visage fin et des lèvres de femme. Il était bourré, ça ne faisait aucun doute, mais elle le trouvait pas mal. Drôle, quand même, qu'il soit obligé de payer pour tirer un coup...

— Combien ?

Il avait un fort accent.

— Tu veux quoi ?

— La totale.

— Cent balles.

Il accepta.

— On y va.

Et c'est ainsi qu'il scella son destin.

Angel passa devant. Ils traversèrent un dédale de conteneurs et parvinrent à l'endroit où l'on était censé inspecter les cargaisons, avant d'en réaliser une saisie informatique. En réalité, une bonne partie des marchandises s'évanouissaient dans la nature, avant de réapparaître sur le marché noir. Ce soir il n'y aurait personne ; on n'avait assisté à aucun déchargement cette semaine.

Alors qu'elle le conduisait à la mort, elle eut toutes les peines du monde à ne pas éclater de rire. Surexcitée, elle tremblait de tous ses membres. Cesserait-elle un jour de réagir ainsi ? Certainement pas, elle aimait trop ça. C'était le meilleur moment, le calme avant la tempête.

Ils étaient maintenant seuls. Elle respira profondément, puis se tourna vers lui.

— Alors, chéri, on y va ?

Du poing droit il la frappa à la mâchoire, Angel valdingua dans le conteneur se trouvant derrière elle. Ahurie, elle se protégea avec les mains, il n'en continua pas moins à lui taper dessus. Elle le repoussa, mais le coup suivant faillit lui arracher la tête, et elle tomba comme une masse.

Qu'est-ce qui se passait ? Elle voulut se relever en vitesse, trop tard, il s'était déjà juché sur elle. Elle ne se laissa pas faire. Elle avait déjà eu affaire à des clients violents, mais une bonne giclée de lacrymo lui avait évité de se battre avec eux au corps-à-corps.

Il la clouait maintenant au sol et refermait ses mains puissantes autour de son cou. Et puis serrait, serrait de plus en plus fort… Elle lui enfonça les doigts dans l'orbite de l'œil gauche, mais il recula aussitôt la tête pour se mettre hors d'atteinte. Elle vit palpiter une veine sur son cou, voulut l'entailler avec ses ongles cassés. S'il pissait le sang, il la lâcherait, non ? Normalement, ça ne devait pas se passer comme ça. Elle n'était pas censée crever dans ce coin minable.

Elle lutta de toutes ses forces. Pour sa vie. Mais ça ne suffisait pas, et puis c'était trop tard. Au bout de quelques secondes, elle sombra dans le noir.

80

Tony fut soulagé de voir que Nicola dormait. Il était tard, mais elle avait souvent du mal à trouver le sommeil. Tony savait bien que si elle avait été éveillée, que si elle l'avait regardé, avec ses yeux d'un bleu profond, il lui aurait tout avoué. Il n'aurait pas été capable de lui cacher ce qui venait de se passer, partagé entre la gêne, l'euphorie et la honte. Vu la situation, il n'avait plus qu'à échanger quelques propos guindés avec Violet, l'air abattu, comme celui qui tombe de fatigue, avant qu'elle ne s'en aille et le laisse seul avec sa femme.

Il n'avait encore jamais trompé Nicola, et il l'aimait toujours. Il l'aimait d'ailleurs encore plus si c'était possible, maintenant qu'il avait sur la conscience le poids de son infidélité. Il ne voulait pas lui faire de la peine, il n'avait jamais voulu lui en faire, et ils n'avaient jamais eu de secrets l'un pour l'autre. Oui, mais là, qu'est-ce qu'il allait lui raconter ?

À dire vrai, il était encore sur son petit nuage. Melissa et lui avaient remis ça deux fois avant qu'il s'en aille. Le flic qui montait la garde devant la porte avait regardé le gros dossier qu'il avait sous le bras, en se disant sans doute qu'il avait passé tout ce temps à recueillir la déposition de Melissa. Du coup Tony était dans ses petits souliers, car non seulement il avait trahi Nicola mais il avait également trahi ses collègues. Comment expliquer qu'il se soit ainsi laissé aller, alors qu'il avait toujours été un bon flic ?

Oh, il le savait bien. Tu parles. Pendant longtemps il avait fait comme s'il menait avec Nicola une vie normale, comme si tout baignait. Quand ses potes lui posaient des questions, il leur répondait qu'il s'était marié pour la vie et que, s'ils se retrouvaient dans pareille situation, elle et lui, ça ne le dérangeait pas. Sauf que ce n'était pas vrai, et que ça ne l'avait jamais été. Pas parce que ça ne lui suffisait pas, mais parce que Nicola, autrefois, ne se réduisait pas à ce qu'elle était désormais devenue, loin de là…

Elle lui avait fait tout découvrir. Alors qu'il venait d'une famille de boloss vivant comme l'oiseau sur la branche, elle était issue d'un milieu cultivé, dans lequel on avait un objectif et où tout vous réussissait. Quoi qu'elle fasse, que ce soit au travail ou dans ses loisirs, Nicola y mettait toujours une détermination sans faille, voulait absolument atteindre son but, tout en sachant par ailleurs s'amuser. Et elle lui manquait. Elle lui manquait vraiment, vraiment beaucoup. En amour, elle était impulsive et surprenante, elle débordait d'imagination au lit et s'avérait une partenaire espiègle, et émotionnellement elle donnait beaucoup. Aujourd'hui, elle ne pouvait plus rien lui donner de tout cela, et même s'il se reprochait de penser qu'elle devenait une simple amie, c'était l'amère vérité. Si elle ne serait jamais un fardeau pour lui, il avait du mal à la considérer toujours comme une épouse…

Elle était là, la véritable trahison, il le pensait depuis le début. Et Melissa, là-dedans ? Pour lui, c'était du nouveau, ça représentait aussi un danger. C'était fou mais il avait déjà des sentiments pour elle.

Pas de l'amour, non, car ils venaient de se rencontrer, mais enfin quelque chose du genre. Après avoir été longtemps privé de sexe et d'affection, il frôlait maintenant l'overdose.

Et il n'avait pas envie d'arrêter.

81

Clouée sur place, Helen arrivait à peine à respirer.

C'étaient les appels répétés du service chargé de faire le lien avec les médias au commissariat central de Southampton qui avaient annoncé les ennuis. On lui signalait en effet qu'au *Mail* on avait cherché à maintes reprises à la joindre. Ce fut ensuite au tour du quartier général de la police du Hampshire de la prévenir, et voilà maintenant que le rédacteur en chef de ce quotidien venait de lui téléphoner directement sur son portable. Il faut dire qu'on nageait en pleine confusion ; pour les collègues qui faisaient l'interface avec la presse, c'était lié à l'enquête sur les meurtres commis à Southampton, alors qu'en réalité on voulait lui parler d'un certain Robert Stonehill.

Dès qu'elle avait entendu prononcer ce nom, Helen avait éteint son portable et était revenue dare-dare au poste. Une fois sur place, elle avait demandé à voir à quoi les journaux de la région allaient consacrer leur une le lendemain. Dans la plupart des cas, il s'agissait de la crise des otages en Algérie, mais le *Mail* avait choisi autre chose. *Fils d'un monstre* barrait la première page du canard, servant de légende à un cliché plein de grain et sinistre de Robert. Un cliché pris de loin, au téléobjectif. En dessous, la photo d'identité judiciaire de Marianne vous faisait froid dans le dos ; on prenait un malin plaisir à donner des détails sur ses crimes.

Helen lâcha le journal, sortit en courant de la pièce, dévala l'escalier et enfourcha sa moto. Elle fila à toute allure vers la périphérie de la ville, en se posant sans cesse la même question : comment ? Comment avait-on découvert le pot aux roses ? Emilia devait certes y être pour quelque chose, reste qu'elle n'avait parlé à personne de Robert. Aussi, à moins qu'il n'ait… Non, c'était absurde. Quand donc Emilia était-elle devenue omnisciente, et capable de percer les secrets les mieux gardés d'Helen Grace ?

Elle ne voulait plus qu'une chose, retrouver Robert pour le réconforter. Le protéger. En arrivant aux abords de Cole Avenue, elle aperçut une meute de journalistes. Une équipe de la télé venait de se garer, et les envoyés spéciaux n'arrêtaient pas de sonner à la porte des Stonehill, pour interviewer Robert. Tentée tout d'abord de foncer dans le tas et de le récupérer, elle eut la sagesse de ne pas bouger de là où elle se trouvait. Sa présence ici ne ferait que jeter de l'huile sur le feu, et les Stonehill avaient déjà assez de soucis comme ça.

Comment pouvait-elle l'aider ? Comment mettre fin au merdier dans lequel *elle* avait plongé ce jeune homme qui n'y pouvait rien ? Car c'était sa faute, elle avait eu la faiblesse de prendre contact avec lui. Auparavant il était heureux. Il ne se doutait de rien. Et voilà maintenant ce qui se passait…

En essayant de le sauver, elle l'avait condamné.

82

Elle était tombée à la renverse, amorphe, docile, les bras écartés en signe de reddition. Elle était maintenant à lui, et il avait eu son compte. Il ne s'était pas donné la peine de mettre une capote. D'ici quelques heures, il voguerait en direction de l'Angola sur le *Slazak*. Quand on la découvrirait, il serait parti depuis longtemps. Il avait toujours mis à profit ses permissions à terre, et là non plus il n'avait pas dérogé à la règle.

Il lui avait fallu un moment pour se ressaisir après l'avoir étranglée. C'était toujours comme ça. Il était survolté, il avait le cœur qui cognait comme un sourd et des étoiles qui lui dansaient devant les yeux. Au moment même où il triomphait, il était à bout de souffle et n'avait plus de force. Les écorchures qu'il avait sur le visage le piquaient, il avait les nerfs à vif, à chaque goutte d'eau il avait l'impression d'entendre s'approcher quelqu'un, à chaque coup de vent c'était comme si une femme criait. Mais il n'y avait personne. Rien que lui et sa proie.

Elle était exactement comme les autres. Misérable, sale, dénuée de toute valeur. Il en avait tué combien, désormais ? Sept, huit ? Combien en tout s'étaient défendues ou, plutôt, lui avaient vraiment résisté ?

Aucune. Elle était comme les autres, dévoyée, infecte et minable. Bon, celle-ci s'était montrée plus dure que la plupart, mais exactement comme toutes ses copines. Elle avait conscience d'être une fille perdue, elle n'ignorait pas que son mode de vie dépravé l'empêchait de revenir dans le droit chemin… Voilà pourquoi ces épaves devraient s'estimer heureuses qu'il abrège leurs souffrances ! Enfin quoi, savaient-elles qu'elles couraient à leur perte et y accordaient-elles seulement de l'importance ?

Il en frémit. Fermant les yeux, il savoura cet instant. La tension qui montait en lui depuis des semaines commençait à s'évacuer. Il n'allait pas tarder à baigner dans ce calme absolu qu'il éprouvait rarement, mais qui lui était également si précieux.

Il ouvrit les yeux en espérant avoir le plaisir de voir une dernière fois son visage exsangue. Mais il se figea aussitôt.

Elle avait les yeux ouverts. Et elle le regardait fixement.

À côté d'elle, son sac. Dans sa main, un grand couteau.

— Merde ! dit-il en polonais.

La lame lui perfora le visage. Ça fit un bruit dégoûtant. Il perdit connaissance. Moins d'une minute après, Wojciech Adamik était mort.

83

Elle détecta sa présence en une fraction de seconde. Dès qu'elle voulut ouvrir la porte elle le sentit derrière, qui s'approchait en vitesse. Elle se retourna brusquement, lui saisit le bras et le projeta contre le mur, en levant sa clé. Au besoin, elle pourrait lui crever les yeux.

C'était Jake, exsangue et tout pantelant. Helen baissa le bras.

— Qu'est-ce que tu fous là ?

Encore sous le choc, il avait le souffle court et du mal à parler.

— Je t'attendais.

— Tu ne pouvais pas m'appeler, comme tout le monde ? Ou bien attendre en bas.

— J'ai essayé de te joindre au téléphone. Tu sais, je t'ai laissé combien… cinq, six messages. Tu n'y as jamais répondu.

Sa voix se répercuta dans la cage d'escalier de l'immeuble. Au rez-de-chaussée James venait de rentrer avec une autre jeune infirmière, Helen se dépêcha d'ouvrir sa porte et poussa Jake à l'intérieur.

*

— Je m'inquiétais. Je me disais qu'il t'était peut-être arrivé quelque chose. J'ai pensé ensuite que j'avais dû me planter d'une façon ou d'une autre. Qu'est-ce qui se passe ?

Il se trouvait maintenant dans la pièce de devant, au milieu des livres et des revues. Ça faisait drôle, à Helen, de le voir chez elle, le contexte ne s'y prêtant pas vraiment.

— Emilia Garanita sait tout sur nous. Elle sait pourquoi je vais te voir, et elle menace d'en parler dans les journaux.

Jake tomba des nues. Elle lui posa néanmoins la question qui s'imposait :

— Tu l'as mise au courant ?

— Bien sûr que non. Jamais de la vie !

— En as-tu parlé à quelqu'un d'autre ? Quelqu'un qui pourrait la connaître et ne sait pas tenir sa langue ?

— Non, pourquoi veux-tu que je fasse une chose pareille ? Ce qui se passe entre nous ne regarde personne, tu le sais bien.

Helen regarda ses chaussures. Accablée par ce qui était arrivé ce jour-là, elle fondit en larmes. Elle s'en voulut aussitôt et garda la tête basse, pour ne pas perdre la face devant lui. Peine perdue, ses épaules se mirent à trembler. Tout était allé de travers, c'était affreux, et cela en grande partie par sa faute, à cause de sa faiblesse et de sa bêtise. Était-elle destinée à être toujours du côté des vaincus ?

Jake traversa la pièce pour la serrer dans ses bras. Ça lui fit du bien… Il y en avait qui la méprisaient, d'autres qui lui posaient des questions, d'autres encore qui la trouvaient bizarre. Mais Jake, lui, n'avait jamais porté de jugement sur elle, même s'ils avaient des relations pour le moins insolites. On ne lui avait jamais témoigné d'amour inconditionnel, c'était pourtant ce que Jake voulait lui donner, elle s'en rendit alors compte.

Elle l'avait toujours tenu à distance, même quand il avait émis le désir de se rapprocher d'elle. Voilà pourquoi il fut aussi surpris qu'Helen quand elle lui dit :

— Reste.

84

La lumière entrait à flots par les rideaux légers. Charlie sentit la chaleur du jour lui caresser le visage, elle ouvrit lentement les yeux. Souvenirs, pensées et impressions se bousculaient dans sa tête encore lourde de sommeil. D'un seul coup elle se tourna, afin d'en avoir le cœur net. Mais non, elle ne rêvait pas, Steve n'était pas là… Il n'était pas rentré hier soir.

Elle avait essayé de le joindre à plusieurs reprises, mais chaque fois elle était tombée sur sa boîte vocale. Est-ce qu'il allait bien ? Lui était-il arrivé quelque chose ? Il ne s'était pas tiré, il n'y avait aucun doute à ce sujet. Ses affaires étaient là, et puis c'était un homme mûr et responsable. Il ne la quitterait jamais sans lui donner une explication.

Où était-il donc passé ? Et pourquoi n'était-il pas rentré à la maison ? Quand il lui avait adressé cet ultimatum, elle avait demandé à réfléchir. Si elle voulait à tout prix qu'ils vivent et soient heureux ensemble, c'était pour elle un gros sacrifice de cesser de travailler et de laisser tomber tout ce pour quoi elle s'était battue, comme il le lui demandait. D'un autre côté, est-ce que ça valait le coup de poursuivre dans cette voie s'il n'était pas là, avec elle ? Charlie se trouvait confrontée à un dilemme.

Elle n'avait peut-être pas mesuré à quel point la perte de l'enfant avait pu l'affecter. Il lui avait déjà trouvé un prénom, s'il s'agissait d'un garçon. Quand elle était enceinte, il la taquinait avec ça, en refusant de lui dire comment il voulait l'appeler. Comme s'il gardait un secret. Après la fausse couche, il n'en avait plus jamais reparlé, même si elle avait essayé d'aborder le sujet. Elle avait fini par cesser de lui poser la question. Il était tellement dur et savait si bien cacher ses émotions qu'elle avait sans doute sous-estimé son chagrin.

Il n'en démordait pas. Il tenait absolument à ce qu'elle change de métier, en trouve un qui ne présente aucun danger et leur permette de fonder une famille. Il avait suffisamment ravalé sa colère, son angoisse et ses craintes. C'était maintenant à elle, Charlie, de décider ce qu'elle voulait faire.

Sauf qu'elle n'en savait rien. Elle ne pouvait pas choisir. Une chose au moins était sûre, ça ne lui plaisait pas du tout de se retrouver seule dans cette grande maison.

85

On l'assiégeait. Il leur avait fallu couper la sonnette et débrancher les prises de téléphone, mais ça n'avait pas suffi à décourager les journalistes, qui les apostrophaient à travers la boîte aux lettres de la porte d'entrée, tambourinaient aux portes et aux fenêtres, leur demandaient de faire une déclaration ou de se laisser prendre en photo. Ils se montraient implacables, impitoyables.

Robert s'était réfugié en haut avec ses parents, dans leur chambre. Assis tous les trois sur le lit, ils avaient monté le son de la radio, pour ne pas entendre tout ce vacarme en bas. Au début, personne ne savait quoi dire tant ce qui venait de se passer leur restait en travers de la gorge. Robert finit par retrouver la parole.

— Vous étiez au courant ? leur demanda-t-il, partagé entre la colère et l'amertume.

Monica fit signe que oui, mais elle pleurait trop pour dire quoi que ce soit, de sorte que c'est Adam qui répondit à sa place d'une voix entrecoupée. Quand ils l'avaient adopté, ses parents savaient parfaitement qui était sa mère, mais ils n'avaient pas voulu qu'on leur donne de détails sur les horreurs qu'elle avait commises, de peur que cela déteigne sur leurs rapports avec cet enfant chéri. À leurs yeux, il était innocent.

Il pouvait dès lors prendre un nouveau départ, et par bonheur ils avaient bénéficié tous les trois d'une chance extraordinaire. Dans la bouche de ses parents, Robert était « un véritable cadeau du ciel ».

Ce n'était pas l'impression qu'il avait en ce moment. Au terme d'une discussion tendue et douloureuse qui avait duré deux heures, Robert s'était retiré dans sa chambre, car il avait besoin d'être seul. Il s'était allongé sur son lit, avait monté au maximum le son sur son iPod, en guise de rempart contre l'horreur de son existence. Mais ça n'avait pas marché, de même qu'il n'avait pas réussi à dormir, il avait passé la nuit à regarder les minutes s'égrener sur la pendule.

Serait-ce Helen qui lui avait joué ce sale tour ? Il avait compris qui elle était exactement avant qu'Emilia Garanita ne le lui dise. Il avait envoyé promener la journaliste dans le magasin de vins et spiritueux, mais elle avait quand même eu le temps de lui résumer l'essentiel : Helen était sa tante, et sa propre mère une tueuse en série. Pour autant qu'il puisse en juger, Helen avait essayé de le protéger… Il n'empêche qu'elle était seule à connaître sa véritable identité. La seule à s'intéresser à lui. Serait-ce elle qui avait provoqué cette catastrophe ?

Il avait maintenant posé son iPod par terre, pour écouter ses parents se disputer. Eux non plus ne méritaient pas ça. Depuis le début ils l'avaient aimé sans réserve, sans pour autant souscrire à cette infamie. C'était un couple simple et gentil qui n'avait jamais fait de mal.

Il jeta un coup d'œil par la fenêtre, et eut un pincement au cœur. Il y avait encore plus de journalistes que tout à l'heure. Ils étaient donc coincés ici. Sans aucune échappatoire.

86

Helen quitta rapidement l'appartement, mais il y avait déjà des embouteillages, et elle mit deux fois plus de temps que d'habitude à parvenir à la morgue. Elle s'en voulut de ne pas être partie plus tôt, mais ça lui avait fait tout drôle de se réveiller auprès de Jake. Il y avait tellement longtemps qu'ils entretenaient ce genre de relations – c'était toujours elle qui allait chez lui, et non le contraire – qu'elle ne savait pas quelle attitude adopter pour ne pas enfreindre les usages. La situation étant ce qu'elle était, elle le laissa prendre une douche et le petit déjeuner, puis elle lui demanda de s'en aller. Curieusement cela ne suscita aucune gêne, et ils se quittèrent en bons termes, et même sur une note affectueuse. Ils avaient discuté jusqu'au petit matin, puis elle s'était endormie… pour se réveiller quelques heures plus tard, tout habillée, mais reposée. Elle ne savait pas quoi en penser, mais une chose était sûre, elle ne le regrettait pas.

Sur la route, elle repensa à Robert. Devrait-elle essayer de le joindre ? Elle se gara, sortit son portable et tapa en vitesse un texto. Son doigt hésita à appuyer sur le bouton d'envoi… Aurait-il envie d'avoir de ses nouvelles ? Qu'est-ce qu'elle pouvait bien lui raconter ? Et si ce message tombait entre de mauvaises mains, ou était piraté ? Emilia n'hésiterait certainement pas à s'abaisser à ça, si elle pensait passer entre les mailles du filet.

Elle ne pouvait cependant pas faire comme si de rien n'était, et le laisser se débrouiller tout seul. Elle lui avait donc rédigé un petit mot pour lui expliquer qu'elle était navrée, qu'il ne devait pas bouger de là où il était en attendant que les agents de police fassent circuler les journalistes, et qu'elle espérait avoir bientôt de ses nouvelles. Ce n'était pas terrible, vu les circonstances, mais elle n'avait pas le choix. Fouettée par le vent qui balayait le parking désert de la morgue, Helen hésita encore avant d'appuyer sur le bouton envoi. Elle espérait de tout son cœur que ça pourrait changer les choses, ne serait-ce qu'un peu.

Contrairement à son habitude, Jim Grieves se montra peu disert ce matin-là, signe qu'il savait qu'en ce moment c'était le chaos dans la vie d'Helen. Plus surprenant encore, il lui tapota le bras, alors qu'ils se dirigeaient ensemble vers la table d'opération. Elle ne l'avait jamais vu avoir ainsi des gestes affectueux envers quelqu'un, et ça la toucha de se sentir épaulée. Elle le remercia d'un sourire, puis ils s'attelèrent à la tâche. Ils mirent leur masque, tout en s'approchant du cadavre desséché d'Anton Gardiner.

— Sa mort remonte à environ six mois, déclara le médecin légiste. Difficile à dire quand exactement. Les bestioles s'en sont donné à cœur joie. Elles lui ont bouffé la peau et la plupart des organes internes. Cependant, après avoir procédé à la datation des caillots de sang qu'il avait dans la bouche et les voies nasales… on peut raisonnablement estimer que le décès remonte à six mois.

— On l'a assassiné ?

— Absolument. Mais avant de mourir, votre homme a salement dérouillé. On lui a fracturé les chevilles, les rotules et les coudes ; on lui a aussi sectionné la trachée… La lame est allée jusqu'à lui trancher les vertèbres ! Celui ou celle qui a fait ça l'a quasiment décapité.

— C'est au cinéma qu'on l'a tué ?

— Apparemment non. On n'a pas retrouvé de sang, ni de vêtements, et puis son corps était coincé dans une espèce de trou, ce qui laisse penser qu'on l'a tué ailleurs, puis qu'on est venu le planquer. Avant que ne s'installe la rigidité cadavérique, l'assassin, que ce soit un homme ou une femme, l'a replié sur lui-même… Comme il avait déjà les os fracturés, cela a dû être plus facile de le manipuler.

— Et son cœur ?

Jim s'interrompit, comprenant qu'il s'agissait là d'un point essentiel.

— Il est toujours là. Enfin, ce qu'il en reste, et qui est toujours attaché au thorax. Les rats l'ont dévoré… Si on regarde bien, on voit les traces de dents.

Helen se pencha pour examiner le buste évidé du bonhomme.

— Comme je vous l'ai dit, on a retrouvé du sang sous les ongles, dans les voies nasales et dans la bouche. Pour l'instant, on a relevé deux groupes sanguins, de sorte qu'avec un peu de chance il y aura celui de l'assassin. On sera en mesure de vous communiquer les analyses ADN d'ici quelques heures.

Helen hocha la tête, sans cesser pour autant de s'intéresser à l'organe qui palpitait jadis dans la poitrine d'Anton. Si par maints aspects on reconnaissait le mode opératoire de la tueuse qu'ils recherchaient, on notait également une différence de taille, à savoir que cette fois elle n'avait pas prélevé le cœur de sa victime. Lyra se serait-elle par hasard fait la main sur Anton ? Serait-elle passée, dans les derniers cas, de la torture à la mutilation ? Anton Gardiner avait-il été l'étincelle qui avait mis le feu aux poudres ?

C'était le moment d'en savoir davantage sur la vie du proxénète assassiné. Helen remercia Jim et se dirigea vers la sortie, laissant le légiste étonnamment taciturne, seul avec l'homme au cœur mangé par les rats.

— Qu'est-ce qu'on sait de ce mec ?

Helen s'adressait à son équipe, attroupée autour d'elle dans la salle des opérations.

— Anton Gardiner, dealer et mac de peu d'envergure, répondit le lieutenant Grounds. Né en 1988, il avait pour mère Shallene Gardiner, une femme célibataire condamnée à maintes reprises pour vol à l'étalage. Il n'est pas fait mention d'un père sur son certificat de naissance, et on va sans doute devoir s'en contenter. On ne sait pas grand-chose sur Shallene, sinon qu'elle n'était pas avare de ses charmes.

Malgré la gravité du sujet, quelques femmes de l'équipe ne purent réprimer un sourire. Grounds avait un côté vieux jeu, très touchant…

— Anton est allé à l'école à Saint Michaels, un établissement scolaire de Bevois, sans décrocher cependant aucun diplôme. Il a commencé à avoir des ennuis avec la police à l'âge de quinze ans. Détention de drogue, vols, coups et blessures. La liste ensuite ne fait que s'allonger. Malgré tout, on n'a rien retenu de grave contre lui, et il n'a effectué que de brefs séjours en prison.

— Et les filles qui bossaient pour lui ? demanda Helen. Qu'est-ce qu'on a de ce côté-là ?

— Il est devenu souteneur quand il a eu une vingtaine d'années, répondit Charlie. Il avait toute une bande de filles qui tapinaient pour lui. Bien souvent il allait les chercher dans les foyers, ensuite il les accrochait avec la drogue, puis il les mettait sur le trottoir. J'ai discuté avec plusieurs professionnelles qui « ont eu affaire » à lui, et de l'avis général, c'était un beau salopard. Il leur serrait la vis, il les brutalisait, sur le plan sexuel il se comportait comme un sadique. Et puis il était complètement parano. Il a toujours été persuadé qu'on le surveillait, et que ses filles magouillaient pour le quitter. Il avait l'habitude de leur administrer sans raison d'affreuses corrections. Il n'a jamais mis son fric à la banque – ça ne lui inspirait pas confiance, ce genre d'établissement –, il n'avait jamais non plus ses papiers d'identité sur lui, mais avait toujours un couteau à portée de la main, même quand il dormait. C'était un mec toujours sur ses gardes.

Helen attendit que ça se décante dans l'esprit de ses collègues.

— Ça marchait bien, son petit commerce ? demanda-t-elle ensuite.

— Il se faisait de la maille, répondit Sanderson.

— On lui connaissait des ennemis ?

— Toujours les mêmes… On n'a pas signalé d'incidents particuliers à l'époque de sa mort.

— J'imagine qu'il n'était pas marié ?

Sanderson rigola doucement et fit signe que non.

— Dans ce cas, pourquoi l'avait-on dans le collimateur ? reprit Helen. Et pour quelle raison a-t-on dissimulé son cadavre ? C'était un célibataire qui jouait les proxénètes, il n'y avait rien de secret là-dedans. Ce n'était pas un mec qui menait une double vie, avec une famille aimante qui l'attendait le soir à la maison. Il était ce qu'il était, sans chercher à le cacher.

— Et on n'a pas touché à son cœur, ajouta le lieutenant McAndrew.

— Exactement… on ne l'a pas prélevé. Alors, à quoi ça rimait ? Pourquoi l'a-t-elle liquidé ?

— Parce qu'il l'a agressée, suggéra Grounds. On sait que c'est dans le vieux cinoche qu'il les enfermait et les torturait.

— Sauf que ce n'est pas là qu'on l'a tué, coupa Helen. On l'a fumé ailleurs, puis on l'a enseveli dans le cinéma. Ça ne colle pas.

— Si ça se trouve elle attendait son heure… depuis qu'il l'avait agressée, dit le lieutenant Fortune, en saisissant la balle au bond. Quand le moment propice est arrivé, elle lui a sauté dessus dans un coin où personne ne viendrait les déranger. C'est peut-être pour envoyer un message aux autres proxénètes… ainsi qu'aux autres filles qu'elle a déposé son corps dans le ciné.

— Dans ce cas, pourquoi l'enterrer ? demanda Helen. Pourquoi le planquer, si on l'a tué pour adresser un signal ?

Le silence retomba dans la pièce. Helen réfléchit un instant.

— Il faut découvrir l'endroit où il est mort. Est-ce qu'on en a une idée ?

— On a repéré des tas de coins possibles, répondit Grounds en haussant les sourcils. Il était toujours en mouvement. Il était comme un escargot, transportant avec lui tout ce qu'il possédait. Il essayait systématiquement d'avoir une longueur d'avance sur ses ennemis, réels ou imaginaires.

— Débusquez-les-moi, tous autant qu'ils sont. C'est Grounds qui va diriger les recherches.

Helen mit un terme à la réunion et prit Charlie à part. Elle n'avait jamais trouvé le temps de lui demander si elle était parvenue à identifier les types qui allaient sur le forum de discussion, et voulait savoir ce qu'il en était. Peine perdue, il y avait du nouveau et la réception était en émoi : Angel venait de commettre un nouvel assassinat.

87

— On dirait qu'il y a eu une sacrée bagarre.

Côte à côte sur la glaciale aire de chargement, Helen et Charlie contemplaient le carnage. Un homme jeune, dans les vingt-cinq ans et des tatouages partout sur le corps, gisait sur le macadam, la tête baignant dans une mare de sang. Les techniciens de scène de crime étaient en train de photographier la profonde entaille qu'il avait au milieu du visage, mais c'était son torse qui retenait l'attention d'Helen. On l'avait en effet charcuté lors d'une agression particulièrement barbare. En revanche, on n'avait pas touché à ses organes internes.

En guise de réponse, Helen détourna les yeux de ce spectacle macabre. Charlie avait raison. Il y avait du sang partout, ça avait éclaboussé les caisses lorsque quelqu'un s'était effondré dessus, le sol était maculé là où on s'était battu, et l'allée par où s'était enfuie la survivante était tachée par endroits. On voyait des empreintes de pied, pas très grandes et sans doute laissées par des bottes à talons hauts… Angel.

— J'imagine que ce coup-ci elle n'est pas tombée sur le bon, ajouta Charlie.

Helen hocha la tête. Que s'était-il passé ? Pourquoi ne pas l'avoir drogué comme les autres ? Charlie avait peut-être raison. Pour Angel, la chance avait peut-être tourné.

— Un marin. Sans doute étranger. Probablement célibataire. Quelle idée d'aller choisir ce mec, raisonna Helen à voix haute, tout en examinant les tatouages du mort.

— Elle a peut-être du mal à se trouver des proies.

— N'empêche qu'elle ne peut pas s'arrêter, philosopha Helen.

Charlie opina du chef. Le corps n'était qu'en partie dévêtu, Helen le regarda de près. Angel avait vraisemblablement été prise de court quand elle s'était retrouvée face à ce type, et elle n'avait pas pu autant soigner le travail qu'avec les autres. Tout indiquait qu'elle lui avait lardé la poitrine de coups de couteau, sans faire preuve de la même précision que d'habitude. On avait assisté à un déchaînement de violence.

— Qu'est-ce que vous avez à m'apprendre ? demanda-t-elle à celui qui dirigeait les techniciens de scène de crime.

— Il a le visage profondément lacéré. Un coup de couteau dans l'œil lui a quasiment perforé le crâne. La mort a dû être instantanée.

— Et à part ça ?

— Il a sans doute eu un rapport sexuel dans la soirée. On a relevé des traces de sperme sur son sexe, et il a de gros bleus sur les hanches. Ce qui laisse penser à une scène brutale, voire à un viol.

Helen éprouva soudain de la commisération pour Angel. De l'eau avait coulé sous les ponts, et pourtant rien ne la touchait autant que les agressions sexuelles, et seules les victimes lui inspiraient de la pitié, quand bien même seraient-elles par ailleurs fort peu recommandables. Les séquelles d'un viol s'apparentent à une mort lente, à un cancer qui vous ronge de l'intérieur, qui ne vous lâche pas, qui ne vous laisse aucun répit. Angel était déséquilibrée, et même carrément dingue, mais pareille atteinte à son intégrité physique l'avait encore davantage précipitée dans l'abîme.

Elle devait avoir de nombreuses contusions, elle risquait même d'être gravement blessée. Allait-elle se retirer du monde et demeurer à jamais insaisissable ? Ou bien partir dans un dernier coup d'éclat ?

88

La pluie tombait dru et sans répit. Loin de nettoyer la ville, elle l'attaquait, les trombes d'eau éclaboussaient les trottoirs. De grosses flaques se formaient, obstruant son chemin, elle les traversa sans hésiter. L'eau s'infiltrait dans ses tennis, elle avait mal aux pieds, ils étaient maintenant trempés, elle continua pourtant sans s'arrêter. Si sa résolution flanchait, elle ferait demi-tour.

Elle était gelée jusqu'à la moelle, son cœur battait la chamade, son corps hurlait, alors même qu'elle sortait de son état second. Certaine de faire tache dans le paysage, elle pressa le pas. Plus elle marchait vite, moins elle boitait. Elle avait eu beau relever la capuche de son sweat-shirt et mettre par-dessus une casquette de base-ball, quelqu'un d'observateur remarquerait qu'elle avait le visage tuméfié. Elle était prête à raconter une histoire bidon, mais arriverait-elle seulement à parler ? Elle continua à avancer.

Elle finit par apercevoir l'immeuble. Elle eut un moment d'hésitation – sous l'effet de la peur ? De la honte ? Par amour ? –, puis s'y dirigea à toute vitesse. Elle ne savait pas du tout à quoi s'attendre, mais elle était sûre de faire ce qu'il fallait.

Cet endroit n'était pas terrible, mais il avait l'air accueillant. Elle tambourina à la porte et attendit, en regardant s'il n'y avait personne dans les parages qui l'observait. Mais non, elle était seule.

Pas de réponse. Elle frappa de nouveau. Nom d'un chien, chaque seconde qui passait aggravait encore les choses.

Ce coup-ci elle entendit des pas. Elle se mit sur le côté, en se préparant à la suite.

On ouvrit lentement et une femme corpulente apparut. Elle regarda le sweat-shirt à capuche et marqua un temps d'arrêt.

— Vous désirez ?

Elle était polie, mais on la sentait méfiante.

— Je me présente, je suis Wendy Jennings. Vous venez voir quelqu'un ?

La femme ôta alors sa capuche et sa casquette. Wendy Jennings sursauta.

— Oh là là ! Entrez, ma pauvre. Il va falloir vous faire examiner.

— Ça va.

— Venez, n'ayez pas peur.

— Ce n'est pas pour moi que je suis venue ici.

— Mais alors, que voulez-vous ?

— Ça.

Elle baissa la fermeture éclair de sa veste et sortit le paquet caché en dessous. Wendy regarda le bébé endormi, emmailloté dans une couverture, et comprit alors.

— Je vous en prie, prenez-le, souffla la femme.

Wendy eut un mouvement de recul.

— Écoutez, ma chère, on ne peut pas l'accepter comme ça.

— Et pourquoi pas ? C'est un refuge pour enfants, non ?

— Oui, bien sûr, mais…

— Je ne vais quand même pas vous supplier !

Wendy Jennings tiqua devant une telle véhémence.

— Je ne peux plus m'occuper d'elle, expliqua la femme.

— Je le vois et je comprends. Vraiment. Mais il faut procéder de façon bien précise. On est obligé de suivre la procédure. Dans un premier temps, on doit prévenir les services sociaux.

— Pas question.

— Dans ce cas, je vais appeler une ambulance. Vous devez voir un médecin, ensuite on parlera de votre bébé.

C'était un piège. Ça ne pouvait pas être autre chose. Elle avait espéré tomber ici sur quelqu'un de bien, quelqu'un en qui elle pouvait avoir confiance, mais non, ce n'était pas un endroit pour elle. Elle fit demi-tour.

— Où allez-vous ? lui lança Wendy. Restez, s'il vous plaît, et parlons-en.

Pas de réponse.

— Je ne vous veux pas de mal.

— Mon cul !

La femme s'arrêta, se retourna, fit un pas en avant et lui cracha à la gueule.

— Vous devriez avoir honte !

Elle s'éloigna dans la rue en serrant le bébé contre sa poitrine. Des larmes ruisselaient sur son visage, de grosses larmes de rage et d'impuissance.

Sa dernière chance venait de se dissiper sous ses yeux. Son ultime tentative pour se réhabiliter.

Il ne lui restait plus que la mort.

89

C'était désespérant. Les flics avaient fait dégager les journalistes attroupés autour de la maison, en leur expliquant que ce n'était pas responsable de harceler ainsi les gens, mais dès qu'ils avaient eu le dos tourné cela avait recommencé : on tambourinait à la porte d'entrée, on leur posait des questions à travers la boîte aux lettres de la porte… Il y en avait qui avaient escaladé la clôture pour venir frapper derrière à la véranda et les épier, se complaisant dans le morbide.

Robert et ses parents étaient confinés dans le noir, au rez-de-chaussée. Au départ ils s'imaginaient échapper ainsi aux regards, mais quand ils avaient vu un photographe se pencher par une fenêtre de la maison d'en face, ils avaient tiré les rideaux. Ils étaient désormais réduits à se cacher dans l'obscurité, comme des bêtes nocturnes, à manger à même des boîtes de conserve ou à picorer dans des sachets… À survivre, plutôt qu'à vivre.

Dans un premier temps, Robert avait évité d'aller sur Internet, ça ne lui disait rien. Mais quand c'est votre seule ouverture sur le monde, c'est dur de s'en priver longtemps. Et une fois connecté, Robert ne put résister. Les quotidiens nationaux s'en étaient donné à cœur joie et avaient ressuscité Marianne, cette femme assoiffée de sang, dans toute sa splendeur. Comme il n'avait pas envie que ses parents voient ça, il s'était enfermé dans sa chambre pour lire tout ce qu'on avait pu écrire sur elle, histoire de se mettre dans sa peau. Il fut surpris d'éprouver un brin de compassion pour sa mère naturelle, qui avait manifestement subi de graves sévices et s'était retrouvée livrée à elle-même, mais enfin c'était glauque de prendre connaissance de ses crimes. C'était une femme intelligente – plus intelligente que lui ? –, qui n'avait toutefois pas su s'en sortir. Elle avait connu une mort aussi déplorable que déprimante. On expliquait, sur le site du *National Enquirer*, qu'elle avait reçu une balle en plein cœur et s'était vidée de son sang dans les bras de sa sœur. Par la suite on avait étalé au grand jour la vie d'Helen, et maintenant c'était lui, Robert, qui avait droit au même traitement. La presse faisait ses choux gras du moindre examen qu'il avait raté, du moindre écart de conduite dont il avait pu se rendre coupable, du moindre démêlé qu'il avait eu avec la justice. On tenait absolument à le décrire comme un raté, un violent, quelqu'un qui ne valait pas mieux que sa mère. De la mauvaise graine. Ça le rendait fou de rage que ses parents et lui subissent cette diffamation, à tel point que lorsque Helen Grace lui avait envoyé un texto pour lui remonter le moral, il lui avait répondu sèchement. Tant pis si les journalistes interceptaient les messages qu'ils s'envoyaient.

Il fallait faire quelque chose, c'était clair. Ses parents souffraient, ils n'arrivaient pas à voir leurs amis ni à leur parler, et le fait qu'il soit leur fils rejaillissait sur eux. Robert savait qu'il lui fallait virer tous ces journalistes, en leur donnant un autre os à ronger. Il devait bien ça à l'homme et à la femme qui s'étaient occupés de lui depuis sa naissance.

Il tripota le bandage qu'on lui avait posé quelques jours plus tôt sur son bras blessé, et l'entortilla nerveusement autour de ses mains. Il était en train de concevoir un plan. C'était sans espoir et ça signait la fin de tout, mais que pouvait-il faire d'autre ? Il était acculé, et n'avait plus aucune échappatoire.

90

Tony n'en revenait pas de la métamorphose. Il savait que Melissa avait demandé des vêtements propres et du maquillage, mais il n'imaginait pas que ça l'aurait changée à ce point. Jusqu'alors il ne l'avait vue qu'en tenue de combat, dans son uniforme de prostituée : bottes, minijupe et décolleté très échancré. Habillée d'un jean et d'un pull, les cheveux coiffés en queue-de-cheval, elle avait l'air heureuse et détendue.

Elle l'accueillit timidement, comme si elle ne savait pas trop à quoi s'attendre, alors qu'ils ne s'étaient pas vus depuis un moment. À dire vrai il marchait lui aussi sur des œufs, mais puisqu'il était là, il lui parut tout naturel de la prendre dans ses bras. De peur d'être repérés ils étaient vite montés à l'étage, mais n'ayant pas envie de faire l'amour, ils s'étaient simplement allongés côte à côte en se tenant la main.

— Désolée si je t'ai causé des ennuis, dit-elle calmement.

Elle se doutait bien, la dernière fois, qu'il était marié, même s'il avait ôté son alliance, qui était restée sur sa table de nuit.

— Je n'en avais pas l'intention, ajouta-t-elle.

— Ce n'est pas ta faute. Tu n'as pas à culpabiliser…

Ils échangèrent un sourire.

— Je ne veux pas te rendre malheureux, Tony. Pas après tout le bien que tu m'as fait.

— Tu ne me rends pas malheureux.

— Tant mieux. Parce que j'ai réfléchi à ce que tu m'as dit. Tu as raison, j'ai envie de changer de vie.

Tony garda le silence, faute de savoir où elle voulait en venir.

— Si tu arrives à m'inscrire dans des programmes qui me permettent de décrocher, je suis partante. Je ne veux plus jamais me prostituer. Ça, c'est fini.

— Bien sûr. On fera tout ce qu'on pourra pour t'aider.

— T'es un mec bien, Tony.

Il rit.

— Loin de là !

— On en prend tous plein la gueule un jour ou l'autre. On n'y peut rien. Ça ne fait pas de toi quelqu'un de mauvais. Ne t'inquiète pas. Entre toi et moi… il se passera ce qui se passera, et ensuite tu retourneras auprès de ta femme, pas de souci. Je ne m'accrocherai pas, je te le promets.

Il acquiesça, plus par réflexe que pour autre chose. C'était ça qu'elle voulait ? Qu'il retrouve sa petite existence tranquille ?

— Sauf si tu en as envie, évidemment, enchaîna-t-elle. C'est à toi de voir. Bon, moi, je n'ai rien, toi, tu as tout ce qu'il te faut. À ta place, je ne jouerais pas au con et je reviendrais avec ma femme.

Le silence retomba. Une fois de plus ils contemplèrent le plafond. Tony s'interrogeait. On venait de lui proposer de vivre autre chose. C'était complètement fou et, en même temps, tout faisait sens. Oui, mais aurait-il le courage de saisir l'occasion ?

91

Le lieutenant Grounds contempla le spectacle. Il n'avait jamais rien vu de tel. C'était un chantier invraisemblable.

Anton Gardiner s'était révélé aussi insaisissable mort que vivant ; il déménageait sans arrêt pour empêcher les flics et ses concurrents de le localiser. Il ne possédait ni maison ni appartement, préférant s'installer dans des endroits qu'on loue à court terme, de manière à ne pas tout paumer si jamais il était obligé de jouer les filles de l'air. C'était ça qui en définitive avait permis au capitaine Bridges et à son équipe de faire avancer leur enquête de façon décisive. Comme il réalisait toutes ses transactions en liquide, ne voulant pas laisser de traces en réglant en chèque ou par carte bleue, les flics avaient téléphoné aux propriétaires pour leur demander des précisions sur les gens qui depuis un an avaient payé en liquide le loyer d'un domicile provisoire, et ça avait porté ses fruits.

Le propriétaire qui lui avait loué un appart en sous-sol sur Castle Road ne demandait qu'à aider la police, et il les avait fait entrer. Il n'en fut pas moins sidéré que Bridges et ses hommes de découvrir que tout était sens dessus dessous. Les chaises étaient cassées, les tables renversées, le lit retourné, le matelas complètement déchiqueté… À croire que quelqu'un s'était acharné à tout détruire.

Dans la chambre, sous le lit dévasté, une tache brune d'au moins un mètre de diamètre. Grounds demanda à l'un des hommes de prévenir les techniciens de scène de crime, mais il savait déjà qu'il s'agissait de sang séché.

Il se trouvait dans l'un des rares endroits que l'on n'avait pas touché. Car même ici, dans cette chambre minuscule, on avait démoli l'armoire et retourné la moquette dans les coins. Bridges examina les autres pièces et en tira les conclusions qui s'imposaient. Deux choses en effet étaient bien claires : d'abord on avait agressé, puis tué quelqu'un ici, sans doute Gardiner ; ensuite, on avait fouillé l'appartement pour récupérer quelque chose.

Mais quoi ? Et pourquoi aller jusqu'à commettre un assassinat pour mettre la main dessus ?

92

— Vous en êtes absolument certaine ?

Helen se rendit compte qu'elle avait haussé la voix, car plusieurs flics levèrent la tête dans la salle des opérations. Elle ferma donc la porte de son bureau.

— J'en mettrais ma tête à couper, répondit son interlocutrice.

Elle parlait au téléphone avec Meredith Walker, qui dirigeait la police scientifique de Southampton.

— On a comparé l'ADN de la salive prélevée sur le visage de Gareth Hill avec celui des deux types de sang que l'on a retrouvés sur le corps d'Anton Gardiner. Eh bien, ce n'est pas le même. Si le sang qu'Anton Gardiner avait sous les ongles est celui de son assassin, cela veut dire qu'il a été tué par quelqu'un d'autre.

— Pas par Angel ?

— On ne dirait pas, non. On va voir dans notre base de données si cet ADN est celui de quelqu'un de fiché. Je vous préviendrai dès que j'aurai du nouveau.

Helen mit fin à la communication. Une fois encore, l'enquête adoptait un tour imprévu. Suffisait-il qu'ils aient l'impression de se rapprocher d'Angel pour que celle-ci leur glisse entre les doigts ? Elle sortit de son bureau et appela Charlie. Celle-ci n'avait pas de meilleures nouvelles à lui annoncer, son équipe et elle n'étaient en effet pas près d'établir l'identité des autres types qui allaient sur le BitchClub. Autrement dit, il ne leur restait plus qu'une piste à suivre.

— Demande à Sanderson de te remplacer et viens avec moi, dit-elle à Charlie. Toutes les deux, on a rendez-vous avec un menteur.

93

— Salut, SuperMembré !

Jason Robins se retourna, Helen et Charlie entraient dans son bureau. Il se leva, fonça dans leur direction pour aller fermer la porte derrière elles, discrètement mais aussi avec détermination.

— Qui vous a laissées entrer ? leur demanda-t-il. Vous n’avez pas besoin d’un mandat ?

— On est juste venues discuter un peu. On a expliqué aux hôtesses d’accueil qu’il fallait absolument qu’on vous parle, et dès qu’elles ont vu notre carte de police elles nous ont donné le feu vert.

Jason regarda les secrétaires en train de bavasser derrière leur bureau.

— Je pourrais porter plainte contre vous pour harcèlement. Il y a déjà eu celle-là, dit-il en désignant Charlie, qui m’a envoyé des mails jour et nuit, et m’a téléphoné à tout bout de champ… Ça ne se fait pas.

— Désolée, mais « celle-là », comme vous dites, a encore quelques précisions à vous demander, répliqua Charlie. Sur Angel.

— Ah non, ça ne va pas recommencer !

— J’ai apporté le dessin d’un visage, j’aimerais que vous le regardiez.

— Je vous ai déjà expliqué que je ne la connais pas, cette Angel…

— Tenez.

Sourde à ses protestations, Charlie lui tendit le portrait-robot de Lyra. Jason le prit à contrecœur.

— Vous reconnaissez cette femme ? S'agit-il d'Angel ?

Jason se tourna vers Helen. La sueur perlait sur son front.

— Je vous répète pour la dernière fois que je n'ai jamais eu recours à ses services, et que je ne l'ai jamais vue. Quelqu'un a usurpé mon identité et a piraté ma carte bleue, avant de s'en servir…

— Pourquoi ne pas l'avoir signalé ? s'insurgea Helen, qui pour le coup en perdit son sang-froid.

— Je vous demande pardon ?

— On s'est renseignés auprès de votre banque. Il se trouve que vous ne vous êtes jamais plaint d'une utilisation frauduleuse de votre carte. En réalité, vous avez continué à l'utiliser depuis la dernière fois qu'on vous a interrogé, au Morrison, au Boots, et ainsi de suite.

Pour une fois, Jason ne sut quoi répondre.

— Je vais vous laisser une dernière chance, reprit Helen. Et si vous continuez à me raconter des conneries et ne me dites pas *tout de suite* ce que vous savez sur Angel, je vous arrête pour obstruction à la justice, enchaîna-t-elle en haussant le ton. Je vous embarque devant tous vos collègues, et je ferai en sorte que le commandant Brooks reste ici. Il lui suffira de leur poser deux ou trois questions adroites pour qu'ils en concluent que leur chef de service fréquente les prostituées et s'en vante sur Internet auprès d'autres types du même acabit. On peut même leur indiquer, l'air de rien, comment avoir accès à certains de vos commentaires. Je suis sûre qu'ils seraient ravis d'en savoir davantage sur SuperMembré et sa grosse…

— D'accord, d'accord, ne parlez pas si fort, voulez-vous, lui demanda Jason, en constatant que presque tout le monde de l'autre côté de la baie vitrée avait les yeux rivés sur eux. On ne peut pas aller discuter ailleurs ?

— Non. Je vous écoute.

Il voulut protester, mais en définitive s'affala sur sa chaise.

— Je ne suis jamais monté avec elle.

— Comment ?

— Je n'ai jamais couché avec Angel. Je ne l'ai d'ailleurs vue qu'une fois.

— Vous affirmez pourtant le contraire sur le site, coupa Charlie, en précisant que vous lui avez « fait sa fête ».

S'ensuivit un long silence. Penaud, Jason était maintenant rouge de honte.

— J'ai menti. Je n'ai jamais baisé avec elle. Je ne me suis jamais tapé une pute.

— Vous avez tout inventé ? lui demanda Helen, incrédule.

Pensive, Charlie hocha la tête.

— J'ai raconté aux mecs ce qu'ils avaient envie d'entendre.

— Les autres mecs du forum de discussion ? Le Chat Bandé, Faut pas se priver…

— Oui. Je voulais m'intégrer au groupe.

Helen adressa un regard à Charlie. Ce type était désespérément seul, et soudain elle eut pitié de lui.

— Quand avez-vous vu Angel ?

— Il y a quatre jours. Un des types m'a expliqué où je pourrais la trouver, j'y suis donc allé. Et elle y était.

— Que s'est-il passé ?

— Je l'ai fait monter dans ma voiture, on a roulé vers le parc du Common.

— Et alors ?

— Elle avait envie de discuter. Elle m'a posé des questions, on a échangé des banalités, quoi. C'est alors… c'est alors qu'elle m'a demandé si j'étais marié. Je ne sais pas pourquoi, mais j'ai craqué.

— Comment ça ?

— J'ai craqué. Elle m'a juste posé une question au passage, mais…

Jason s'interrompit,

— Mais je me suis mis à chialer.

Il finit par lever les yeux. Il avait l'air complètement effondré, Helen en fut saisie.

— Je lui ai tout raconté, que ma femme et ma fille me manquaient énormément.

— Quelle a été sa réaction ?

— Pas grand-chose. Ça ne lui plaisait pas de m'entendre parler comme ça. Elle a dit deux ou trois trucs… du style « Tu n'en mourras pas », puis elle m'a demandé de m'arrêter.

— Et alors ?

— Elle est descendue de voiture, et elle s'est barrée. C'est la dernière fois que je l'ai vue, je le jure.

— Je vous crois, dit Helen, et je sais que vous avez du mal à en parler. En vérité, vous l'avez échappé belle. Ça aurait pu très mal tourner pour vous, croyez-moi.

— C'est vraiment elle qui a… tous ces mecs dont on parle dans les journaux ?

— Oui, raison pour laquelle il faut absolument la retrouver. Soyez gentil, regardez bien ce visage et dites-moi s'il s'agit de celui d'Angel.

Jason reprit le portrait-robot et l'examina attentivement.

— Non, ce n'est pas elle.

Charlie adressa un regard inquiet à Helen, qui n'en tint pas compte, car elle avait déjà l'impression de se fourvoyer.

— Regardez-le encore. Pour nous, c'est d'abord sur Lyra Campbell que pèsent les soupçons. Ce portrait-robot est très ressemblant. Vous êtes sûr qu'il ne s'agit pas d'Angel ?

— Sûr et certain. Ça n'a rien à voir avec elle.

Helen comprit alors qu'ils étaient de retour à la case départ.

94

Helen se serait giflée. Il tombait maintenant sous le sens qu'on s'était fichu de leur gueule. Elle renvoya Charlie au commissariat recueillir les témoignages indispensables, et fonça tout droit au refuge, en compagnie de deux agents. Jusqu'alors Melissa avait été traitée comme une princesse… Comment allait-elle réagir quand on l'embarquerait dans une voiture de police, menottes aux poignets ?

Au départ, on aurait dit qu'il n'y avait personne. Helen tambourina à la porte… Melissa aurait-elle découvert le pot aux roses et pris la poudre d'escampette ? Les flics postés dehors affirmèrent qu'elle n'avait pas quitté l'immeuble, mais enfin on ne savait jamais. Au bout d'un moment une ombre se dessina derrière l'œilleton, puis l'on entendit la voix rauque de Melissa demander sur un ton accusateur qui était là. Elle fut surprise de constater que c'était Helen. Tout comme elle le fut encore davantage quand elle se retrouva une demi-heure plus tard au commissariat central de Southampton, en train de subir un interrogatoire en règle.

— Pourquoi avez-vous fait ça, Melissa ?

— Quoi donc ? Qu'est-ce qu'on va encore me reprocher ? répliqua-t-elle, outrée qu'on puisse laisser entendre qu'elle avait commis un méfait.

Elle était d'humeur massacrante.

— Pourquoi avez-vous tué Anton Gardiner ?

— Allons donc, vous voulez rire !

— Il vous a causé du tort ? Vous aviez besoin de fric ?

— Je n'ai pas touché à un cheveu de sa tête !

Helen la dévisagea, puis sortit une feuille de papier du dossier posé à sa droite.

— On vient de nous communiquer le résultat des analyses effectuées sur le sang qu'Anton Gardiner avait sur le corps. Comme on pouvait s'y attendre, il était couvert de sang, ce qui n'est guère surprenant vu le niveau de violence qui s'est déchaîné sur lui. Mais on a aussi relevé le sang de quelqu'un d'autre sous ses ongles, et même sur deux de ses dents. Comme si en se défendant il avait mordu et griffé son agresseur.

Helen attendit que son interlocutrice mesure les conséquences de ce qu'elle venait de lui dire.

— Ce sang, c'est le vôtre, Melissa, ajouta-t-elle.

— Mon cul !

— Désormais, je vous conseille d'être assistée par un avocat…

— Je n'ai pas besoin d'avocat. Qui est-ce qui raconte des conneries sur moi ?

— On a une preuve, Melissa. Il nous a suffi d'entrer votre ADN dans la base de données informatisée de la police pour voir apparaître votre nom.

Melissa la fusilla du regard, sans rien avouer pour autant. Helen sortit alors d'autres feuilles de son dossier.

— Vous avez eu, il y a trois ans, une altercation avec une autre prostituée, Abigail Stevens. Et cela à cause d'un client. Vous avez ensuite porté plainte, l'une et l'autre, pour coups et blessures. Comme toujours en pareil cas, on a effectué sur vous deux un prélèvement ADN. En général, on conserve ce genre de données pendant dix ans.

Helen laissa Melissa digérer cette information.

— Il se peut que vous ayez cru qu'on avait viré tout ça de nos fichiers, ou même que vous ayez oublié qu'on avait relevé votre ADN, il n'en demeure pas moins qu'il s'agit de votre sang.

Melissa voulut l'interrompre, mais Helen poussa l'avantage à fond.

— Vous avez tué Anton Gardiner, avant de l'enterrer dans ce vieux cinéma. C'est alors que vous avez appris qu'on allait mettre en vente cet immeuble délabré. Ce qui vous a posé un gros problème. Alors dès que vous avez eu l'occasion de faire porter le chapeau à quelqu'un d'autre, vous l'avez saisie. Anton n'a jamais été l'une des victimes d'Angel, mais la vôtre.

— Vous avez intérêt à avoir des preuves, sinon vous le regretterez.

— On a effectué ce matin une perquisition dans le secteur de Bitterne Park. La dernière fois que l'on a aperçu Anton Gardiner, c'était tout près de l'appartement qu'il louait sur Castle Road. Or, tout a été chamboulé à l'intérieur et mis sens dessus dessous. Il y avait aussi du sang séché dans la chambre, plein de sang. Celui d'Anton et le vôtre ? On nous communiquera bientôt le résultat des analyses.

Melissa fit la grimace. Mais Helen avait vu sa réaction quand elle avait parlé de Castle Road, et elle la sentait aux abois.

— Anton n'était pas le genre de mec à prendre racine, hein ? Il ne tenait pas en place, s'entourait de mystère… Il se baladait avec tout son fric sur lui, pas vrai ? Il paraît qu'il n'avait pas confiance dans les banques… La nuit, il y avait toujours un couteau sous son oreiller. Si ça se trouve, vous avez fait le rapport, ou bien entendu les bruits qui couraient à son sujet. Quoi qu'il en soit, vous étiez à court d'argent.

— Vous racontez n'importe quoi.

— Vous avez été expulsée de votre studette car vous ne payiez pas le loyer, et puis vous deviez plein d'argent à votre dealer. Il vous fallait du fric. Et celui qu'avait planqué Anton tombait à point nommé. Il y en avait pour combien ?

Melissa faillit répondre, mais se retint au dernier moment. Enfin, la somme n'était certainement pas suffisante, pensa Helen, à supposer qu'il y ait vraiment eu du fric planqué. Aurait-elle torturé, puis assassiné son proxénète pour rien ?

— Je n'ai rien à dire, déclara Melissa au terme d'un long silence.

— Je suggère qu'on en reste là pour le moment. Avant qu'on reprenne l'interrogatoire, vous aurez l'occasion d'appeler un avocat, ce que je vous conseille vivement. À notre retour, je vous lirai vos droits, puis vous arrêterai. Je vous soupçonne en effet de vous être rendue coupable de coups et blessures, de détention arbitraire, de vol et d'entrave au cours de la justice. Sans parler du fait qu'à cause de vous la police a perdu son temps. Qu'est-ce que vous en dites ?

Helen laissa finalement transparaître sa colère. Melissa réagit au quart de tour. Elle se leva et pointa le doigt dans sa direction, de l'autre côté de la table.

— Allez chercher Bridges.

— Je vous demande pardon ?

— Allez chercher Tony Bridges. Il va régler tout ça.

— Qu'est-ce que vous…

— Allez le chercher. Et tout de suite !

Une dizaine de scénarios, tous plus atroces les uns que les autres, se bousculaient dans la tête d'Helen quand elle regagna la salle des opérations. Que voulait dire Melissa ? Qu'est-ce qu'avait fait Tony ? Et pourquoi était-elle persuadée qu'il allait arranger tout ça ?

95

Elle ouvrit le congélateur au-dessus du réfrigérateur et posa le front dessus. Sa tête l'élançait, elle sentait toutes les contusions de son visage comme si le sang pulsait à travers elles, et avait la nausée. Comme le compartiment congélateur, mal entretenu, était pris par la glace, elle eut l'impression qu'une main froide lui enserrait le visage. Elle profita néanmoins d'un instant de répit, ou presque. Mais il y eut à nouveau des pleurs, et la réalité reprit le dessus.

Elle prit un Coca sur l'étagère du frigo. Elle le but d'une traite puis fit demi-tour, laissant le frigidaire entrouvert. La lumière projeta un halo jaune pâle sur le lino dégueulasse.

Amelia avait faim et hurlait, couchée sur le lit. Angel regarda une minute son bébé, supportant mal qu'il soit dépendant d'elle. Pourquoi elle ? Pourquoi n'était-ce pas une femme convenable, quelqu'un de bien, qui avait mis au monde cette petite fille ? Plutôt qu'une femme qui était à la fois une prostituée et une meurtrière ? Cette enfant était condamnée depuis sa naissance.

Les hurlements d'Amelia s'intensifièrent, tout comme son mal de crâne. Elle l'attrapa, et du même geste leva son haut pour lui donner le sein, puis guida sa bouche. Le nourrisson se mit à téter, elle fut alors prise de vertige. Folle de rage et de désespoir, elle n'avait pas fermé l'œil de la nuit, et maintenant elle tenait à peine debout. Coinçant la gamine dans le creux de son bras, elle monta sur le lit en se tortillant, afin de poser la tête sur l'oreiller. Amelia resta pendue à son sein, n'ayant fort heureusement pas conscience de l'angoisse de sa mère.

Quand elle se réveilla peu après, Amelia dormait dans ses bras, repue, avec un peu de lait sur les lèvres.

Pendant la nuit elle avait envisagé plusieurs solutions, comme déposer Amelia à l'entrée de l'hôpital South Hants, ou encore la donner à quelqu'un dans la rue. Sauf que désormais elle ne voulait plus la confier à des inconnus, car elle ne croyait pas à la gentillesse. Qui sait ce qui risquait de lui arriver, et quels sévices on pourrait lui infliger ! Vu qu'on ne pouvait pas la renvoyer dans sa famille, c'était donc à elle d'aviser.

Au fond, toute la question était de savoir comment elle allait procéder. Il n'était pas question de la frapper à mort, ni de l'étouffer avec un oreiller. Malgré ce qui avait pu se passer, elle n'en aurait pas le courage, c'était sûr. Il valait mieux profiter d'une tétée. Amelia ne boudait pas son biberon, alors si elle écrasait les comprimés… La pharmacie allait bientôt ouvrir, elle y trouverait le nécessaire. Ensuite on n'en parlerait plus.

Ce n'était pas plus compliqué que ça. Elle savait pourtant déjà que ce serait la chose la plus dure qu'elle ait jamais été obligée de faire. Ensuite elle serait tranquille. Pourquoi alors se mettre dans un état pareil ? Elle n'avait éprouvé aucun scrupule à tuer, elle s'était éclatée à buter toute cette bande de faux-culs qui jouaient les pères de famille et les maris. Pan, pan, pan ! Mais la voilà maintenant qui hésitait.

Non pas seulement parce que ce bébé était sa chair et son sang… mais à cause de ce qu'elle ressentait. Elle avait résisté pendant des mois, avait essayé de *détester* cette pauvre petite, et pourtant il lui fallait se rendre à l'évidence : elle avait pitié d'elle.

Il y avait très, très longtemps qu'elle n'avait pas ressenti une chose pareille.

96

— Je vais vous faciliter la tâche. Tenez.

Tony Bridges glissa une enveloppe à l'autre bout de la table. Helen le regarda dans les yeux, pour tâcher de voir ce qu'il avait dans le ventre, ce type en qui elle avait toujours eu confiance.

— C'est ma lettre de démission, précisa-t-il.

Helen attendit quelques secondes, puis se décida à regarder. Elle ouvrit l'enveloppe, parcourut en vitesse la missive.

— C'est trop prématuré, Tony. Certes, tu as déconné un max mais on peut peut-être arranger les choses, ne plus t'envoyer sur le terrain par exemple, te confier un travail de bureau…

— Non, il faut que je parte. Ça vaut mieux pour moi. Et aussi pour vous. Il… il faut que j'aie le temps d'expliquer à Nicola ce qui s'est passé, et de voir si elle peut me pardonner. Je dois enfin la faire passer avant tout le reste.

Helen constata qu'il était déterminé. Ça la minait de perdre l'un de ses meilleurs éléments, l'un de ses meilleurs appuis ici, au commissariat, mais il avait pris une décision, et il ne servait à rien de s'y opposer.

— Je me disais bien que vous essaieriez de me faire changer d'avis, c'est pourquoi j'ai déposé en venant le double de cette lettre sur le bureau de Harwood.

Helen ne put s'empêcher de sourire. C'était du Tony tout craché, minutieux jusqu'au bout des ongles.

— Bon, qu'est-ce qui s'est passé au juste, Tony ?

Son adjoint le lui expliqua, en la regardant droit dans les yeux, comme un homme qui assume pleinement ses responsabilités.

— J'ai eu un moment de faiblesse. J'en ai eu envie, et… Ce n'est pas une excuse, mais enfin je mène depuis un moment une existence dénuée d'intérêt, qui s'apparente à un grand vide. Or Melissa m'a donné quelque chose qui me manquait. À dire vrai je serais sans doute encore avec elle, si elle n'était… Bon, il fallait que j'en passe par là. Histoire de me rappeler ce qui compte et ce que j'aime vraiment. Et maintenant, je sais que c'est Nicola. J'ai envie qu'elle soit heureuse, qu'on soit heureux tous les deux. J'ai un peu d'argent de côté… ça va me permettre de me consacrer à elle.

Helen le sentit incroyablement motivé, c'en était saisissant. Pour un mec complètement à la masse, qui avait pété les plombs en beauté, il savait très bien quelle ligne de conduite adopter. Il témoignait à sa femme un amour admirable, mais c'était quand même un affreux gâchis.

— Je sais que je pourrais tenter d'amadouer tout le monde pour essayer de m'en sortir, seulement voilà, j'ai trompé Nicola et trahi mes copains flics. La première fois que j'ai discuté avec Melissa, je lui ai parlé d'Angel, en lui expliquant ce qu'on savait sur elle, et aussi ce qu'on ignorait. C'est alors qu'elle a inventé Lyra Campbell, pour combler nos lacunes. Bref, elle m'a raconté ce que j'avais envie d'entendre. Si je ne lui avais pas donné d'informations confidentielles sur l'enquête, elle ne nous aurait pas aiguillés sur une fausse piste. Je suis tombé dans le plus vieux piège du monde. Il vaut donc mieux que je m'en aille, pour éviter que vous ayez tous des ennuis.

Helen s'apprêtait à lui répondre, mais il n'en avait pas fini.

— Si vous n'y voyez pas d'inconvénient, je ne reviendrai plus ici, au commissariat. Je préférerais laisser un bon souvenir.

— Bien sûr. Je vais arranger ça avec les ressources humaines, et puis essayer de te sauver la mise.

— Vous en avez déjà assez fait comme ça. Je regrette seulement de ne pas vous avoir été plus utile.

Sur ce il se leva, très ému. Il avait envie de partir, Helen ne le retint pas.

— Fais attention à toi, Tony.

Il lui adressa un signe de la main en sortant, sans toutefois se retourner. C'était l'un de ses adjoints les plus prometteurs, dont l'avis lui était toujours précieux. Angel courait toujours, et elle se retrouvait plus seule que jamais…

97

— Ce que je vais vous dire ne doit pas sortir de cette pièce. On ne peut pas se permettre de ne pas être complètement mobilisés sur l'affaire… Autrement dit, *il ne faut pas* que ça fuite. N'en parlez à personne, ni à vos amis, ni à votre copain ou copine. Donc, motus et bouche cousue.

Ses collaborateurs s'étaient réunis en vitesse dans la salle des opérations. Ils étaient tous là, à l'exception de Fortune. On ignorait où il était passé. Helen n'avait pas envie de rassembler son équipe si elle n'était pas au complet, mais tant pis, elle n'avait pas le choix.

— Vous avez sans doute entendu les bruits qui courent. Eh bien, j'ai le regret de vous dire qu'ils sont fondés. Tony Bridges a bien couché avec Melissa Owen, au risque de compromettre l'enquête.

Si tout le monde avait entendu parler de cette histoire, ça fit sur chacun l'effet d'un coup de massue d'en avoir soudain la confirmation.

— Lyra Campbell est une fausse piste. Melissa a voulu ainsi détourner les soupçons et faire accuser quelqu'un d'autre du meurtre d'Anton Gardiner. Elle a eu l'idée de se servir de Tony pour s'assurer l'impunité. Il n'en ressortira qu'une chose positive, c'est qu'elle va terminer en taule. Quant à Tony…

eh bien, il ne reviendra pas. Il a donné sa démission cet après-midi. C'est Charlie qui va le remplacer.

Helen regarda l'intéressée, qui pour une fois détourna les yeux, ce qui la décontenança.

— Bon, récapitulons.

Dans l'assistance, deux ou trois têtes se baissèrent.

— On dispose d'éléments nouveaux qui pourraient bien nous être précieux, reprit Helen sur un ton sec. La police scientifique a analysé le sang retrouvé sur le port marchand. Il y en avait beaucoup, par terre et sur les caisses, de type O et qui était celui d'une femme alcoolique, qui se gave de calmants et marche à la coke. Plus intéressant, on a relevé un taux élevé de prolactine, ce qui laisse penser qu'elle allaite.

Ce rebondissement inattendu fut accueilli par un mouvement de surprise dans l'auditoire.

— Conclusion, ou bien Angel a un bébé, ou bien elle l'a donné récemment. Quoi qu'il en soit, il y a sûrement quelque part quelqu'un qui est entré en contact avec elle, que ce soit un généraliste, le personnel d'un centre de consultation prénatale, celui des urgences, des services sociaux, ou tout simplement la pharmacie du coin. Grâce à Jason Robins, on a pu établir un nouveau portrait-robot beaucoup plus précis. McAndrew va vous le distribuer, et je veux que tout le monde, je dis bien tout le monde, s'en aille interroger les gens en ville.

Les flics étaient sur le point de se disperser quand Fortune débarqua inopinément.

— J'avais convoqué l'équipe entière ! gronda Helen.

Le jeune flic piqua un fard.

— Je le sais et je suis désolé, répondit-il, mais les mecs et moi on s'intéressait à l'aspect informatique de cette histoire… et on a peut-être découvert quelque chose.

Ses collègues se rassirent pour l'écouter.

— On a essayé de retrouver l'adresse IP des autres mecs qui vont sur le BitchClub, afin de pouvoir localiser ceux qui ont été en contact avec Angel. Ç'a été fastidieux de se coltiner les messages qu'ils postaient, mais en y regardant de plus près j'ai remarqué un truc : les mêmes expressions et les mêmes fautes d'orthographe reviennent tout le temps.

Helen était maintenant tout ouïe. Elle avait une petite idée de là où il voulait en venir, et si c'était le cas, ça changeait complètement la donne.

— Il y avait plusieurs mecs qui allaient régulièrement sur ce forum de discussion, mais en gardant l'anonymat, comme Le Chat Bandé, Faut pas se priver, La Lame et La Flèche Noire, pour poster leurs aventures sexuelles et inviter d'autres types comme Simon Booker, Alan Matthews et Christopher Reid à s'envoyer Angel. Ils leur expliquaient où ils pouvaient la trouver, et ce qu'elle leur ferait, etc. Pendant que les techniciens s'activaient de leur côté, j'ai lu attentivement les messages en question, et remarqué que Le Chat Bandé parlait à plusieurs reprises de « charcuter la salope », et que La Lame employait lui aussi la même expression. De même, on constate qu'ils ne mettent jamais de « e » à la fin du mot « purée », quand il est question de « balancer la purée », sic. J'ai donc ressorti tous leurs messages… et relevé tous ces points communs.

— Si bien qu'alors qu'on essayait de les retrouver, ces trois-là…

— … ne faisaient qu'une seule et même personne, coupa Fortune.

— Angel ! dit Helen.

Elle en eut le vertige.

— Et elle se débrouillait pour aiguiller ses futures victimes vers elle-même.

Stupeur dans la salle. Il était maintenant facile de comprendre pourquoi on n'arrivait pas à identifier les clients d'Angel : ils n'existaient pas ! Comment avait-on pu se planter à ce point ?

— Bon. Il faut immédiatement changer de cap, reprit Helen devant son équipe abasourdie. Il est probable que les fautes d'orthographe sur les petites boîtes laissées sur le palier des gens ne servaient qu'à nous faire croire qu'on était en présence de quelqu'un dépourvu d'instruction, voire dyslexique. En réalité c'est tout le contraire, il s'agit d'une femme instruite. Elle dispose d'un vocabulaire étendu, elle sait très bien se servir de l'informatique et a un esprit logique, qui lui permet de planifier et commettre ses meurtres en prenant un minimum de risques. Loin d'être bête, elle est intelligente, rusée et n'a pas froid aux yeux.

Ses collaborateurs étaient suspendus à ses lèvres, tandis que se dessinait enfin devant eux une image précise de la tueuse.

— Elle picole, se défonce un max et a accouché il y a peu. Elle a sans doute fait le tapin, même si elle n'a jamais été interpellée, puisqu'on n'a pas trace de son ADN dans nos fichiers. Si ça se trouve, il n'y a pas longtemps qu'elle est dans les parages. Elle doit être couverte de bleus, voire blessée, après ce qui lui est arrivé la dernière fois. On dispose de nombreux indices et on sait maintenant à quoi elle ressemble, mais il faut être malins. On va d'abord s'intéresser aux putes de luxe, c'est-à-dire aux escort girls et aux étudiantes qui arrondissent leurs fins de mois, et ne pas oublier non plus dans quel secteur ont été commis tous ces crimes. Je parie qu'elle se planque quelque part dans le centre ou le nord de la ville. À nous de la retrouver.

Tout le monde se dépêcha de prendre un portrait-robot. Dans l'esprit de chacun, il était temps d'en finir. Seule Charlie ne se précipita pas. Helen se demanda bien pourquoi.

98

Charlie marchait vite en quittant le commissariat, Helen parvint toutefois à la rattraper avant qu'elle traverse la rue. Elle entra tout de suite dans le vif du sujet :

— Qu'est-ce qui se passe ?

— Pardon ?

— Normalement tu foncerais, mais là il y a quelque chose.

Charlie la regarda. À quoi bon lui mentir ? Elles n'en étaient plus là, toutes les deux.

— C'est Steve. Il veut que je quitte la police.

— Ah d'accord… fit Helen.

Ça ne l'étonnait pas.

— Désolée si je vous ai compliqué les choses. J'aurais dû mieux savoir le prendre.

— Ce n'est pas ta faute. Il fallait s'y attendre. Depuis que…

Inutile d'en dire davantage.

— Je comprends, reprit Helen. On a besoin de toi, tu le sais bien. Mais c'est à toi de voir. Je ne vais pas te mettre des bâtons dans les roues et je t'appuierai, quelle que soit ta décision, d'accord ?

Helen lui posa une main sur le bras.

— Merci.

— Et si tu as besoin de parler…

— D’accord.

Helen fit demi-tour.

— Et de votre côté, comment ça va ?

Helen s’arrêta, surprise qu’elle lui demande ça. Son regard se porta sur le marchand de journaux de l’autre côté de la rue, et notamment sur l’*Evening News*, qui promettait de faire de nouvelles révélations sur Robert et Marianne. Ce n’était pas difficile de comprendre pourquoi Charlie lui avait posé cette question.

— Je ne sais pas comment elle se débrouille, celle-là…

— Qui ça ?

— Garanita. Elle sait *tout* sur moi, où je vais, ce que je fais, qui je vois. À croire qu’elle se glisse dans ma peau… Ça me dépasse.

— Il y a eu des fuites au sein de l’équipe ?

— Non… Je ne parle pas seulement de l’enquête, mais de ma vie privée. Elle me suit comme mon ombre, et ne lâche pas.

Helen n’aimait pas se montrer désemparée devant Charlie, mais il n’y avait aucune raison de cacher sa blessure à quelqu’un qui en avait déjà profondément bavé.

— Vous en avez maté de plus coriaces. Ne la laissez pas gagner.

Helen hocha la tête. Charlie avait raison, bien sûr, mais ce n’était pas évident d’être optimiste quand on était sur la défensive.

— C’est une vraie minable, ajouta Charlie. Elle ne vous arrive pas à la cheville. Peu importe ce qu’elle sait sur vous, vous êtes Helen Grace. Une véritable héroïne. Ça, personne ne pourra jamais le détruire. J’ai confiance en vous, vous devriez en faire autant.

Helen leva les yeux, sachant gré à son adjointe de lui apporter son appui.

— Quant à Emilia Garanita, reprit Charlie, ça lui retombera dessus. Ça leur pend au nez, aux ordures de son espèce.

Les deux femmes échangèrent un sourire, puis se séparèrent.

Helen avait retrouvé le moral quand elle regagna le commissariat. Les propos de Charlie, celle qu'elle s'était efforcée de tenir à l'écart, lui avaient redonné la pêche. En arrivant dans la cour, elle se rappela qu'elle avait éteint son portable quand la presse avait expliqué qui était vraiment Robert. Elle l'alluma, on lui avait laissé une foule de messages sur sa boîte vocale, et Robert lui avait envoyé le texto suivant : « Allez vous faire foutre ! »

99

Il se faisait tard quand Charlie rentra chez elle. Il était onze heures et quart à la pendule, et il n'y avait pas un bruit dans la maison. Aucun signe de…

— Salut !

Elle sursauta en entendant la voix de Steve. Elle le trouva dans le séjour, assis dans le noir, et traversa la pièce pour allumer. La lumière crue de la lampe à halogène arracha une grimace à son copain.

— Voilà des heures que je t'attends. J'imagine que tu as été retenue par le boulot.

Contrairement à ce qu'elle redoutait, Charlie ne perçut aucune amertume dans sa façon de s'exprimer. Ça lui fit tout drôle qu'il lui parle sur un ton sérieux, dépourvu d'émotion.

— Où étais-tu passé ?

Elle avait l'impression qu'il allait lui dire quelque chose d'important, de grave peut-être, tout en étant soulagée de le voir à la maison.

— Chez Richard.

Son meilleur pote. Elle l'avait appelé quand elle cherchait à joindre Steve, et il lui avait dit qu'il ne savait pas où il se trouvait. Il lui avait donc menti, ce qui n'avait rien d'étonnant.

— J'ai beaucoup réfléchi, reprit Steve, et j'ai pris une décision.

Elle se crispa, mais garda le silence.

— Je veux un enfant, Charlie. Je veux avoir un gamin avec toi, c'est mon vœu le plus cher. Seulement ce n'est pas possible si tu continues à exercer un métier où tu cours sans cesse des risques. Tu comprends ?

Elle fit signe que oui.

— C'est pourquoi je te demande de quitter la police. Afin qu'on puisse vivre comme on en a toujours eu envie. Et si tu ne peux pas, ou bien ne veux pas… alors je ne crois pas que je pourrai rester avec toi.

Et voilà. Depuis un an et demi qu'il y pensait, il venait enfin de lui adresser un ultimatum.

À qui la faute, sinon Marianne ?

100

Il était minuit passé, et la salle des opérations était déserte. Les flics qui n'étaient pas sur le terrain dormaient tranquillement dans leur lit, en se préparant à vivre le lendemain une autre journée exténuante. Helen avait rassemblé ses dossiers et cherchait un sac où les mettre. Ce n'était pas recommandé de les déplacer, mais elle voulait les emporter à la maison pour y jeter un œil à tête reposée. Une fois de plus, elle supportait mal de s'être laissée entraîner dans une impasse.

Elle entendit des pas. Quelqu'un s'avançait dans le couloir désert.

La commissaire Ceri Harwood. Helen fut aussitôt sur ses gardes. Ça faisait un moment qu'elle ne l'avait pas vue et n'avait pas eu de ses nouvelles, et ça la mit mal à l'aise.

— Vous travaillez tard ?

— Je viens de boucler tout ça. Et vous ?

— Pareil, mais ce n'est pas pour cette raison que je suis encore là. Je voulais vous parler en tête à tête, et l'heure du crime me semble toute désignée pour mettre la main sur vous.

Et pan ! Helen eut l'impression d'être tombée dans un piège.

— Je ne voulais pas faire ça devant les autres. En pareil cas, mieux vaut procéder… avec élégance.

— Ce qui signifie ?

— Que je vous retire l'enquête.

Et voilà. Cela avait au moins le mérite d'être clair.

— Pour quelle raison ?

— Parce que vous nous avez foutus dans la merde, Helen. On n'a pas de suspect, personne n'est placé en garde à vue, et on se retrouve avec cinq types à la morgue. Par-dessus le marché, celle qui dirige les investigations était trop occupée à protéger son petit voyou de neveu pour remarquer que son adjoint s'envoyait en l'air avec un témoin clé.

— Ce n'est pas juste, ce que vous dites là. On a commis des erreurs, mais on n'a jamais été aussi près de la choper. On arrive à la fin de la partie, et avec tout le respect que je vous dois…

— Ne faites pas semblant de me respecter, Helen. Je sais ce que vous pensez. Et si seulement vous aviez essayé de cacher… le mépris que je vous inspire, on n'en serait pas là. À vrai dire, on a toujours des ennuis avec vous. Vous semez la poisse partout où vous passez, et je ne vous crois pas capable de diriger cette enquête. C'est pourquoi j'ai été obligée d'aller voir le chef de la police.

— Qui est-ce qui va me remplacer ?

— Moi.

Helen eut un sourire amer.

— Autrement dit vous prenez le train en marche, alors qu'on va bientôt toucher au but. C'est de cette façon que vous avez gravi les échelons ?

— Faites attention, Helen.

— Vous cherchez toujours à vous mettre en avant. Un véritable parasite.

— Vous pouvez me traiter de tous les noms, mais dorénavant, c'est moi qui dirige cette enquête, et vous n'y participez plus.

Ceri Harwood savoura sa victoire.

— Je vais m'occuper des journalistes.

— Ça, je n'en doute pas.

— Et je vais prévenir les autres demain dès qu'ils seront tous là. Vous n'avez qu'à ranger vos affaires et prendre une semaine de congé. On vous proposera autre chose à votre retour. Vous pourrez peut-être nous permettre d'y voir plus clair dans l'enquête sur le meurtre d'Alexia Louszko, par exemple.

— Estimez-vous heureuse si vous me revoyez ici.

— À vous de décider, Helen…

Sur ce, Ceri Harwood s'en alla, lui lançant un « au revoir ! » par-dessus son épaule. Émue, Helen la regarda s'éloigner. Elle avait perdu. C'était une sérieuse défaite. L'enquête et son avenir professionnel étaient compromis, elle n'avait plus qu'à s'y résigner.

101

Elle ne voulait pas le regarder. Il avait beau le lui demander gentiment, ça ne servait à rien. Elle fixait obstinément la fenêtre, sans rien voir. Tony Bridges fit le tour du lit mais, quand il entra dans son champ de vision, Nicola tourna la tête dans l'autre sens. Des larmes coulèrent sur ses joues.

Tony pleurait également. Il avait fondu en larmes avant même d'avoir terminé ses aveux. Accablé, honteux, il avait fait son mea culpa d'une voix brisée. Il avait d'abord lu de l'inquiétude dans les yeux de Nicola – peut-être y avait-il eu un décès dans la famille ou avait-il perdu son travail ? –, mais au fur et à mesure qu'il racontait sa trahison, son regard s'était durci. Ils étaient donc restés chacun de son côté, dans la petite chambre, plus éloignés l'un de l'autre que jamais.

Que pouvait-il lui dire ? Comment arranger les choses ? Il était allé chercher dans les bras d'une autre ce que son épouse ne pourrait plus jamais lui donner.

— Je sais, tu dois me détester. Si tu veux que j'aille m'installer ailleurs, je respecterai ta décision. Mais je *veux* rester ici. J'ai donné ma démission, je peux donc déjà commencer à réparer les dégâts, changer de vie et devenir le mari que tu mérites.

Nicola fixait fermement la porte ouverte.

— Je voudrais que ça recommence comme avant, quand on passait toutes les nuits ensemble, qu'on était inséparables. J'ai... j'ai commis une grave erreur, et même si je n'arrive pas à me faire pardonner, j'aimerais que ça m'aide, que ça nous aide à prendre un nouveau départ.

Tony baissa la tête, redoutant une fois de plus qu'elle décide de tirer un trait sur leur couple et l'envoie promener. Si seulement il n'avait pas été aussi bête, aussi égoïste !

Nicola demeurait complètement fermée. Normalement, quand on lui parlait, elle clignait des yeux, mais là elle ne bougeait pas d'un cil. Enfin si, elle ferma les yeux et refusa de le regarder lorsqu'il vint lui essuyer les joues, trempées de larmes.

— Il se peut que tu ne veuilles plus de moi, mais j'ai envie d'essayer. Je parle sérieusement. Je ne veux pas te forcer, et si tu le veux, je peux aller chercher ta mère et lui raconter ce qui s'est passé. En revanche, si tu ne me chasses pas, rien ne m'empêche de faire en sorte que ça aille mieux entre nous. On ne sera plus jamais séparés, la nuit, je ne me contenterai pas de te dire deux ou trois mots au passage, je ne ferai plus appel à une garde-malade ni à personne d'extérieur à la famille. Il n'y aura plus que toi et moi... sans oublier Dickens, évidemment.

Il gagna la tête du lit. Cette fois, elle ne détourna pas les yeux.

— C'est à toi de décider, ma chérie. Je m'en remets à toi. Tu veux bien que je tente le coup ?

Un silence pesant retomba dans la pièce. Tendu à l'extrême, Tony n'entendait plus que son cœur. Nicola finit par réagir.

Elle baissa les paupières, et garda les yeux clos.

102

Le bureau d'aide psychologique universitaire se trouvait au bout d'Highfield Road, dans un secteur délabré de Portswood. Il était près du campus de l'université de Southampton mais des étudiants de l'université de Solent et de l'Institut national océanographique venaient également y consulter, dès lors qu'ils se donnaient la peine de venir jusque-là. Sanderson attendait Jackie Greene, en dansant d'un pied sur l'autre. Les étudiants étant des oiseaux de nuit, les psys doivent souvent s'adapter à leurs horaires, mais ça agaçait Sanderson que Greene soit en retard. Elle était adulte – le chef du service et sa psychologue la plus chevronnée –, elle pouvait donc être à l'heure pour un rendez-vous avec la police, non ?

Quand Jackie Greene, une femme guettée par l'obésité, arriva enfin, Sanderson comprit tout de suite pourquoi elle l'avait fait attendre : elle n'aimait pas beaucoup les flics. Était-ce parce qu'elle était de gauche (il y avait des autocollants Greenpeace et d'un syndicat progressiste sur son ordi), ou bien par solidarité avec les étudiants qui avaient eu maille à partir avec la police lors des dernières manifestations contre la réduction du budget de l'enseignement ? Quoi qu'il en soit, elle n'allait pas se montrer coopérative. Mais

Sanderson s'en fichait. Elle aussi était de mauvaise humeur, et elle ne se laisserait pas intimider.

— On s'intéresse en priorité aux étudiantes qui se prostituent, ou qui l'ont fait par le passé. La femme qu'on recherche se drogue et picole, elle est peut-être portée sur la violence et on pense qu'elle a eu un bébé voici peu.

— Tout cela est bien vague, répondit Greene. Vous êtes-vous renseignée dans les maternités ?

— Évidemment, mais vous vous occupez, ici, des étudiants en général. Vous êtes donc la mieux placée pour nous aider, répondit Sanderson, qui ne voulait surtout pas laisser Greene esquiver ses questions.

— Qu'est-ce qui vous amène à croire qu'il s'agit d'une étudiante ?

— On ne sait pas ce qu'elle fabrique dans la vie. Sinon qu'elle est jeune, s'exprime bien et est douée en informatique. Autrement dit, ce n'est pas une jeune écervelée qui a arrêté ses études. C'est quelqu'un qui possédait, ou possède encore, de gros atouts, mais qui a complètement disjoncté. Si elle a, ou a eu, un bébé, il faut qu'on la retrouve le plus vite possible. J'ai apporté son portrait-robot, et j'aimerais que vous le regardiez, pour voir si quelque chose vous revient.

Jackie Greene prit la feuille de papier.

— Elle doit être couverte de bleus, voire blessée, car elle s'est battue avec quelqu'un il n'y a pas longtemps. Si une fille qui lui ressemble est venue vous voir…

— Sa tête ne me dit rien.

— Examinez-la bien.

— Pourquoi ? Je vous ai dit que sa tête ne me dit rien. Aussi, à moins que vous mettiez ma parole en doute…

— Je n'ai pas l'impression que vous mesuriez la gravité de la situation. On déplore cinq morts, et il y en aura d'autres si elle n'est pas appréhendée. J'aimerais par conséquent que vous réfléchissiez. Avez-vous été contactée par une étudiante qui se prostitue et ressemble à ça ?

— Bon sang, vous ne vous rendez pas compte, soupira Greene en hochant la tête.

— Je vous demande pardon ?

— Il y a toutes les semaines des dizaines... des centaines de filles qui nous appellent et ont exactement ce profil. Savez-vous combien ça coûte, aujourd'hui, de faire des études supérieures ? Non, je ne crois pas.

Sanderson ravala sa fierté.

— Continuez.

— Il n'est pas question que je vous donne des noms. Nos entretiens sont strictement confidentiels.

— N'oubliez pas que dans des circonstances exceptionnelles, ce qui est le cas, je peux demander au tribunal de me délivrer une ordonnance vous enjoignant de me communiquer vos dossiers. On s'intéressera alors de près à toutes les étudiantes qui se sont adressées à vous.

— Menacez-moi autant que vous voulez, je resterai intraitable.

— Je vous repose la question : avez-vous eu affaire à quelqu'un qui corresponde à ce signalement ?

— Vous êtes sourde, ou quoi ? Il y a *quantité* de filles qui rentrent dans cette catégorie. Un beau jour elles n'ont plus de fric, alors elles se prostituent. Ensuite elles le vivent très mal, mais c'est trop tard. Elles se mettent à picoler, tombent dans l'héroïne, se font tabasser, violer, ont peur d'être enceintes... Leurs études durent parfois six, sept ans, papa et maman ne peuvent pas les payer et l'État s'en fiche. Elles n'ont pas le choix.

— Pas si vite. Voulez-vous dire que ce sont surtout celles qui suivent un long cursus qui sont le plus à même de tomber dans la prostitution ?

— Bien sûr. Ça paraît logique, non ? Ça coûte plus de dix mille livres d'aller jusqu'au bout d'un tel cursus. Et se prostituer rapporte davantage que d'être serveuse…

— De quelles études s'agit-il, au juste ?

— Surtout celles de médecine. Sans oublier véto et certaines écoles d'ingénieurs.

— Vous avez reçu ces derniers temps des étudiantes en médecine qui pourraient m'intéresser ?

— Tout un tas. Mais comme je vous l'ai dit, je ne vous donnerai pas leurs noms.

Bras croisés, Jackie Greene se recula sur sa chaise, mettant au défi Sanderson de se procurer un mandat de perquisition. Celle-ci n'hésiterait pas, au besoin, mais elle eut une autre idée pour parvenir à ses fins. En sortant de l'immeuble, elle gagna l'administration centrale de l'université. Réflexion faite, il n'y avait personne de mieux qualifié qu'une ancienne étudiante en médecine pour pratiquer une thoracotomie.

103

Il y avait longtemps qu'Helen aurait dû être partie, mais elle n'arrivait pas à s'en aller. Il était presque neuf heures du matin, les autres devaient être en train de se réunir, et Ceri Harwood attendrait certainement qu'ils soient tous là pour faire une entrée solennelle dans la salle et prendre les commandes. En pareille situation, elle avait le chic pour choisir le moment où cela aurait le plus de retentissement. Tout le monde se frotterait les yeux, elle demanderait alors à quelqu'un de la mettre au courant des derniers développements de l'enquête, puis expliquerait à chacun ce qu'elle attendait de lui. Ce qui signifiait qu'Helen avait une heure ou deux devant elle, au grand maximum, avant d'être mise sur la touche pour de bon.

Munie des dossiers concernant l'affaire, elle s'était enfermée dans une salle d'audition humide qu'on évitait en général. En partant des derniers crimes particulièrement sordides, elle était remontée jusqu'aux premiers pour tâcher de relever des correspondances, afin de comprendre ce qui avait poussé Angel à tuer et ce que désormais elle allait faire. Ces types entretenaient-ils des liens quelconques avec le monde étudiant ? S'étaient-ils adressés à un service d'escort girls qui garantissait des « rencontres de qualité » ?

Quel avait été l'élément déclencheur ? À qui en voulait-elle ? Autant de questions qui restaient sans réponse.

Au lever du jour, elle n'avait toujours pas avancé d'un pouce, si bien qu'elle en revint à se demander qui était au juste cette Angel, et ce qui avait pu donner lieu à pareille folie meurtrière ; bref, quelle était l'étincelle qui avait mis le feu aux poudres.

Helen relut pour la énième fois les précisions que l'on donnait sur l'assassinat d'Alan Matthews. Elle était tellement fatiguée que les lignes dansaient devant ses yeux. Elle avala encore du café froid, puis s'intéressa cette fois aux photos de la scène de crime. Elle avait beau les avoir déjà examinées sous tous les angles, ce torse ouvert en deux, exposé aux regards, lui donnait toujours la nausée.

« Exposé aux regards »... Ces quelques mots lui tournèrent dans la tête, pendant qu'elle regardait le cadavre du type. C'est alors que son attention fut attirée par la cagoule qu'on lui avait mise sur la tête avant de l'occire. Elle n'avait jamais cru que c'était pour protéger son anonymat qu'Angel avait procédé ainsi, autrement dit pour éviter que ce type sache qui elle était et le dise aux flics, au cas où il parviendrait à s'échapper. Mais alors, qu'en conclure ? Elle avait pris son temps avec les autres... Elle les avait insultés, avant de leur ouvrir la poitrine comme une boîte de conserve et de s'éclater comme une folle. En revanche, sur Alan Matthews, elle avait réalisé « avec les moyens du bord », comme disait Jim Grieves, une thoracotomie beaucoup plus brutale et salopée. Serait-ce parce qu'il s'agissait pour elle d'un coup d'essai, ou bien fallait-il chercher une autre explication ? Avait-elle tout simplement eu la trouille ?

Helen regarda la pendule, il était neuf heures et demie. Elle serait bientôt obligée de laisser tomber cette enquête, et pourtant elle avait l'impression d'être sur une piste, et de voir le puzzle s'assembler tout seul sous ses yeux. Il lui fallait donc continuer, en espérant contre toute attente que personne ne la découvre ici. On l'appela sur son portable, elle ne répondit pas. Ce n'était pas le moment de se disperser.

La cagoule. Voilà ce qui caractérisait le premier meurtre, et le distinguait des autres. Il se pouvait qu'Angel ait voulu éviter que ce type la voie et puisse ensuite la dénoncer, au cas où il arriverait à s'enfuir… ou alors qu'elle n'ait pas voulu le regarder en face pendant qu'elle le disséquait. Se serait-elle dégonflée devant lui ? Aurait-elle eu peur de flancher ? Mieux que ça, *le connaissait-elle* ?

Elle n'avait pas utilisé la cagoule pour l'étouffer, et elle ne s'en était pas servi lors des autres meurtres. C'est donc qu'Alan Matthews avait eu droit à un traitement spécial. Oui, mais pourquoi ? Ce n'était qu'un vulgaire baptiste évangéliste, faux-cul de première et pervers sexuel sur les bords, qui adorait taper sur sa bonne femme…

Ce qui lui fit penser… Balançant le dossier, elle consulta le rapport que Fortune lui avait remis. Avec ses gars, il avait filé les Matthews et planqué devant chez eux. Il fourmillait de banalités, précisait l'heure à laquelle ces observations avaient été effectuées, etc., toutes choses qui pouvaient avoir leur importance, mais ce sont les photos de l'enterrement qui retinrent son attention.

On voyait le cortège funèbre s'éloigner de la maison, les gens en deuil arriver en nombre, et les membres de la famille quitter l'église. Eileen était là, soutenue par Carrie, sa fille aînée. Derrière elle se tenaient les jumeaux, très chics dans leur costard sombre. Oui, mais où était passée Ella ? Alan Matthews s'était pourtant targué d'être le père de quatre enfants, d'avoir une famille unie, obéissante et très croyante. Pourquoi la cadette n'avait-elle pas assisté à ses obsèques ? Et surtout, comment expliquer que l'on n'ait pas parlé d'elle, que ce soit pendant le sermon ou lors des interrogatoires ? Pourquoi l'avait-on fait disparaître du tableau ?

Ce qui l'amena à repenser au cœur.

Ce n'était sans doute pas par hasard…

On l'appela de nouveau sur son portable. Tentée de faire la sourde oreille, de peur de devoir se coltiner une Ceri Harwood d'humeur massacrante, elle reconnut le numéro et répondit.

— Oui ?

— C'est moi, Sanderson. Je suis au bureau des inscriptions de l'université, et j'ai peut-être trouvé un truc intéressant. En épluchant la liste des étudiants, et surtout des étudiantes qui ont arrêté leurs études cette année, je suis tombée sur un nom…

— Celui d'Ella Matthews ?

— Exactement, dit Sanderson, sidérée par le sixième sens de sa chef. Pendant un an elle a suivi son cursus sans problème, puis elle a déraillé. Elle rendait ses devoirs en retard, arrivait en cours ivre ou défoncée, et se montrait agressive envers les autres étudiants… Les services sociaux pensent qu'elle a pu se prostituer car ses parents ne la soutenaient pas du tout financièrement. Elle est alors partie en vrille. Et elle a disparu il y a six mois.

— Bon boulot, Sanderson. Continue sur cette voie. Retrouve-moi ses amis, ses directeurs d'études, quelqu'un qui puisse nous dire quels étaient ses points de chute, les endroits où elle se sentait en sécurité, là où elle se procurait de la drogue ou je ne sais quoi. Désormais, je la considère comme la principale suspecte. Remue ciel et terre.

Sanderson mit fin à la communication. Helen savait qu'elle n'avait plus le droit de lui donner des ordres, puisqu'on l'avait officiellement débarquée de l'enquête, mais ses adjoints et elle tenaient là une piste sérieuse, et il n'était pas question que Ceri Harwood foute le bordel. Elle se sentait toujours responsable de cette enquête, et elle n'avait pas l'intention de baisser les bras. Elle rangea les dossiers dans un sac, puis partit rapidement.

Il ne lui restait plus beaucoup de temps, mais il y avait quelqu'un qui pouvait lui expliquer ce qui s'était vraiment passé. Et elle allait lui rendre une petite visite maintenant.

104

Il était plus de dix heures du matin, et normalement ils auraient dû, l'un et l'autre, être partis travailler depuis longtemps. Mais après avoir fait l'amour, ils goûtaient un moment de bonheur et de complicité, allongés côte à côte, immobiles et sans rien dire.

Quand Steve lui avait adressé son ultimatum, Charlie avait d'abord eu envie de lui rentrer dedans. Elle ne supportait pas qu'on la mette au pied du mur, et de devoir choisir entre une carrière dans la police et un destin de mère de famille. Alors même qu'elle lui reprochait d'avoir changé les règles du jeu et ainsi manqué à sa parole, elle savait qu'elle n'aurait pas la force de s'opposer à lui. Entre son métier et lui, elle n'hésiterait pas une seconde. Charlie adorait son métier – c'était tout ce qu'elle avait toujours voulu devenir et elle avait payé le prix fort pour ça – mais elle ne se voyait pas vivre sans Steve. Et puis il avait raison, il *restait* un grand vide à combler dans leur vie, depuis qu'elle avait fait une fausse couche pendant sa séquestration.

Ils avaient tourné en rond pendant des heures, jusqu'à ce qu'elle lui promette de quitter la police. Steve s'était alors mis à pleurer, puis elle avait fondu en larmes à son tour. Ils s'étaient vite retrouvés au lit et avaient fait l'amour avec une ardeur et une véhémence qui les avaient étonnés. Ils n'avaient pris aucune mesure de contraception, façon comme une autre de reconnaître que la situation avait changé et qu'il n'y avait pas de retour en arrière possible.

Quel plaisir d'être allongée auprès de lui ! Elle avait éteint son portable et décidé d'oublier pour l'instant Helen et les autres. Ils devaient sûrement se demander où elle était passée. Elle appellerait plus tard Helen et lui expliquerait.

En y pensant, elle culpabilisa, et pas qu'un peu, mais elle passa outre. Désormais, sa décision était prise.

105

Helen était persuadée qu'Eileen Matthews lui claquerait la porte au nez, mais pour une fois elle eut de la chance, car ce fut l'un des jumeaux qui lui ouvrit, puis la laissa entrer quand elle lui montra sa carte. Pendant qu'il montait en vitesse chercher sa mère, elle jeta un coup d'œil à la salle de séjour, et tout ce qu'elle vit conforta ses soupçons.

Eileen Matthews entra dans la pièce d'un pas décidé. Elle allait visiblement lui sortir le petit laïus qu'elle avait préparé, mais Helen n'avait aucune envie qu'on lui fasse la morale.

— Où est Ella ? lui lança-t-elle en désignant du menton les photos sur les murs.

— Je vous demande pardon ?

— Il y a ici des photos d'Alan et de vous, plein d'autres des jumeaux, et aussi de Carrie… lors de sa confirmation, le jour de son mariage, et avec votre premier petit-enfant dans les bras. En revanche, je n'en vois aucune d'Ella. Vous étiez pourtant très attachés à la famille, votre mari et vous. Voilà pourquoi je vous repose la question : où se trouve Ella ?

Eileen accusa le coup. Elle en resta sans voix, le souffle court. Helen eut même peur qu'elle ne tombe dans les pommes.

— Elle est morte.
— Quand ça ?
Silence.
— Enfin, pour nous elle est morte, expliqua Eileen.
Helen l'aurait giflée, cette imbécile de bigote.
— Pour quelle raison ?
— Je ne suis pas obligée de vous répondre…
— Bien sûr que si. Alors soit vous vous montrez coopérative, soit je vous passe les menottes et je vous embarque, devant vos fils et vos voisins.
— Pourquoi vous acharner contre nous ?
— Parce que je pense que c'est Ella qui a assassiné votre mari.
Eileen battit des cils, puis s'affala sur le canapé. Helen comprit alors que si elle lui avait caché des choses, il ne lui était cependant jamais venu à l'esprit que sa fille puisse être mêlée à l'assassinat d'Alan.
— Je ne… Est-ce qu'elle vit toujours à Southampton ? demanda Mme Matthews.
— On pense qu'elle habite du côté de Portswood.
Eileen hocha la tête, sans qu'on sache si elle avait bien compris ce qu'on venait de lui dire. S'ensuivit un long silence, rompu par la sonnerie du portable d'Helen. C'était Harwood qui l'appelait. Elle ne répondit pas, puis éteignit l'appareil, avant de s'asseoir auprès d'Eileen.
— Racontez-moi ce qui s'est passé.
Toujours sous le choc, Eileen resta muette.
— Si on ne peut pas ressusciter Alan, on peut cependant éviter qu'il y ait d'autres victimes. Et cela grâce à vous, si vous m'expliquez tout.
— Elle a toujours eu le vice dans le sang.
Helen se cabra.
— Au départ c'était une petite fille adorable, mais tout a changé à l'adolescence. Elle n'obéissait pas,

ni à son père, ni à moi. Elle nous tenait tête, elle se montrait violente, destructrice.

— Envers qui était-elle violente ?

— Ses frères et sa sœur, qui étaient tous plus jeunes qu'elle.

— Quelle était alors votre attitude ?

Silence.

— Quand elle s'était mal conduite, qu'est-ce qui lui arrivait ensuite ?

— Elle était punie.

— Par qui ?

— Par Alan, évidemment, répondit-elle, comme si ça tombait sous le sens.

— Pourquoi pas par vous ?

— Parce que c'est mon mari, le chef de famille. Mon rôle était de l'épauler et de l'aider par tous les moyens, mais il était de son devoir de nous corriger en cas de besoin.

— Comment ça « nous » ? Vous aussi, Eileen, il vous corrigeait ?

— Bien sûr.

— Vraiment ?

— Oui, cela va de soi. Oh, je sais que la société moderne désapprouve les châtiments corporels, mais nous sommes depuis toujours convaincus, comme les autres fidèles de notre église, qu'une bonne correction est indispensable pour vous forger le caractère.

— Parce que c'est à ça qu'elle avait droit, Ella, une correction ?

— Pour commencer. Mais elle *ne voulait rien* savoir. Quand elle était ado elle se bagarrait, traînait avec les garçons, buvait…

— Et comment avez-vous réagi ?

— Alan l'a punie plus sévèrement.

— C'est-à-dire ?

— Qu'il la frappait, avec ma bénédiction. Et si elle refusait toujours de se repentir, Alan l'emmenait à la cave.

— Et ensuite ?

— Il s'arrangeait pour qu'elle comprenne.

Helen n'en revenait pas d'entendre des choses pareilles.

— Vous pouvez hocher la tête, mais j'ai trois enfants obéissants, sains de corps et d'esprit, qui distinguent parfaitement le bien du mal, *parce qu*'ils ont reçu une bonne éducation. Parce qu'on leur a appris à respecter leur père et du même coup à…

— Est-ce qu'Alan prenait plaisir à punir ses enfants ?

— Il ne s'est jamais dérobé devant ses obligations.

— Répondez-moi, bordel !

Eileen fut sidérée de la voir s'emporter ainsi.

— Est-ce que votre mari aimait punir ses enfants ?

— Il ne s'est jamais plaint d'y être contraint.

— Et est-ce qu'il aimait vous frapper ?

— Je n'en sais rien. Là n'était pas la question…

— Est-il un jour allé trop loin ? Avec vous, je veux dire.

— Je… je ne…

— Y a-t-il une fois où vous lui avez demandé d'arrêter et qu'il n'a rien voulu savoir ?

Eileen baissa la tête et se mura dans le silence.

— Montrez-moi cette cave.

Eileen commença par refuser, mais elle finit par céder, et deux minutes après elles se trouvaient toutes les deux dans le sous-sol glacial. Un local sombre et lugubre, quatre murs de brique avec pratiquement rien au milieu, sinon une chaise et un coffret en plastique rangé dans un coin. Helen en frémit, et pas seulement à cause du froid…

— Elle sert à quoi, cette chaise ?

— Alan l'attachait dessus.

— De quelle façon ?

— Avec des menottes, qu'il lui passait aux chevilles et aux poignets. Ensuite, il lui donnait des coups de fouet, ou bien il la frappait avec une chaîne.

— Histoire de lui faire entendre raison ?

— Parfois, oui.

— « Parfois » ?

— Il faut savoir comment elle se comportait. Elle ne voulait pas lui obéir, elle ne voulait pas écouter. Il était donc *parfois* obligé de recourir à d'autres moyens.

— Lesquels ?

— Ça dépendait des bêtises qu'elle avait commises. Si elle avait blasphémé, il la forçait à manger ses excréments. Si elle avait volé, il lui mettait des pièces de monnaie dans la bouche et les lui faisait avaler. Si elle avait traîné avec des garçons, il… il la frappait entre les jambes, pour être sûr qu'elle ne recommence pas.

— Il la torturait ? hurla Helen.

— Non, il la corrigeait. Vous ne comprenez pas, elle était déchaînée, incontrôlable.

— Elle était *traumatisée* ! Traumatisée par votre brute de mari ! Pourquoi n'êtes-vous pas intervenue, nom de Dieu ?

Eileen n'arrivait plus à la regarder dans les yeux. Maintenant que son époux n'était plus là, le doute s'insinuait en elle. Helen reprit son interrogatoire, mais sur un ton radouci.

— Pour quelle raison s'en prenait-il à elle, et pas aux autres ?

— Parce que eux, ils faisaient ce qu'on leur disait.

— Carrie… quel âge avait-elle quand elle s'est mariée ?

— Seize ans. Elle a fini l'école puis a épousé un homme bien.

— Un homme de l'église ?

Eileen acquiesça.

— Et lui, il avait quel âge ? poursuivit Helen.

— Quarante-deux ans.

Eileen leva les yeux, s'attendant à essuyer la réprobation d'Helen.

— Les jeunes filles ont besoin de discipline…

— C'est ce que vous dites.

Un silence pesant retomba dans la cave. Elle avait été le théâtre de tant de souffrances, on y avait infligé tant de sévices, proféré tant d'insultes et cultivé la haine à un tel point… La jeune fille avait dû se sentir complètement désarmée, livrée ici à la violence de son père. Helen revit alors un instant sa propre enfance, oubliée depuis longtemps, et décida de ne plus y penser.

Les jumeaux commençaient à s'impatienter, ils appelèrent leur mère. Eileen voulut remonter, mais Helen la retint par le bras.

— Pourquoi a-t-elle quitté la maison ?

— Parce qu'elle était paumée.

— Ou plutôt parce qu'elle ne voulait pas arrêter l'école et refusait d'épouser un mec de l'âge de son père.

Eileen répondit par un haussement d'épaules.

— Elle voulait faire des études de médecine, n'est-ce pas ? Malgré tout ce qui est arrivé, elle avait envie d'aider les gens, hein ?

— C'est la faute du lycée. Là-bas, on leur met des idées dans la tête, aux filles… On se doutait que ça allait mal se terminer, ça n'a pas loupé.

— Mais encore ?

— Elle a quitté la maison, en expliquant qu'elle se débrouillerait pour payer ses études. On savait tous ce que ça voulait dire.

C'était tout juste si, derrière son amertume, on ne la sentait pas jubiler.

— Qu'est-ce qui s'est passé ?

— Elle s'est prostituée.

— Comment le savez-vous ?

— Parce qu'elle nous l'a dit, lorsqu'elle a débarqué enceinte, alors qu'elle n'était même pas mariée.

Helen soupira. La tragédie qu'avait vécue Ella était en train de se dessiner devant ses yeux.

— Qui était le père ?

— Elle n'en savait rien, répondit Eileen, qui pour le coup n'avait plus le cœur à rire.

— Et pourquoi ?

— Il lui est… arrivé des histoires. Des types l'ont attirée chez eux, sous des prétextes fallacieux.

— Ils l'ont violée ?

— Oui. Ils l'ont séquestrée… pendant quarante-huit heures.

Helen ferma les yeux.

— Ils ont ensuite menacer de l'égorger si jamais elle en parlait, ajouta Eileen d'une voix chevrotante.

— Et quand elle s'est aperçue qu'elle était enceinte, elle a rappliqué chez vous ?

Eileen hocha la tête.

— Qu'est-ce qui s'est passé ?

— Alan l'a fichue à la porte. Il n'avait pas le choix.

Eileen lui adressa un regard suppliant, comme pour l'adjurer de la comprendre. Helen avait envie de l'engueuler, elle réussit néanmoins à se contrôler.

— Ça remonte à quand, cette histoire ?

— À six mois.

— Et c'est à ce moment-là que vous l'avez rayée de votre vie ?

« Oui », fit Eileen d'un signe de tête.

— Avant, Alan racontait qu'elle travaillait à l'étranger… pour Médecins du monde, mais ensuite il disait qu'elle était morte.

— Et les photos d'elle ? demanda Helen, qui espérait malgré tout en voir une de la tueuse qui avait été prise récemment.

Il s'écoula quelques secondes.

— Il les a toutes brûlées, répondit Eileen, les larmes aux yeux.

106

Helen fonça vers sa moto et en profita pour rallumer son portable. On lui avait laissé sept messages sur sa boîte vocale. Ce devait être chaque fois Ceri Harwood qui avait essayé de la joindre. Pour le moment elle n'avait pas de temps à lui consacrer, elle préféra appeler Sanderson.

Ça sonna plusieurs fois dans le vide.

— Allô ?

— C'est moi, Helen. Tu peux parler ?

— Tiens, maman. Je te demande une seconde…

Elle n'était pas con, Sanderson. Quelques secondes plus tard, Helen entendit ouvrir et fermer la porte coupe-feu.

— Je ne devrais même pas vous répondre, dit Sanderson. Ceri Harwood vous cherche partout, ça la rend dingue.

— Je sais et ça me gêne de te demander ce service, mais… il faut que tu me retrouves Carrie Matthews. J'ai besoin de savoir si elle a une idée de ce que fabrique sa sœur, et si elle peut te filer une photo d'elle. Si elle n'en a pas, va voir à l'université. Alan Matthews a brûlé toutes celles de sa fille aînée, après que celle-ci est tombée enceinte suite à une tournante. C'est Ella la tueuse, j'en suis absolument certaine.

Il est donc indispensable que vous l'interpelliez, ton équipe et toi, avant qu'elle ne commette un autre assassinat.

— Je m'en occupe. Je vous appelle dès qu'il y a du nouveau.

C'est une Helen partagée entre la panique et le soulagement qui monta l'escalier pour aller chez Jake. Ça la réconfortait de le voir, cependant elle angoissait de se retrouver face à sa part d'ombre. Ça la prenait, par moments. La méchanceté sévissait dans le monde et parfois elle se retrouvait à l'époque où *elle* était le souffre-douleur, et où toutes les deux, sa sœur et elle, trinquaient pour les autres. Elle était à cran, incapable de dominer la panique qui s'emparait d'elle, sachant que dans un instant elle serait de retour dans cette pièce…

Jake voulut la prendre dans ses bras, mais elle le repoussa, et une fois déshabillée s'enchaîna elle-même, sans qu'il ait besoin de le lui demander, puis lui donna le feu vert. Tant pis si ce n'était pas très poli et avait l'air agressif. Elle en avait trop besoin !

— Vas-y.

Il hésita.

— S'il te plaît…

Il accéda à sa requête. Muni d'une cravache de taille raisonnable, il lui flagella le dos.

— Recommence !

Il répéta son geste. Cette fois il se montra moins circonspect… Il la sentait déjà se détendre, alors même que son angoisse s'estompait. Il la fouetta derechef, l'étrilla et la fustigea, sa propre excitation croissant à mesure qu'il la châtiait à un rythme soutenu. Elle gémissait, exigeant de lui qu'il aggrave encore ses tourments.

Il la fit donc souffrir, vite, plus vite, de plus en plus vite…

La correction devint moins sévère, car Helen se décontractait, bientôt elle retrouva le calme.

Elle savoura pleinement cet instant de sérénité. Même si dans la vie elle en avait vu de toutes les couleurs, même si par moments elle ne maîtrisait plus rien, elle pouvait toujours venir ici. Quand elle se sentait guettée par la détresse, il lui fallait sa dose, et c'était là que Jake entrait en scène. Sans en être amoureuse, elle n'arrivait pas à se passer de lui. Eh oui, c'était peut-être le début d'une longue histoire…

Elle avait du bol, elle avait rencontré quelqu'un. Ella n'avait pas eu cette chance. Combien de fois avait-elle été un simple jouet pour les machos ! D'abord avec son père, un vrai sadique, puis avec une bande de mecs qui n'avaient pas hésité à la séquestrer, elle, une jeune fille sans défense, pour lui infliger toutes sortes de sévices. Victime d'une tournante, la malheureuse s'était retrouvée enceinte, puis mère célibataire, tenue d'élever l'enfant d'un viol.

Sans le vouloir, elle repensa à Robert. Ainsi qu'à Marianne, comme toujours dans ces cas-là.

107

On n'imagine pas le calme qui vous habite quand on sait que la fin est proche. Maintenant qu'elle avait pris sa décision, Ella était folle de joie. Elle riait, chantait des chansons à Amelia, se comportait comme une jeune écervelée. En son for intérieur elle bouillait toujours de rage, mais ce matin elle n'avait pas envie de donner libre cours à sa colère.

Deux ou trois jours auparavant, elle avait piqué dans un grand magasin de jolis vêtements de bébé, et elle ne pouvait que s'en féliciter. Elle voulait qu'Amelia soit bien habillée quand on la découvrirait. Depuis qu'elle avait accouché seule et abandonnée dans son appart dégueulasse, elle n'avait jamais su quelle attitude avoir envers la petite. Fruit d'un viol, par sa seule présence l'enfant rappelait à sa mère que l'on vivait dans un monde impitoyable. Son premier instinct avait été d'étouffer ce nourrisson qui braillait. Elle s'apprêtait à le faire… quand elle s'aperçut qu'Amelia était son portrait tout craché, blonde, avec un petit nez, alors que ses agresseurs étaient bruns et avaient la peau mate.

Elle avait ensuite envisagé de la laisser mourir de faim, pour sa peine. Mais elle avait senti le lait couler en elle et savait que quelque chose qui la dépassait se jouait là. Elle donna donc la tétée à sa fille. Parfois, il lui arrivait de frotter son sein contre les lèvres du bébé, puis de l'écarter, histoire de la provoquer alors qu'elle n'était pas pleinement rassasiée. Mais elle finit par se rendre compte que c'était bête et cruel de sa part, et cessa ce manège. Ella était contente de l'allaiter, pendant les quelques minutes qu'elles passaient ainsi soudées l'une à l'autre, elle oubliait tout le reste, la violence, l'hypocrisie et la fureur. Un jour elle comprit qu'elle *ne voulait pas* que son bébé souffre, mais cherchait au contraire à le protéger. Elle prit alors l'habitude de lui mettre des somnifères dans son lait maternisé, afin que la petite dorme jusqu'à son retour.

La tristesse l'envahit, mais elle décida de ne pas l'écouter. Elle avait fait un choix, il n'était plus temps d'avoir des regrets. Les comprimés l'attendaient dans la cuisine. Il lui suffirait d'un peu de lait, et elle serait prête.

Elle ne pouvait plus revenir en arrière.

108

Les deux femmes se défièrent du regard, aucune ne voulant céder. Ceri Harwood venait d'expliquer en long et en large à Charlie que ce n'était pas responsable de quitter ainsi ses fonctions sur un coup de tête.

Elle s'interrompit un instant, avant de repartir à la charge. Vu la situation, il n'était pas question pour elle d'accepter sa démission. Elle lui laisserait le temps de réfléchir, afin qu'elle évite de commettre pareille bourde, et qu'elle puisse au contraire faire une brillante carrière de flic. Ce qui laissa Charlie songeuse. Harwood aurait-elle par hasard promis au chef de la police de remplacer Helen au pied levé, en lui assurant que sa mise à l'écart n'aurait pas de répercussions fâcheuses sur le déroulement de cette enquête hyper médiatisée ?

— On a besoin de vous, Charlie. Voilà pourquoi je vous demande de revenir sur votre décision.

— Impossible, j'ai donné ma parole.

— Je comprends, mais je pourrais peut-être en toucher un mot à Steve, non ? Je sais que vous avez eu des ennuis avec Helen, mais désormais elle n'entre plus en ligne de compte.

— Pour moi, si. Raison de plus pour que…

— J'apprécie votre loyauté, sincèrement, mais vous n'avez pas l'air de vous rendre compte de la situation. On est sur le point d'interpeller la tueuse, et j'ai besoin d'affecter à cette affaire tous les effectifs disponibles. Il faut en finir, dans l'intérêt de tous.

Dis plutôt que ça favorisera ton avancement, faillit lui rétorquer Charlie.

— J'espère au moins que vous allez rester avec nous jusqu'à l'expiration de votre préavis, reprit la commissaire. Vous savez que les ressources humaines peuvent vous jouer de sales tours avec votre retraite, si vous ne respectez pas les termes de votre contrat d'embauche.

Charlie finit par capituler. En réalité, ça la gênait énormément de laisser tomber Sanderson, McAndrew et les autres, alors que l'enquête entrait dans une phase décisive. De même, ça lui fit tout drôle de s'asseoir dans la salle des opérations, alors qu'Helen n'y était pas. Sans elle, ce n'était plus pareil.

Sanderson avait mis Harwood au courant, et la commissaire donnait maintenant ses instructions à ses subordonnés. Pourtant Charlie rêvassait, sachant déjà très bien par quel biais procéderait Harwood. On n'avait pas encore localisé Ella, mais ça ne saurait tarder – on avait réuni trop d'éléments sur elle. Harwood entrait maintenant dans le vif du sujet, Charlie descendit de son petit nuage quand sa nouvelle patronne passa à la vitesse supérieure.

— Avant tout, il nous faut serrer Ella Matthews le plus vite possible. Elle a commis plusieurs assassinats, et elle va continuer sur sa lancée si on ne l'arrête pas. J'ai par conséquent demandé et obtenu que le tribunal nous délivre une ordonnance nous autorisant à utiliser des armes à feu pour l'appréhender.

Charlie regarda ses collègues, qui eurent l'air surpris et mal à l'aise. Ce qui n'empêcha pas Ceri Harwood de conclure :

— Nous n'avons désormais qu'un seul objectif, choper Ella Matthews, morte ou vive.

109

Elle qui avait pris un luxe de précautions pour s'approcher de la maison constata, à sa grande surprise, que ce n'était pas la peine, ce qui ne manqua pas de l'inquiéter. La meute de journalistes avait de manière inexpliquée quitté la maison de Robert, et le calme était revenu dans cette impasse. Ou plutôt un silence lugubre, la baraque ayant l'air bien triste sous la pluie.

Immobile, Helen se demandait quoi faire, tout en se laissant rincer par l'averse. Voulant absolument voir de ses propres yeux comment Robert vivait ce drame, elle était venue en pèlerinage à Cole Avenue, mais à l'évidence il s'était passé quelque chose. Un truc qui avait fait fuir les gens de la presse et des médias.

Elle était toujours en train d'hésiter quand on ouvrit la porte d'entrée, puis qu'une bonne femme d'une cinquantaine d'années vérifia qu'il n'y avait personne dans les parages, comme si elle avait peur de se faire agresser, et s'en alla déposer une valise à l'arrière de la petite voiture garée dans l'allée. En se retournant elle aperçut une jolie fille en blouson de cuir, qui ne bougeait pas. Ça l'inquiéta, puis l'on vit sur son visage qu'elle avait compris, et elle vint alors à la rencontre d'Helen, qui ne s'y attendait pas.

— Où est-il ?

— Qu'est-ce que vous avez fait ? l'apostropha Monica.

— Où est-il, et que s'est-il passé ?

— Il est parti.

— Où ça ?

Monica haussa les épaules et détourna le regard. Elle ne voulait manifestement pas qu'Helen la voie pleurer.

— Où ça ?

Elle avait beau ne pas en mener large, Helen s'impatientait.

La mère de Robert leva les yeux.

— Il a dû se barrer la nuit dernière. On a retrouvé un mot, ce matin. Il… il explique qu'on ne le reverra sans doute jamais.

Elle craqua. Helen vint la consoler, mais l'autre la repoussa.

— Allez vous faire foutre ! Il ne fallait pas le traiter comme ça.

Monica regagna la maison et claqua la porte derrière elle. Helen resta plantée dehors sous la pluie. Cette femme avait raison, bien sûr. Au lieu d'aider Marianne et Robert à s'en sortir, elle n'avait fait qu'aggraver les choses pour eux.

110

C'est d'une main tremblante que Carrie Matthews donna la photo à Sanderson. La photo d'Ella. Il s'agissait d'un selfie que celle-ci avait envoyé par mail à sa sœur, façon pour elle de se rappeler à sa mémoire et de lui témoigner sa solidarité, depuis l'endroit où elle s'était exilée. Quand Sanderson s'était présentée chez Carrie, qui résidait à Shirley, un quartier de Southampton, le mari de celle-ci avait voulu reléguer sa femme dans l'ombre et répondre à sa place. C'était un grand costaud, l'un des doyens de l'église et le père fondateur de l'Ordre chrétien et la famille, la fameuse organisation à laquelle appartenait aussi Alan Matthews. Sanderson avait pris un malin plaisir à lui demander de quitter la pièce, en menaçant de l'embarquer si jamais il ne voulait pas. Il eut l'air choqué, ou plus exactement scandalisé, mais il finit par s'incliner.

— Retrouvez-la, je vous en prie, la pria Carrie, en sortant la photo de sa cachette, au fond du buffet, pour la lui remettre. Elle n'est pas ce que l'on croit.

— Je sais, et on fait tout ce qu'on peut.

Sanderson savait pourtant que selon toute vraisemblance cette histoire allait mal se terminer. Ceri Harwood voulait qu'on arrête Ella par tous les moyens possibles et imaginables, et au point où elle en était, celle-ci n'avait sans doute pas peur de mourir. Sanderson se voulut toutefois rassurante devant Carrie et prit congé, non sans lui dire qu'en cas de besoin elle pourrait toujours être hébergée dans un foyer ou s'adresser à des services compétents.

Elle venait de sortir quand on l'appela sur son talkie-walkie.

On venait en effet de surprendre, dans le quartier de Bevois, une femme correspondant au signalement d'Ella en train de piquer des articles de maquillage dans un grand magasin. La voleuse avait réussi à s'échapper, et elle se planquait quelque part dans la zone industrielle de Fairview.

Sanderson sauta dans sa voiture et se fraya un chemin, sirène hurlante, au milieu de la circulation dense à l'heure du déjeuner. Cette fois, c'était la bonne. On touchait à la fin, et elle tenait à assister à la mort d'Ella.

111

Elle se glissa discrètement dans la pièce, telle une voleuse. Ça lui fit honte d'être ici, alors que pendant des années elle avait dirigé les opérations depuis ce local. Désormais étrangère à ce qui s'y tramait, elle n'y était pas la bienvenue.

Après sa confrontation avec la mère de Robert, elle était partie à la dérive, ne supportant pas d'avoir causé autant de dégâts. Elle avait appelé Jake, mais il s'occupait d'un client. Elle s'était alors arrêtée, complètement paumée. Il faut dire qu'elle n'avait personne d'autre à qui téléphoner.

Elle s'était peu à peu rassérénée, et le bon sens avait repris le dessus. Elle pouvait encore se rendre utile. Même si on lui avait enlevé cette enquête, elle avait encore tous les dossiers en sa possession, et il lui fallait consigner ce qu'elle avait appris sur Ella, afin que Sanderson, Harwood et les autres puissent s'en servir. Si ça se terminait par un procès, il faudrait alors mettre les points sur les i. Elle ne pouvait pas se permettre de commettre une erreur qui empêcherait la famille des victimes d'obtenir justice. Rassemblant son courage, elle était donc allée au commissariat central, pour y accomplir son devoir.

La croyant sans doute en congé, l'agent qui était à l'accueil fut surpris de la voir.

— Pas de repos pour les braves ! plaisanta-t-il.

— Il y a de la paperasse qui m'attend, répondit-elle exprès d'une voix lasse.

Il lui ouvrit. Elle prit l'ascenseur pour monter au septième, puis déposa les dossiers sur le bureau de Harwood. Elle s'apprêtait à repartir quand un bruit la fit sursauter. Bizarre, la commissaire et les autres se trouvaient sur le terrain. Surprise, c'était Tony, une autre victime du naufrage. Ils se regardèrent un instant.

— Tu es au courant ?

— Oui, et je suis désolé, Helen. Si c'est à cause de moi, je…

— Tu n'y es pour rien, Tony. Ça se passe entre elle et moi. Elle veut me débarquer.

— C'est une imbécile.

Helen sourit.

— Quoi qu'il en soit, c'est elle qui commande, donc…

— Oui enfin, je voulais vous remettre… enfin lui remettre ça. C'est mon rapport.

— Les grands esprits se rencontrent… dit-elle en rigolant. Pose-le sur son bureau.

La mort dans l'âme, Tony haussa le sourcil et suivit le conseil d'Helen. Quel gâchis, songea-t-elle en le regardant s'éloigner. C'était un flic dévoué et plein de talent, qui avait eu un moment de faiblesse. Il avait déconné, mais quand même, il méritait mieux que ça. Melissa était une personne fruste, mais très maligne, qui avait sauté sur l'occasion et fait vibrer chez Tony la corde sensible, uniquement pour parvenir à ses fins. De l'avis général, la dénommée Lyra n'était qu'un personnage fictif, Helen ne décolérait pas de s'être laissé abuser à ce point. Dès le départ, Melissa l'avait menée par le bout du nez. Sur les déclarations d'un seul individu, on s'était engouffré dans une impasse, au risque de flanquer par terre toute l'enquête.

Tout d'un coup, ça fit tilt dans sa tête. Car Melissa, bien sûr, n'était pas la seule à « connaître » cette Lyra imaginaire. Il y en avait aussi une autre qui prétendait l'avoir rencontrée, une jeune femme, une jeune femme qui avait un bébé.

Elle se remémora ce moment… et revit la petite prostituée assise en face d'elle, un nourrisson dans les bras, qui affirmait savoir très bien qui était cette Lyra. Elle s'exprimait par monosyllabes et avait l'air inculte. Sauf qu'Helen savait maintenant à quoi s'en tenir. Si elle s'était rasé la tête et avait des piercings partout, c'était uniquement pour se rendre méconnaissable. Son déguisement avait toutefois des limites, il suffit à Helen de regarder la photo d'Ella que Sanderson avait épinglée au tableau d'affichage pour constater que c'était bien la même forme de visage, avec des pommettes saillantes, une grande bouche et des lèvres charnues…

Elle revint brusquement sur terre, et s'aperçut que Tony l'observait, l'air inquiet.

— Ça va ?

Elle le regarda un instant, n'osant pas y croire.

— On la tient, Tony. On la tient ! s'exclama-t-elle.

112

Helen traversa en trombe le centre-ville pour rejoindre les quartiers nord. Tant pis pour la limitation de vitesse. En motarde chevronnée, elle pouvait semer n'importe quelle bagnole de flics et ne pensait plus qu'à une chose, se retrouver face à la tueuse.

Tony avait bien essayé de la retenir, mais elle l'avait envoyé promener.

— Tu ne m'as pas vue, lui dit-elle.

Ce qu'elle s'apprêtait à faire n'était pas sans danger et contrevenait à toutes les règles du métier. Si Tony lui prêtait main-forte, d'une façon ou d'une autre, il risquait de se voir sucrer sa retraite, ses primes, etc. Pas question de lui faire ce coup-là. D'autant que plus il y aurait de monde au courant, moins elle aurait de chances de serrer Ella. Et elle ne voulait surtout pas rater cette occasion.

Elle ne voyait pas du tout comment elle allait procéder, sinon qu'il y avait urgence et qu'il lui fallait faire tout son possible pour empêcher un nouveau bain de sang. La vie d'un bébé était en jeu, ainsi que celle d'Ella. Malgré toutes les horreurs qu'elle avait pu commettre, la jeune femme lui inspirait toujours de la pitié, et elle voulait l'interpeller en douceur.

Elle approchait de Spire Street. Elle se gara devant l'immeuble délabré, éteignit le moteur et sauta de sa moto en un temps trois mouvements. Elle regarda autour d'elle : pas un chat dans les environs. Elle glissa sa matraque sous sa ceinture, puis entra. Il faisait froid dans l'escalier, jonché de détritus laissés la veille au soir par les fumeurs de crack. Ce bâtiment, qui devait être rénové dans un an, était devenu le refuge de tox et de squatteurs. On avait apparemment opté ici pour la politique de la porte ouverte, puisqu'il y avait sans cesse du va-et-vient, de sorte qu'il était facile de monter à l'appart du troisième. C'était là qu'Helen avait vu Ella, quatre jours plus tôt, installée sur un canapé dégueulasse avec des prostituées et des accros. Une véritable cour des miracles.

Sauf que cette fois Ella n'y était pas. Quand elle lui colla sa carte de police sous le nez, le vieux nauséabond qui soi-disant « possédait » l'appartement lui expliqua qu'elle vivait au dernier étage, dans un splendide isolement, en compagnie de son bébé, bien à l'abri des services sociaux. Dans ce genre d'immeuble, on te pose pas de questions, c'était la planque idéale pour leur tueuse insaisissable.

Helen s'arrêta devant le n° 9, tourna la poignée. C'était fermé à clé. Elle colla l'oreille à la porte, pour tâcher de savoir s'il y avait quelqu'un à l'intérieur. Pas un bruit. Si, un petit cri. Puis le silence. Elle sortit une carte de crédit et la glissa entre la porte et le montant. Le loquet était vieux et abîmé. Quelques secondes plus tard elle se glissait à l'intérieur.

Elle ferma la porte silencieusement derrière elle et s'immobilisa. Pas un bruit. Elle avança doucement. Le parquet craqua, elle fit un pas de côté et rasa les murs.

Elle s'arrêta à l'entrée de la cuisine, regarda autour d'elle, il n'y avait personne. Rien qu'un évier dégueulasse et un grand frigo rafistolé tant bien que mal, qui ronronnait comme un bienheureux.

Helen se faufila alors dans la salle de séjour, où du moins dans ce qui en tenait lieu. Elle avait pensé qu'Ella y serait, mais non, là aussi elle fit chou blanc. C'est alors qu'elle l'entendit à nouveau, le petit cri…

Prise de panique, elle brandit sa matraque, traversa la pièce et ouvrit tout grand la porte de la chambre. À chaque instant elle s'attendait à ce qu'on lui tombe dessus, et en fut quitte pour la peur. Aucun meuble dans la piaule, à part un vieux lit défait et un berceau dans lequel gigotait un nourrisson. Helen regarda derrière elle, au cas où on lui aurait tendu un guet-apens, mais non. Elle entra en vitesse.

Elle était donc là, cette enfant non désirée, et dont sa mère s'était pourtant occupée. Helen avait eu raison de venir. Elle posa sa matraque sur le lit, puis attrapa le bébé, qui se réveilla et se frotta les yeux. Helen sourit, la petite fille fit de même. Va savoir ce qu'elle avait pu voir, cette gamine ! Malgré tout, elle conservait son innocence.

— Qu'est-ce que vous foutez ici ?

Helen se retourna, Ella se trouvait à quelques mètres d'elle. Si dans un premier temps celle-ci eut surtout l'air contrariée, elle changea de tête dès qu'elle la reconnut. Posant ses courses, elle s'enfuit. Au lieu de quitter l'appart en claquant la porte derrière elle, elle ouvrit un tiroir et le referma brusquement. Quelques instants après, elle était de retour, un couteau de boucher à la main.

— Posez-la et sortez d'ici.

— Je ne peux pas, Ella.

— Posez-la ! hurla-t-elle.

Effrayé, le bébé se mit à gémir.

— C'est fini, Ella. Je sais que tu en as bavé, combien tu as souffert, mais c'est terminé. Pour toi, pour ton bébé, il est temps que tu te rendes.

— Si vous ne me la donnez pas tout de suite, je vous plante ma lame dans les yeux.

Helen tenait le bébé tout contre elle, Ella s'avança.

— Elle s'appelle comment ? demanda Helen, qui recula sans cesser de la fixer.

— Me faites pas chier !

— Allez, dis-moi comment elle s'appelle.

— Donnez-la-moi, menaça Ella, sans toutefois se rapprocher davantage.

Elle jeta des coups d'œil furtifs à Helen et Amelia, pesa le pour et le contre.

— Il n'en est pas question, Ella. Tu devras d'abord me tuer. Je m'inquiète seulement pour elle et pour toi. Tu n'es pas en bonne santé, et vous méritez mieux que cet appartement pourri, toutes les deux. Laisse-moi t'aider.

— Vous croyez peut-être que je ne sais pas ce qui va se passer ? Dès qu'on sera dehors, on me passera les menottes et je ne la reverrai plus jamais.

— Ce n'est pas ce qui…

— À d'autres ! Laissez tomber. Elle ne va pas sortir d'ici, et vous non plus.

Ella s'avança, Helen se tourna pour protéger le bébé. Folle de rage, Ella la fusillait du regard. Helen comprit alors qu'elle venait de commettre une erreur fatale…

113

Charlie quitta précipitamment la zone industrielle de Fairvew, en essayant de ne pas se laisser distancer par la commissaire. Ceri Harwood était en effet furieuse de voir que leur fameuse « piste » n'était qu'une voie de garage. Ils s'étaient précipités sur les lieux, suivis de la brigade d'intervention et de la plupart des membres de la criminelle, à la stupeur de la fille de seize ans qui se planquait chez son pote, après avoir essayé sans succès de piquer des produits de maquillage dans un grand magasin. Si elle ressemblait vaguement à Angel, elle était beaucoup plus jeune et avait d'authentiques cheveux noirs. Une fois remis de leurs émotions, son pote et elle apostrophèrent les flics, en leur demandant sur un ton ironique s'ils venaient toujours équipés d'armes à feu pour embarquer une ado, ce qui ne mit pas Harwood de meilleure humeur. En d'autres temps et d'autres lieux, cela aurait fait rire. Mais l'enjeu était trop important pour ça, si bien que Charlie suivit le mouvement, la mort dans l'âme.

— Qu'est-ce qu'*il* fout ici ?

Charlie se secoua en voyant Harwood montrer du geste Tony, en train de discuter avec un copain agent.

La commissaire jeta à Charlie un regard soupçonneux, mais pour une fois celle-ci n'y était pour rien.

— Aucune idée.

Elles se précipitèrent.

— Vous n'avez pas le droit d'être ici, déclara d'emblée Harwood. Qu'est-ce que vous croyez que ça va vous rapporter de venir…

— Si vous la fermiez un peu ! lui lança Tony.

Elle se tut aussitôt. Il y avait dans le regard de Tony quelque chose d'impérieux.

— Helen sait où se trouve Ella, et elle est partie la serrer.

— Quoi ?

— Elle n'a pas voulu me dire où elle allait, ni comment elle a appris où était Ella. Mais à mon avis elle est en danger. On doit l'aider.

Les mots, pressés par l'angoisse, se bousculaient dans la bouche de Tony.

— Comment a-t-elle fait pour savoir ?

— Mystère. Je suis monté au septième lui remettre mon rapport, et ensuite… elle m'a demandé de n'en parler à personne… Mais je ne peux pas la laisser tomber.

— Je veux que tous ceux qui l'ont vue ou qui ont aperçu sa moto à la con me préviennent. Tâchez de savoir si les caméras de la circulation routière peuvent nous permettre de déterminer l'itinéraire qu'elle a emprunté, dit Harwood en se tournant vers Charlie. Et puis demandez à McAndrew de revenir au poste pour examiner le compte rendu rédigé par Helen, au cas où on pourrait en tirer quelque chose.

— Et son portable ? Si on arrivait par triangulation à le géolocaliser…

— Allez-y.

Charlie se sauva, suivie de Ceri Harwood.

— Et moi ? En quoi puis-je vous être utile ? demanda Tony.

Harwood se retourna.

— Allez vous faire foutre.

114

Elle était coincée. Helen avait traversé à reculons la petite chambre pour échapper à Ella, et elle se trouvait acculée dans un angle de la pièce. Pendant des jours elle avait espéré se retrouver enfin face à la tueuse, et maintenant que c'était le cas, ça ne pouvait plus déboucher que sur la mort. Ella fit encore un pas en avant, Helen serra très fort le bébé sur sa poitrine.

Était-ce un leurre de croire qu'elle pourrait sauver Ella, et qu'il restait en elle une part d'humanité ?

— Tu vas me tuer, et ensuite ? Tous les flics sont à ta recherche. Ils connaissent ton identité, savent à quoi tu ressembles et aussi que tu as un bébé. Le vieux crado, en bas, sait que je suis ici et sais qui *tu* es. Tu ne peux donc pas rester ici. Qu'est-ce que tu vas faire… T'enfuir avec un nourrisson ?

— Elle ne vient pas avec moi.

— Comment ça ?

— Quoi qu'il m'arrive, pour elle, c'est ici la fin du voyage. Elle en a assez bavé comme ça.

— Tu ne parles pas sérieusement.

— Pour quelle raison croyez-vous que je l'ai acheté, ce lait maternisé ? Je me suis aussi procuré des cachetons, et je m'apprêtais à les lui donner aujourd'hui. Tout aurait pu se passer… comme sur des roulettes.

— Enfin quoi, c'est un petit bébé. Tu vaux mieux que ça, Ella.

— Arrêtez de m'appeler par mon prénom. Ella est *morte*. La gamine va suivre le même chemin, et s'il faut que je vous tue pour la récupérer, je n'hésiterai pas un instant.

Elle s'avança. Elle était maintenant tout près d'Helen, qui se raidit, s'attendant à prendre un coup de couteau.

— Eh bien, vas-y. Je vais te faciliter les choses.

Helen déposa Amelia sur le lit.

— Si tu veux vraiment la tuer, elle est là. Vas-y.

Prise de court, Ella les regarda alternativement l'une et l'autre. Amelia pédala sur le lit et se mit à pleurer, maintenant qu'elle se retrouvait seule.

— Vas-y ! s'écria Helen.

Ella hésita. Helen était prête à bondir si jamais elle faisait un geste en direction du bébé, mais il ne se passa rien. Elle comprit qu'il lui fallait saisir l'occasion.

— Écoute-moi, Ella. Je sais que tu as une vie épouvantable, que tu penses que tout le monde t'en veut, que ça grouille de sales types qui te veulent du mal. Et tu as raison, c'est le cas.

Ella la considéra avec méfiance, craignant qu'elle ne cherche à endormir sa vigilance. Helen inspira profondément et reprit :

— Quand j'étais petite, j'ai été violée. Plus d'une fois. J'avais seize ans, et j'essayais de me sortir de l'assistance publique, malheureusement j'ai pris de mauvaises décisions. Je l'ai payé, et je continue à le payer. Voilà pourquoi je comprends dans quelle situation tu te trouves. Tu crois qu'on ne peut pas revenir en arrière, mais c'est *faux*.

Ella l'observait attentivement.

— Vous me racontez des craques.

— Regarde-moi, veux-tu ? s'énerva Helen. J'en ai les mains qui tremblent… Je n'ai jamais parlé de ça à personne. Alors ne me dis *pas* que je te mens.

Ella serrait le couteau dans sa main, sans cesser de dévisager Helen.

— Je ne prétends pas te connaître, ajouta celle-ci. Je ne sais pas ce que ton père t'a fait, ni ce que tu as subi de la part des autres mecs, mais je *sais* au moins une chose, c'est que ce n'est pas la fin de tout. Quelque chose t'a poussée à commettre ces actes regrettables, et quand Amelia sera plus grande, elle voudra être avec toi. Elle aura *besoin* de toi. Je t'en prie, Ella, ne l'abandonne pas !

Ce coup-ci, Ella regarda son bébé.

— Je sais qu'au fond tu n'es pas méchante, et que tu feras ce qu'il faut pour t'occuper de ta fille. Laisse-moi t'aider.

Helen lui tendit la main. C'était sa dernière chance de la sortir de là.

115

Ils étaient dans le noir complet, toutes les pistes aboutissaient à un cul-de-sac. Rentrée précipitamment au commissariat, c'était Charlie qui avait pris l'initiative. Harwood était peut-être la patronne, mais elle n'avait pas l'habitude d'intervenir sur le terrain, et Charlie ne voulait pas confier cette mission à quelqu'un d'autre, l'enjeu était trop important. L'ennui, c'est qu'on tournait en rond.

McAndrew avait lu et relu les dossiers d'Helen, sans y dénicher aucun indice sur l'endroit où pouvait se trouver Ella. Ils avaient essayé de géolocaliser le portable d'Helen, en recourant à la triangulation, mais celui-ci était éteint. Ça faisait six heures qu'elle ne s'en était pas servi, depuis qu'elle était partie d'ici, et il ne leur permettrait donc pas de la retrouver. Les caméras de la circulation routière avaient bien filmé sa moto qui remontait vers le nord, mais on l'avait perdue de vue une fois qu'elle avait quitté le centre-ville. Où avait-elle bien pu passer ? Et qu'avait-elle compris qui avait échappé à ses collègues ?

Charlie emprunta le couloir, puis descendit l'escalier et sortit. Les autres exécuteraient les ordres, elle avait pour sa part besoin d'être dehors, et de faire autre chose. Elle s'approchait de la voiture quand soudain elle se remémora une conversation. Il lui vint alors une idée. Elle sauta dans la bagnole et démarra sur les chapeaux de roue. Cette fois, elle savait exactement où aller.

On la regarda passer quand elle traversa la salle de rédaction pour gagner le petit local situé au fond. Les agents de sécurité et les hôtesses d'accueil lui couraient après, mais Charlie avait suffisamment d'avance pour entrer dans le bureau avant qu'on la rattrape. Elle claqua la porte, puis la bloqua avec une chaise.

— Où est-elle ? demanda-t-elle à la journaliste interloquée.

— Qui ça ?

— Helen Grace.

— Je n'en sais rien, et franchement vous m'avez l'air…

— Comment faites-vous ?

— Quoi donc ? Expliquez-vous, Charlie…

— Vous savez où elle se trouve, tout comme vous savez qu'elle est en compagnie de…

— Mais enfin, pourquoi…

Emilia n'eut pas le temps de persister dans ses dénégations, Charlie l'attrapa par le col et la poussa contre le mur.

— Écoutez-moi bien, Emilia. Il s'agit de la vie d'Helen, alors si vous ne me le dites pas *tout de suite*, je vous démonte la gueule.

Emilia étouffait, les mains de Charlie serrant chaque seconde un peu plus sa gorge.

— J'en ai trop bavé pour la laisser tomber. Dites-moi où elle est. Vous avez mis son portable sur écoute, vous interceptez ses messages, ou quoi ?

Emilia fit signe que non, Charlie lui cogna la tête contre la cloison.

— Je vous écoute ! hurla-t-elle.

Emilia émit un drôle de bruit, comme si elle essayait de répondre. Charlie desserra son étreinte, la journaliste marmonna quelque chose.

— Hein ?

— Sa moto… laissa échapper Emilia.

— Comment ça ?

— On a installé un mouchard dessus.

Ben tiens… La voilà, l'explication.

— Et pour savoir où elle va, comment vous faites ?

— L'appareil est relié à mon portable. Ça me permet de la localiser, tant qu'elle reste dans un rayon de huit kilomètres.

— Parfait.

Charlie la lâcha.

— Maintenant, vous allez me conduire à elle.

116

Le bébé braillait sur le lit, en proie à une immense colère. Aucune des deux femmes ne fit le moindre geste pour le consoler. Elles restèrent figées. Le temps était comme suspendu. Entre la délivrance et la destruction. Helen ne quittait pas Ella des yeux. Celle-ci avait refusé de lui prendre la main et de lâcher son couteau. Elle se contentait de regarder son bébé, comme si elle essayait de percer une énigme. Helen avait bien envisagé d'en profiter pour tenter de la désarmer, mais elle n'avait pas osé prendre le risque. Pas maintenant qu'elle était sur le point de lui faire entendre raison.

— Je ne voulais pas que ça se passe comme ça.

Helen n'en revint pas qu'elle lui adresse la parole.

— Je ne voulais pas qu'il arrive ce qui s'est passé.

— Je sais.

— C'est sa faute.

— Ton père était cruel…

— J'ai rendu service aux autres.

— Tu parles des jumeaux ?

— Et aussi de Carrie.

— Tu as raison, Ella. C'était un tyran et un sadique.

— Et un sale hypocrite. Vous savez ce qu'il m'a dit ? Que j'étais le mal. Que j'avais le cœur noir.

— Il avait tort.

— Après que ces mecs… ont fait ce qu'ils ont fait, je me suis mise à picoler, à me défoncer, à bouffer des cachetons, à prendre tout ce qui me tombait sous la main… C'était du suicide, je… je me suis juré de ne plus jamais demander à mes parents de m'aider. Je les détestais, et elle aussi.

Elle jeta un œil à Amelia.

— Le problème, c'est que j'étais enceinte de sept mois. Je les ai implorés. Je les ai suppliés de trouver un foyer à la petite. Pour qu'elle soit loin de *moi*. Mais ils m'ont claqué la porte au nez. En me disant que je méritais encore pire que de me faire violer, expliqua-t-elle d'une voix entrecoupée. Il m'a regardée en face… et m'a sorti des choses immondes. Ensuite… ensuite…

— Tu l'as vu, hein ? Tu l'as vu monter avec une prostituée ?

Ella se détourna, la haine dans le regard.

— Juste quelques semaines plus tard… Et ils se *connaissaient*. C'était l'un de ses clients *habituels*. Alors j'y suis retournée tous les mardis soir, pendant je ne sais plus combien de semaines… Après tout ce qu'il m'avait dit, après tout ce qu'il m'avait *fait subir*…

— Il t'a menti, comme il a menti à ta mère.

— Quand je l'ai buté, il ne s'est pas rendu compte que c'était moi. J'avais une perruque à la con et des piercings dans le nez… Mais bon, j'aurais pu aussi bien porter l'uniforme de l'école et avoir la bouche en cœur. Il ne pensait qu'à une chose, à ce que la soi-disant Angel le laisserait lui faire. C'était une ordure, et il n'a eu que ce qu'il méritait.

Helen ne dit rien. À force de pleurer, Amelia avait le visage congestionné et une toux rauque.

— Il faut la prendre, Ella.

Ella se ressaisit et observa Helen avec méfiance.

— On ne peut pas la laisser pleurer ainsi, sinon elle va s'étouffer.

Les pleurs d'Amelia redoublèrent, elle fut à nouveau prise d'une quinte de toux. Ella hésita.

— Je t'en prie, lui dit Helen, pose ce couteau sur le lit, prends ton bébé et sors avec moi.

Ella regarda Amelia et le couteau qu'elle avait à la main. L'instant fatidique était arrivé, tuer ou mourir.

— Qu'on en finisse.

117

Les hommes de la brigade d'intervention montaient l'escalier au pas de course, afin de se positionner au dernier étage de cet immeuble tombant en ruine, d'où ils domineraient la situation. Derrière eux, Ceri Harwood avançait avec prudence, car les marches étaient branlantes et en triste état. McAndrew, qui la suivait, poussa un juron quand son pied passa à travers une planche.

— Et merde, faites pas de bruit ! souffla la commissaire.

Ils se mirent bientôt en place. Harwood voyait en bas la moto d'Helen garée devant le squat d'en face. Charlie, quant à elle, se trouvait déjà à l'intérieur de ce bâtiment. Les clodos qui créchaient là lui avaient confirmé qu'Ella Matthews habitait tout en haut. De l'autre côté de la rue, les hommes de la brigade d'intervention étaient fin prêts et guettaient leur proie.

— Qu'est-ce que vous voyez ? leur demanda Harwood, qui était à cran.

— Deux femmes.

— Helen Grace ?

— Avec une autre.

— Qu'est-ce qu'elles fabriquent ?

Silence.

— Je les distingue mal. On dirait qu'elles se font face…

— Elles ne peuvent aller nulle part, c'est déjà ça. Avez-vous repéré une arme ?

— Négatif.

— Pouvez-vous toucher la cible sans problème ?

— Négatif.

— Mais alors, qu'est-ce que vous foutez là ?

— Si vous voulez comparaître devant la commission d'enquête de la police des polices, libre à vous, répliqua le tireur d'élite. Tant que je ne serai pas sûr d'atteindre ma cible, je ne bouge pas. Si vous avez une meilleure idée, prenez ma place, je vous en prie.

Sur ces mots, il ne la regarda même pas, ne s'intéressant qu'au drame qui se déroulait de l'autre côté de la rue. Harwood réprima une grimace. Il avait raison, elle le savait bien, mais ça n'arrangeait pas les choses. Elle s'était énormément investie dans cette enquête et celle-ci ne se déroulait pas de façon satisfaisante.

Qu'est-ce qui pouvait bien se passer dans l'appart d'en face ?

118

Helen refusa de baisser les yeux. Ella et elle se trouvaient quasiment nez à nez. Le commandant de police sentait l'haleine fétide de la jeune femme, ainsi que l'acier froid de la lame qui lui appuyait sur la jambe. Malgré tout, Ella ne voulait pas s'en séparer.

— Pourquoi voulez-vous me sauver la mise ? lui demanda-t-elle soudain.

— Parce que je pense qu'on t'a causé du tort, et qu'il faut te rendre justice.

— Vous croyez que je suis quelqu'un de bien ? demanda-t-elle avec rage.

— Je ne le crois pas, je le *sais*.

Ella eut un sourire amer.

— Dans ce cas, écoutez-moi, je vais vous raconter quelque chose.

Au moment de lui faire des confidences, elle s'arrêta en entendant un bruit dans la salle de séjour. C'était le parquet qui grinçait. Helen comprit tout de suite qu'elles n'étaient plus seules. Serait-ce Charlie, Tony, ou bien la brigade d'intervention ? Elle avait envie de leur dire de ne surtout pas venir les déranger, mais elle resta pétrifiée, le souffle court, sans quitter Ella des yeux. Laquelle se rapprocha.

— Je ne regrette rien, Helen. Quoi que je puisse vous dire par la suite, sachez que je ne regrette rien.

Helen garda le silence. Les pupilles dilatées, Ella respirait avec difficulté.

— Ces mecs… ces faux-culs… ils méritaient qu'on les dénonce, reprit-elle. Ils aimaient bien faire voir leur alliance, jouer les bons pères et les maris fidèles. En revanche, ça ne leur plaisait pas trop qu'on les voie avec des filles de mon genre. Eh bien, grâce à moi, ça a changé. Je les ai montrés tels qu'ils étaient vraiment. Il faut de temps à autre aider les gens à ouvrir les yeux.

Elle lui jeta un regard féroce, puis se radoucit.

— Seulement je veux faire ce qu'il faut pour Amelia. Je vais donc m'en remettre à vous. Puis-je avoir confiance en vous, Helen ?

— C'est promis, je ne te laisserai pas tomber.

— Merci.

Elle tourna lentement le couteau dans l'autre sens, puis le tendit à Helen en le tenant par la lame.

On entendit aussitôt un bruit sec ; Ella tituba et s'effondra sur l'armoire qui se trouvait à côté.

Helen en resta saisie. Puis elle se précipita vers Ella, mais comprit en s'agenouillant à son chevet que c'était trop tard. La balle l'avait atteinte à la tempe, elle était déjà morte.

Charlie fit irruption dans la pièce. Helen tenait dans ses bras la tueuse que l'on venait d'abattre, tandis que sur le lit rouge de sang le bébé continuait à pleurer.

119

Helen quitta l'immeuble en serrant Amelia contre elle. Des collègues se précipitèrent, des photographes s'agitèrent, mais elle ne vit personne. Elle les repoussa sans ménagement et passa son chemin, voulant mettre le plus de distance possible entre cette boucherie et elle.

Des gens l'appelèrent mais, pour elle, ce n'était que des sons. Traumatisée, elle tremblait comme une feuille et ne cessait d'entendre le bruit sec de la balle. Elle avait fait de son mieux pour aider Ella à s'en sortir, mais elle avait échoué, et une fois de plus elle avait du sang sur les mains.

Elle vit son reflet dans le pare-brise d'une voiture de patrouille présente sur les lieux, et constata qu'elle avait l'air d'une sorcière, le regard fou, hirsute, les cheveux en bataille, les vêtements ensanglantés… Elle comprit que Charlie la dirigeait vers les services de secours et lui demandait de se faire examiner, elle et le bébé.

Si elle accepta de monter dans une ambulance, ensuite elle ne voulut rien savoir. Le médecin et les infirmiers eurent beau insister, elle refusa de leur confier Amelia, qui s'était maintenant calmée et se cramponnait à elle avec ses petites mains.

Helen mouilla son pouce pour enlever le sang que la gamine avait sur le visage. Amelia sourit. Ça avait dû la chatouiller et ça lui plaisait. Helen entendit les autres discuter. Sans doute pensaient-ils qu'elle était sous le choc et n'avait pas les idées claires, ce en quoi ils se trompaient, car elle savait exactement ce qu'elle faisait. Tant qu'Amelia était dans ses bras, il ne pouvait rien lui arriver. Pendant au moins quelques instants, elle était à l'abri d'un monde sinistre et impitoyable.

ÉPILOGUE

120

Helen s'arrêta devant le Guildhall pour se regarder dans le miroir de son poudrier. Quinze jours s'étaient écoulés depuis la mort d'Ella, et si elle avait encore les traits tirés, elle n'avait plus cet air horrifié qui avait été le sien pendant une semaine. Depuis le drame elle n'était quasiment pas sortie de chez elle, et pour le coup elle était à cran. Alors que d'habitude c'étaient des groupes qui s'y produisaient ou des comiques qui y donnaient un spectacle, le Guildhall réunissait aujourd'hui tout le gotha de la police du Hampshire. Il s'agissait en effet de rendre hommage aux meilleurs flics de la région, dont bien entendu Helen Grace… Il y avait sans doute de meilleurs moyens pour reprendre une vie normale, non ? Son instinct lui criait de faire demi-tour.

Cependant, dès qu'elle entra dans le Palais des congrès, elle eut droit à tous les égards. On lui sourit, on lui donna une tape sur l'épaule, on l'applaudit… Ses adjoints fêtèrent le retour de leur chef. Ils avaient en effet craint de ne plus la revoir. Helen fut touchée par tant d'affection et de sollicitude, et elle qui se reprochait sans cesse d'avoir commis des erreurs fut bien obligée d'admettre qu'aux yeux de Charlie, de Sanderson et des autres, elle n'était ni plus ni moins qu'une héroïne.

Sa nervosité s'accrut à mesure que l'on récompensait les flics méritants, et ce fut le chef de la police en personne qui lui remit une distinction officielle. Juste à côté d'elle, sur la scène, la commissaire Harwood attendait patiemment de lui serrer la main.

— Bravo, Helen.

Elle remercia l'assistance d'un signe de tête, avant de regagner son siège au premier rang. Elle pouvait se féliciter que cette affaire ait défrayé la chronique pendant quinze jours, on la voyait en effet en photo dans tous les quotidiens, locaux ou nationaux, quitter l'immeuble délabré en tenant Amelia dans ses bras. Ses adjoints avaient fièrement épinglé sur un mur les coupures de journaux, en réservant la place d'honneur au portrait que le *Southampton Evening News* dressait d'elle, et dans lequel il ne tarissait pas d'éloges sur son compte. C'était tout juste si l'on parlait au détour de Ceri Harwood. Il existait peut-être, au fond, une justice…

S'accordant une pause déjeuner exceptionnellement longue, ses collègues et adjoints l'entraînèrent au Parrot and Two Chairmen arroser la conclusion de cette enquête hyper médiatisée. Les flics sont de drôles d'oiseaux, ils avaient beau savoir qu'Helen ne picolait pas, il n'était pas question pour eux de l'emmener ailleurs que dans ce pub qui était un de leurs points de chute. Helen n'y vit pas d'inconvénient, elle était contente de se retrouver dans un endroit qu'elle connaissait bien, et puis cela lui fit plaisir de les voir heureux et détendus.

Après avoir fini son verre, elle s'esquiva aux toilettes, histoire de souffler un peu, maintenant qu'elle avait eu droit à un concert de louanges. Elle allait pourtant au-devant d'une mauvaise surprise.

— On devient copines ?

Emilia Garanita. Non seulement elle avait assisté à la remise des récompenses, mais elle était là. Bref, elle la suivait comme son ombre.

— Je ne peux pas aller pisser tranquille sans tomber sur vous ! gronda Helen.

— Eh bien, ce n'est pas facile, en ce moment, de vous voir en tête à tête.

Helen la laissa dire. Au terme de cette affaire, elle avait conclu un armistice avec celle qui au départ avait juré sa perte, et convenu ainsi de ne pas l'accuser d'avoir voulu faire chanter un commandant de police dans l'exercice de ses fonctions. En retour Emilia s'était engagée à ne pas ennuyer Amelia, et à ne pas parler d'elle dans son canard. Il était évident qu'on examinerait la famille Matthews sous tous les angles, et que le sadisme et la perversité d'Alan donneraient lieu à quantité d'analyses, mais Helen voulait protéger cette petite fille innocente. Emilia avait tenu parole et braqué les projecteurs sur son grand-père, l'ignoble Alan Matthews, tout en multipliant les éloges à l'égard du commandant Grace et de son équipe, à qui elle avait consacré plusieurs articles en double page. Helen n'y attachait aucune importance, puisque c'était pour des raisons pragmatiques qu'elle s'était arrangée avec la journaliste. Quant au reste, notamment le fait d'avoir jeté en pâture la vie de Robert, elle n'était pas près d'oublier, ni de pardonner.

— Je suis contente que nous soyons parvenues à un accord, reprit Emilia Garanita, et j'aimerais qu'à l'avenir nous continuions à coopérer.

— Vous ne vous tirez pas à Londres ?

— Je multiplie les efforts dans ce sens.

Son scoop ne lui avait donc pas permis d'obtenir le poste auquel elle aspirait. Helen se garda toutefois de remuer le couteau dans la plaie.

— Eh bien, je vous souhaite bonne chance.

Helen se dirigea vers la porte, mais s'arrêta quand Emilia s'adressa à elle.

— J'aimerais sincèrement qu'on prenne un nouveau départ, toutes les deux, et puis… je voulais m'excuser.

— De m'avoir filée ? De m'avoir menacée ? Ou bien d'avoir saccagé la vie d'un jeune homme ?

— D'avoir manqué de professionnalisme.

C'était de l'Emilia tout craché. Même quand elle faisait amende honorable, elle en remettait dans la provoc.

— Je suis désolée, ça ne se reproduira plus.

Ce n'était pas grand-chose, mais Helen savait qu'il avait quand même dû lui en coûter. Elle accepta ses excuses et partit. La journaliste proposa de lui payer un verre pour sceller leur réconciliation, mais Helen déclina. Les pubs, ce n'était pas tellement son truc et elle n'avait pas très envie de fêter ça. En outre, il lui fallait se rendre quelque part.

121

Un petit bouquet de fleurs à la main, Helen longea l'allée d'un pas vif. Le sol était tapissé de feuilles mortes rouges et jaunes, au point de rendre cet endroit superbe, ce qui n'était pas banal. Le soleil lui-même était de la partie, qui perçait à travers les nuages et répandait une douce lumière.

Il n'y avait pratiquement personne dans ce cimetière situé en proche banlieue, placé sous la responsabilité de l'administration pénitentiaire. C'était là qu'on enterrait les indésirables et ceux dont nul n'avait réclamé le corps après leur décès. Ella Matthews entrait dans ces deux catégories.

Sa mère n'avait pas plus voulu d'elle à sa mort que pendant sa courte vie. Elle avait mis la maison en vente, évité les journalistes et fait comme si elle n'était pour rien dans ce qui était arrivé. Helen n'était pas dupe, et elle la méprisait de se montrer aussi lâche.

Il y avait pourtant quelqu'un qui n'avait pas oublié, quelqu'un qui n'avait pas voulu rejeter aussi facilement cette sœur qu'elle adorait. Carrie regarda autour d'elle en voyant s'approcher Helen, et lui adressa un timide sourire. Elles restèrent toutes les deux devant la tombe, à contempler la croix en bois sur laquelle ne figurait aucun nom.

Non loin de là, on remarquait un landau rouge au milieu des pierres tombales grises. Amelia y dormait, sans avoir conscience de se trouver dans pareil lieu. À la suite de la disparition de sa mère, on l'avait d'abord placée dans une famille d'accueil, en attendant de trouver une autre solution. Comme d'habitude, on avait contacté les membres de sa famille, mais personne n'avait voulu de ce bébé, jusqu'à ce que Carrie se manifeste. Ne pouvant pas avoir d'enfant, il n'était pas question pour elle que sa nièce soit confiée à l'assistance publique, et elle l'avait adoptée. En apprenant la nouvelle, Helen avait été émue aux larmes, et soulagée de savoir qu'Amelia ne connaîtrait pas le même sort que Marianne et elle-même autrefois. Certes, la vie ne serait pas toujours rose, mais pour l'instant elle ne risquait rien.

Carrie discuta un peu avec Helen, puis déposa sur la tombe le bouquet qu'elle avait apporté. Elle avait tenu tête à son mari et à ses tentatives d'intimidation pour être là, pour venir rendre hommage à sa sœur, même si elle savait ce qu'il pourrait lui en coûter. En la regardant, Helen comprit que cette jeune femme avait changé, et que le désir de rendre heureuse Amelia lui avait donné de la force et de la volonté. Après tout, il y avait peut-être encore une raison d'espérer…

MIXTE
Papier issu de
sources responsables
FSC® C003309

10/18, une marque d'Univers Poche,
est un éditeur qui s'engage pour
la préservation de son environnement
et qui utilise du papier fabriqué à partir
de bois provenant de forêts gérées
de manière responsable.

Imprimé en France par CPI

N° d'impression : 3024969
Dépôt légal : mars 2017
Suite du premier tirage : septembre 2017
X06914/03